m

—————— 阅读之前 没有真相

午夜文库

阿加莎·克里斯蒂
侦探小说

阿加莎·克里斯蒂
Agatha Christie (1890—1976)

无可争议的侦探小说女王，侦探文学史上最伟大的作家之一。

阿加莎·克里斯蒂原名为阿加莎·玛丽·克拉丽莎·米勒，一八九〇年九月十五日生于英国德文郡托基的阿什菲尔德宅邸。她几乎没有接受过正规的教育，但酷爱阅读，尤其痴迷于歇洛克·福尔摩斯的故事。

第一次世界大战期间，阿加莎·克里斯蒂成了一名志愿者。战争结束后，她创作了自己的第一部侦探小说《斯泰尔斯庄园奇案》。几经周折，作品于一九二〇年正式出版，由此开启了克里斯蒂辉煌的创作生涯。一九二六年，《罗杰疑案》由哈珀柯林斯出版公司出版。这部作品一举奠定了阿加莎·克里斯蒂在侦探文学领域不可撼动的地位。之后，她又陆续出版了《东方快车谋杀案》《ABC谋杀案》《尼罗河上的惨案》《无人生还》《阳光下的罪恶》等脍炙人口的作品。时至今日，这些作品依然是世界侦探文学宝库里最宝贵的财富。根据她的小说改编而成的舞台剧《捕鼠器》，已经成为世界上公演场次最多的剧目；而在影视改编方面，《东方快车谋杀案》为英格丽·褒曼斩获奥斯卡大奖,《尼罗河上的惨案》更是成为几代人心目中的经典。

阿加莎·克里斯蒂的创作生涯持续了五十余年,总共创作了八十余部侦探小说。她的作品畅销全世界一百多个国家和地区,累计销量已经突破二十亿册。她创造的小胡子侦探波洛和老处女侦探马普尔小姐为读者津津乐道。阿加莎·克里斯蒂是柯南·道尔之后最伟大的侦探小说作家,是侦探文学黄金时代的开创者和集大成者。一九七一年,英国女王授予克里斯蒂爵士称号,以表彰其不朽的贡献。

一九七六年一月十二日,阿加莎·克里斯蒂逝世于英国牛津郡沃灵福德家中,被安葬于牛津郡的圣玛丽教堂墓园,享年八十五岁。

阿加莎·克里斯蒂 侦探作品年表

波洛系列

1920	The Mysterious Affair at Styles《斯泰尔斯庄园奇案》
1923	Murder on the Links《高尔夫球场命案》
1924	Poirot Investigates《首相绑架案》
1926	The Murder of Roger Ackroyd《罗杰疑案》
1927	The Big Four《四魔头》
1928	The Mystery of the Blue Train《蓝色列车之谜》
1932	Peril at End House《悬崖山庄奇案》
1933	Lord Edgware Dies《人性记录》
1934	Murder on the Orient Express《东方快车谋杀案》
1935	Three-Act Tragedy《三幕悲剧》
1935	Death in the Clouds《云中命案》
1936	The ABC Murders《ABC谋杀案》
1936	Murder in Mesopotamia《古墓之谜》
1936	Cards on the Table《底牌》
1937	Dumb Witness《沉默的证人》
1937	Death on the Nile《尼罗河上的惨案》
1937	Murder in the Mews《幽巷谋杀案》
1938	Appointment with Death《死亡约会》
1938	Hercule Poirot's Christmas《波洛圣诞探案记》
1940	Sad Cypress《H庄园的午餐》
1940	One, Two, Buckle My Shoe《牙医谋杀案》
1941	Evil Under the Sun《阳光下的罪恶》
1943	Five Little Pigs《五只小猪》
1946	The Hollow《空幻之屋》
1947	The Labours of Hercules《赫尔克里·波洛的丰功伟绩》
1948	Taken at the Flood《顺水推舟》
1952	Mrs. McGinty's Dead《清洁女工之死》
1953	After the Funeral《葬礼之后》
1955	Hickory Dickory Dock《山核桃大街谋杀案》
1956	Dead Man's Folly《弄假成真》
1959	Cat Among the Pigeons《鸽群中的猫》
1960	The Adventure of the Christmas Pudding《雪地上的女尸》

阿加莎·克里斯蒂 侦探作品年表

1963　The Clocks《怪钟疑案》
1966　Third Girl《第三个女郎》
1969　Hallowe'en Party《万圣节前夜的谋杀》
1972　Elephants Can Remember《大象的证词》
1974　Poirot's Early Stories《蒙面女人》
1975　Curtain—Poirot's Last Case《帷幕》

马普尔小姐系列

1930　The Murder at the Vicarage《寓所谜案》
1932　The Thirteen Problems《死亡草》
1942　The Body in the Library《藏书室女尸之谜》
1943　The Moving Finger《魔手》
1950　A Murder Is Announced《谋杀启事》
1952　They Do It with Mirrors《借镜杀人》
1953　A Pocket Full of Rye《黑麦奇案》
1957　4.50 from Paddington《命案目睹记》
1962　The Mirror Crack'd from Side to side《破镜谋杀案》
1964　A Caribbean Mystery《加勒比海之谜》
1965　At Bertram's Hotel《伯特伦旅馆》
1971　Nemesis《复仇女神》
1976　Sleeping Murder《沉睡谋杀案》
1979　Miss Marple's Final Cases《马普尔小姐最后的案件》

其他系列及非系列

1922　The Secret Adversary《暗藏杀机》
1924　The Man in the Brown Suit《褐衣男子》
1925　The Secret of Chimneys《烟囱别墅之谜》
1929　Partners in Crime《犯罪团伙》
1929　The Seven Dials Mystery《七面钟之谜》
1930　The Mysterious Mr. Quin《神秘的奎因先生》
1931　The Sittaford Mystery《斯塔福特疑案》
1933　The Witness for the Prosecution and Other Stories《控方证人》
1934　Why Didn't They Ask Evans?《悬崖上的谋杀》

阿加莎·克里斯蒂 侦探作品年表

1934　The Listerdale Mystery《金色的机遇》
1934　Parker Pyne Investigates《惊险的浪漫》
1939　Murder Is Easy《逆我者亡》
1939　And Then There Were None《无人生还》
1941　N or M?《桑苏西来客》
1944　Towards Zero《零点》
1945　Sparkling Cyanide《闪光的氰化物》
1945　Death Comes as the End《死亡终局》
1949　Crooked House《怪屋》
1950　Three Blind Mice and Other Stories《三只瞎老鼠》
1951　They Came to Baghdad《他们来到巴格达》
1954　Destination Unknown《地狱之旅》
1958　Ordeal by Innocence《奉命谋杀》
1961　The Pale Horse《灰马酒店》
1967　Endless Night《长夜》
1968　By the Pricking of My Thumbs《煦阳岭的疑云》
1970　Passenger to Frankfurt《天涯过客》
1973　Postern of Fate《命运之门》
1991　Problem at Pollensa Bay《神秘的第三者》
1997　While the Light Lasts《灯火阑珊》

出版前言

纵观世界侦探文学一百七十余年的历史，如果说有谁已经超脱了这一类型文学的类型化束缚，恐怕我们只能想起两个名字——一个是虚构的人物歇洛克·福尔摩斯，而另一个便是真实的作家阿加莎·克里斯蒂。

阿加莎·克里斯蒂以她个人独特的魅力创造着侦探文学史上无数的传奇：她的创作生涯长达五十余年，一生撰写了八十余部侦探小说，她开创了侦探小说史上最著名的"黄金时代"；她让阅读从贵族走入家庭，渗透到每个人的生活中；她的作品被翻译成一百多种文字，畅销全球一百五十余个国家，作品销量与《圣经》《莎士比亚戏剧集》同列世界畅销书前三名；她的《罗杰疑案》《无人生还》《东方快车谋杀案》《尼罗河上的惨案》都是侦探小说史上的经典，她是侦探小说女王，因在侦探小说领域的独特贡献而被册封为爵士；她是侦探小说的符号和象征。她本身就是传奇。沏一杯红茶，配一张躺椅，在暖暖的阳光下读阿加莎的小说是一种生活方式，是惬意的享受，也是一种态度。

午夜文库成立之初就试图引进阿加莎的作品，但几次都与版权擦肩而过。随着午夜文库的专业化和影响力日益增强，阿加莎·克里斯蒂的版权继承人和哈珀柯林斯出版公司主动要求将版权独家授予新星出版社,并将阿加莎系列侦探小说并入午夜文库。这是对我们长期以来执着于侦探小说出版的褒奖,是对我们的信任与鼓励,更是一种压力和责任。

新版阿加莎·克里斯蒂作品由专业的侦探小说翻译家以最权威的英文版本为底本,全新翻译,并加入双语作品年表和阿加莎·克里斯蒂家族独家授权的照片、手稿等资料,力求全景展现"侦探女王"的风采与魅力。使读者不仅欣赏到作家的巧妙构思、离奇桥段和睿智语言,而且能体味到浓郁的英伦风情。

阿加莎作品的出版是一项系统工程,规模庞大,我们将努力使之臻于完美。或存在疏漏之处,欢迎方家指正。

新星出版社
午夜文库编辑部

Agatha Christie

Over the next few years, we plan to celebrate two very important Agatha Christie anniversaries. In 2015, it is the 125th anniversary of her birth in Torquay, South Devon, England, and in 2020 it will be 100 years after her first book, THE MYSTERIOUS AFFAIR AT STYLES, featuring her famous detective, Hercule Poirot, was published. This is therefore a very appropriate moment to publish a new edition of her works, and I am delighted that HarperCollins has chosen to work with New Star on these new editions. New Star is China's top crime publisher, and has a strong and dedicated editorial staff and a continued passion for Agatha Christie, making them the ideal partner. It is the right time to make these classic books available in modern translations and so to bring Agatha Christie's books anew to her many fans in China, giving them a new reason to re-read these much-loved stories, as well as introducing them to a whole new audience. How delighted Agatha Christie would have been that her stories (as she called them) are still giving so much pleasure to so many people all over the world!

I think there are two very remarkable things about Agatha Christie's stories. The first is that they are so adaptable. It doesn't really matter which language they appear in, the stories and the plots still give the same thrill, still provide the same puzzles, and the characters still have the same attraction. Readers in China will I am sure enjoy Hercule Poirot and Miss Marple just as much as we do in England, and readers in China will still be transfixed by the surprises and horrors of AND THEN THERE WERE NONE, one of the great classics of 20th century detective fiction, as we are here.

Agatha Christie

The second is that the stories give a wonderful picture of England, particularly rural England, at the time Agatha Christie lived. She wrote books from 1920 until 1970 but it is sometimes hard to tell which part of her life each book was written in. Her characters and the life they lived were very much the same. The life we all live is changing very quickly these days but the Agatha Christie world stays the same. Perhaps the Miss Marple stories provide the best example of this, and in some ways, THE BODY IN THE LIBRARY and NEMESIS are quite similar, despite the fact that thirty years elapsed between the time they were written.

Perhaps I might end by mentioning three Agatha Christies (other than the ones mentioned above) which I think demonstrate why she is so popular, even in the twenty-first century. The first is MURDER ON THE ORIENT EXPRESS, one of the most famous with one of the most ingenious and human plots. Read this on one of your long train journeys in China! Next is A MURDER IS ANNOUNCED, a Miss Marple which was her 50th book. It has my favourite murderer in it! And last is ENDLESS NIGHT - a story about evil and how it affects three young people, written at the time when I knew her best, and understood how deeply she cared and sympathised with young people and the world they lived in.

Whichever are your favourites I hope you enjoy these stories that New Star are introducing to you again. I think it is a great publishing event.

Mathew Prichard
Grandson of Agatha Christie
Chairman of Agatha Christie Ltd

致中国读者

(午夜文库版阿加莎·克里斯蒂作品集序)

在未来的几年中,我们将要筹备两个非常重要的关于阿加莎·克里斯蒂的纪念日。二〇一五年是她的一百二十五岁生日——她于一八九〇年出生于英国的托基市,二〇二〇年则是她的处女作《斯泰尔斯庄园奇案》问世一百周年的日子,她笔下最著名的侦探赫尔克里·波洛就是在这本书中首次登场。因此,新星出版社为中国读者们推出全新版本的克里斯蒂作品正是恰逢其时,而且我很高兴哈珀柯林斯选择了新星来出版这一全新版本。新星出版社是中国最好的侦探小说出版机构,拥有强大而且专业的编辑团队,并且对阿加莎·克里斯蒂的作品极有热情,这使得他们成为我们最理想的合作伙伴。如今正是一个良机,可以将这些经典作品重新翻译为更现代、更权威的版本,带给她的中国书迷,让大家有理由重温这些备受喜爱的故事,同时也可以将它们介绍给新的读者。如果阿加莎·克里斯蒂知道她的小故事们(她这样称呼自己的这些作品)仍然能给世界上这么多人带来如此巨大的阅读享受,该有多么高兴啊!

我认为阿加莎·克里斯蒂的作品有两个非常重要的特征。首先它们是非常易于理解的。无论以哪种语言呈现,故事和情节都同样惊险刺激,呈现给读者的谜团都同样精彩,而书中人物的魅力也丝毫不受影响。我完全可以肯定,中国的读者能够像我们英国人一样充分享受赫尔克里·波洛和马普尔小姐带来的乐趣;中国读者也会和我们一样，读到二十世纪最伟大的侦探经典作品——比如《无人生还》——的时候，被震惊和恐惧牢牢钉在原地。

第二个特征是这些故事给我们展开了一幅英格兰的精彩画卷，特别是阿加莎·克里斯蒂那个年代的英国乡村。她的作品写于二十世纪二十年代至七十年代间，不过有时候很难说清楚每一本书是在她人生中的哪一段日子里写下的。她笔下的人物，以及他们的生活，多多少少都有些相似。如今，我们的生活瞬息万变，但"阿加莎·克里斯蒂的世界"依旧永恒。也许马普尔小姐的故事提供了最好的范例：《藏书室女尸之谜》与《复仇女神》看起来颇为相似，但实际上它们的创作年代竟然相差了三十年。

最后，我想提三本书，在我心目中（除了上面提过的几本之外）这几本最能说明克里斯蒂为什么能够一直受到大家的喜爱。首先是《东方快车谋杀案》，最著名，也是最机智巧妙、最有人性的一本。当你在中国乘火车长途旅行时，不妨拿出来读读吧！第二本是《谋杀启事》，一个马普尔小姐系列的故事，也是克里斯蒂的第五十本著作。这本书里的诡计是我个人最喜欢的。最后是《长夜》，一个关于邪恶如何影响三个年轻人生活的故事。这本书的写作时间正是我最了解她的时候。我能体会到她对年轻人以及他们生活的世界关心至深。

现在新星出版社重新将这些故事奉献给了读者。无论你最爱的是哪一本，我都希望你能感受到这份快乐。我相信这是出版界的一件盛事。

阿加莎·克里斯蒂外孙
阿加莎·克里斯蒂有限责任公司董事长
马修·普理查德
二〇一三年二月二十日

阿加莎·克里斯蒂侦探小说全集 ⑥1

褐衣男子
The Man in the Brown Suit

[英] 阿加莎·克里斯蒂 著
赵飞 译

新 星 出 版 社　NEW STAR PRESS

献给欧内斯特·贝尔彻少校，谨以此纪念一趟旅行，几则捕狮故事，以及你提出的写一本"米尔庄园的秘密"的要求。①

---

① 贝尔彻少校曾任帝国博览会先遣巡视团团长，受命前往英国当时在全球各处的殖民地巡视，同时振奋殖民地人民的士气。他以"这相当于公费旅游啊，而且你可以带妻子一起去"为说辞，邀请阿加莎的第一任丈夫阿尔奇以财政顾问的身份同行。这里说的"一趟旅行"指的就是这次环游世界之旅。
本书《褐衣男子》一开始名为《米尔庄园的秘密》，即将出版时，阿加莎与当时合作的出版社发生分歧，此书便先以在报纸上连载的形式问世。因连载发表对文本改动较大，阿加莎便另起书名为《褐衣男子》，但购买了连载权的报社认为这个名字不够有冲击力，建议叫《女冒险家安妮》。虽然十分不满这个名字，但看在五百英镑稿费的面子上阿加莎还是同意了。之后再单独出版时才终于遂愿题为《褐衣男子》。
与这则故事有关的更多细节可参考《阿加莎·克里斯蒂自传》（新星出版社，2017 年 5 月出版）。

序幕

俄罗斯舞蹈演员纳迪娜完全征服了巴黎,面对观众们热烈的掌声,她一次又一次地鞠躬谢幕。她眯起了本来就细细的黑眼睛,鲜红的嘴唇微微挑起。当大幕最终落下,遮住了以红蓝色为主色调、夸张怪诞的舞台布景①时,台下热情的法国观众仍在不停地呼叫着。纳迪娜转身离开了舞台,橙蓝色相间的衣裙翻飞。一个留着胡须的绅士热情地张开双臂迎接她。他是剧院的经理。

"太棒了!小不点儿,太棒了。"他大声说道,"今天晚上你超越了自己。"然后殷勤地亲吻了她的双颊,有点公事公办的意思。

纳迪娜习惯了接受他的赞美,然后回到自己的化妆间。房间里到处是花束,随意丢着,一些设计前卫的精美服装挂在衣架上,空气中弥漫着浓郁的花香,以及香水和化妆品的味道。服装师珍妮一边帮女舞蹈家换衣服,一边滔滔不绝地说着一连串的赞美之词。

敲门声打断了她,珍妮去开门,回来时手里拿着一张名片。

"夫人要见吗?"

"给我看看。"

女舞蹈家疲倦地伸出手,然而一看到名片上的名字——塞尔

---

① 原文为法语。本书中多处词语或短句为法语,为方便起见,均以仿宋字体表示。

吉乌斯·保罗维奇伯爵——眼中立刻闪现出光芒。

"我要见他。把米色的睡袍给我，珍妮，快点儿。等伯爵进来之后，你就可以出去了。"

"好的，夫人。"

珍妮拿来了那件睡袍，雪纺质地，玉米色，饰有貂毛，精致高级。纳迪娜套上睡袍，面带微笑地坐下来，用白皙修长的手缓慢轻敲梳妆台的镜子。

获准见面的伯爵马上现身了。他中等身高，很瘦，举止优雅，面容苍白，看上去非常疲惫。样貌上没有什么特别之处，撇开浮夸做作的言谈举止，下次再见时你会很难认出他。他极其绅士地弯腰亲吻了女舞蹈家的手。

"夫人，我实在是荣幸至极。"

珍妮关门前听到了这句话。

一旦没有了外人，纳迪娜脸上的微笑立刻有了微妙的变化。

她说："虽然我们是同胞，但我们不必用俄语来交谈，对吧？"

"我们两个都不懂俄语，那么这样就很好。"来客附和道。

两人达成了一致，开始用英语交谈。伯爵也舍弃了那套矫揉造作的礼仪，没人会怀疑英语不是他的母语。事实上，他已经迅速转型为伦敦音乐厅的艺术家了。

"今晚的表演很成功，恭喜你！"他赞叹道。

"我还是很不安。"女舞蹈家说，"我的身份与过去不同了，但战时引发的怀疑从来没有消失过，我仍旧一直被监视着。"

"但是没有任何人公开指控你是间谍，对吗？"

"那是因为我们的头儿计划周密。"

"'上校'万岁。"伯爵笑着说，"他说他要退休了，真是天大的好消息，不是吗？退休！就像医生、屠夫或者管道工那样……"

"像任何其他行业的人一样。"纳迪娜替他说完了这句话，"我们不应该感到惊讶，'上校'一直很聪明——他就是一个精明的生意人。他像别人经营一家制鞋厂那样组织一场犯罪活动。他筹划并指挥过的一系列重大政变，都是充分利用他所说的各种'专业人才'，从不亲自出马。盗窃珠宝、伪造货币、搞间谍活动——在战时当间谍特别赚钱——还有破坏和暗杀，几乎没有什么是他没有染指的。他最聪明的地方就是知道什么时候收手。现在风声变紧了吧？他就要优雅地退休了，而且坐拥巨额财富！"

"哼！"伯爵怀疑地说，"但这消息让我们很失落。我们无事可做了——像之前一样。"

"但是我们得到了报酬——而且是很慷慨的报酬！"

女舞蹈家语气中所带的某种隐隐的讽刺让他猛然抬起头看着她。她面带微笑，而这笑容之灿烂使他起了疑心。他婉转地说："对，'上校'在付钱方面一直很慷慨。我觉得他能取得成功很大程度上要归因于此——还有他总能找到一个替罪羊。真是个聪明人，绝顶聪明！他是那句名言的忠实信徒：'如果你想安全地做一件事，那就不要亲自下手！'这就意味着，我们每个人都有犯罪的把柄掌握在他手里，而我们没有他的任何东西。"

他停顿了一下，似乎是在等着她来反驳，但是她什么都没有说，只是还像刚才那样微笑着。

"谁都没有。"他沉思着，"不过，你知道，这老头儿还挺迷信的。几年前，他找人算过一次。那个算命的女人预测到了他一生的成功，但是说他会栽在一个女人手里。"

这句话引起了她的兴趣。女舞蹈家好奇地抬起头。

"奇怪,太奇怪了!你是说栽在一个女人手里?"

他笑了笑,耸了耸肩膀。

"肯定是这样。等他退休了,他会结婚,某个年轻的社交美女就会把他的百万家产迅速地挥霍一空,比他挣这些钱要快得多。"

纳迪娜摇摇头。

"不对、不对,不是这样的。听着,我的朋友,明天我要去伦敦。"

"可是你在这儿的表演怎么办?"

"我只去一个晚上,而且是完全不公开的,就像皇室成员那样。没有人知道我离开过法国。你知道我要去干什么吗?"

"这个季节,肯定不是去玩啦。一月份,令人厌恶的大雾天!那肯定是为了赚钱,对吗?"

"没错。"她站起身来,走到他面前,脸上的每一条纹路都充满傲慢和骄傲,她说道,"你刚才说我们没有人手里有头儿的把柄,你错了,我有。我,一个有智慧,也有胆量的女人——因为想骗过他是需要胆量的。你还记得那些戴比尔斯钻石[①]吗?"

"是的,我记得。是战前在金佰利发现的吧?我没有参与,也没听到什么细节,这件事刻意做得很神秘,不是吗?看来这是一大笔生意。"

"那些钻石价值十万镑,是我和另一个人一起弄到手的——当然是在'上校'的指令下。正是在那个时候,我看到了机会。你知道,那个计划是要用一些戴比尔斯钻石与两个年轻采矿者从

[①] 戴比尔斯(De Beers),世界钻石品牌之首,成立于一八八八年,如今钻石市场的很多标准都是由戴比尔斯定义的。

南美带来的钻石样品调包,他们当时正好在金佰利,事成之后人们只会去怀疑他们。"

"很高明。"伯爵赞赏地说。

"我们的'上校'总是很高明。我按照指令做了我该做的事,但我也做了一件'上校'没预料到的事。我留下了一些南美钻石,其中有一两颗非常特别,很容易证明没有经过戴比尔斯之手。有了这些钻石,我就握住了控制我们英明的头儿的武器。一旦那两个年轻人的罪名被洗清,他就会被怀疑。这些年来我什么都没说,只是在心里窃喜我有这个秘密武器。但是,现在情况不同了。我要索回我应得的——一个很大的数目,我该说会是一个巨大的数目。"

"太棒了。"伯爵说,"你一定一直把这些钻石带在身边吧?"他的眼睛慢慢地扫视着凌乱的房间。

纳迪娜轻轻地笑出声来。

"你完全猜错了,我不是傻瓜,那些钻石放在一个你做梦也想不到的地方。"

"我从来都没觉得你是个傻瓜,我亲爱的女士,不过我斗胆提醒你一句,这样是不是有点有勇无谋?'上校'可不是容易被敲诈的人,你知道。"

"我并不怕他。"女舞蹈家笑着说,"我只怕过一个人,而他已经死了。"

伯爵好奇地看着她。

"那我们就祈祷他不会起死回生吧。"他轻声补充了一句。

"你这是什么意思?"女舞蹈家大声质问。

伯爵好像吃了一惊。

"我只是想说如果他复活了,你的处境就尴尬了。"他解释道,"这玩笑可能有点蠢。"

她放心地松了口气。

"哦,不会的,他真的死了。在战争中被打死了。这个男人曾经……爱过我。"

"在南非?"伯爵漫不经心地问。

"是的,既然你问了,我就告诉你,是在南非。"

"那是你的出生地,对吧?"

她点点头。这时,来访者已站起身去拿帽子了。

"好吧,"他说,"你最知道自己该怎么做,但是,如果我是你,我会更害怕'上校',而不是一个已经消失的恋人。他是那种特别容易被低估的人。"

她轻蔑地笑了。

"这么多年了,难道我还不了解他吗!"

"你真的了解他吗?"他轻声说道,"我真的不确定。"

"哦,我不是个傻瓜!我也不是一个人去做这件事。明天南非来的邮船将会停靠在南汉普顿港,船上有个人是应我之邀专门从非洲来的,他会遵照我的命令行事。'上校'要对付的不是我们俩当中的一个,而是我们两个人。"

"这样做明智吗?"

"必须这么做。"

"你很信任那个人吗?"

女舞蹈家的脸上露出古怪的笑容。

"我很信任他。他可能没么有能力,但非常可靠。"她顿了一下,接着用若无其事的语气加了一句,"事实上,他是我丈夫。"

第一章

我身边的每个人都在劝我把这个故事写下来,上自纳斯比勋爵,下至我们以前的女佣埃米莉。我上次去英国时又见到了埃米莉,她说:"哎呀,小姐,如果你以那件事为原型,会是一个多么精彩的故事啊——就像电影一样!"

我承认我绝对能胜任这项工作。我从一开始就介入了这件事,整个过程都深入参与,并且有幸目睹了结局。此外,非常幸运的是,我所不知道的空缺部分又可由尤斯塔斯·佩德勒爵士的日记加以填补,而他也大度地允许我使用日记中的内容。

所以,故事就由此开始了。安妮·贝丁费尔德要开始叙述她的冒险经历了。

我从小就渴望去探险。你知道,我的生活极其平淡乏味。我的父亲,贝丁费尔德教授,是英国仍在世的原始人研究方面最伟大的权威学者之一。他确实是个天才——大家也都这么认为。他的思维永远停留在旧石器时代,但他生活在现代社会,这自然给他带来了诸多不便。爸爸对现代人没兴趣,就连新石器时代的人在他眼中也只不过是一群牧牛人,他只对莫斯特时代①以前感兴趣。

不幸的是,生活中他不可能完全不与现代人接触。或多或

---

① 指旧石器时代中期文化。

少都要与卖肉的、卖面包的、送牛奶的和蔬果店的人打交道。由于爸爸全身心地陷在远古时代中，妈妈又在我很小的时候就去世了，所以料理日常生活的责任就落在了我身上。坦率地说，我恨旧石器时代的人，不管是奥瑞纳人、莫斯特人还是阿舍利人，或者其他任何时期的人。爸爸在写《尼安德特人及他们的祖先》时，大部分打字和校对工作都是我做的，但其实我对尼安德特人十分厌恶，而且总在想，他们在上古时代就灭绝了，真是件令人庆幸的事。

我不知道爸爸是否猜到了我的这种感觉，也许没有，不过反正他也不会有兴趣。他对别人的意见向来毫不在意，我认为这正是他的伟大之处。同样，他的日常生活也是与现实剥离的，他会习惯性地吃进去一切放到他面前的东西，但到付钱时会稍微有些痛苦。我们一直没什么钱，他拥有的名望不是能够带来现金回报的那种。虽然他是几乎所有重要社团的会员，名字后面带着一长串头衔，可是普通百姓没几个知道他的。而他那些长篇学术巨著，尽管对丰富人类知识做出了显著贡献，可普通大众毫无兴趣。只有一次，他闯入了公众的视野。那次是他在某个社团会议上宣读了一篇关于幼年黑猩猩的论文，观察发现幼年人类会表现出一些黑猩猩的特征，而幼年黑猩猩会比成年黑猩猩更接近人类。这似乎表明我们的祖先比我们更像猴子，而远古时代的黑猩猩却比如今的黑猩猩等级更高——换句话说就是，黑猩猩在退化。娱乐性报纸《每日预算》一向喜欢追逐奇闻，马上登出文章，大字标题写着《不是我们是由猴子演化来的，而是我们退化才有了猴子？知名教授说黑猩猩是人类退化的产物》。事后不久，有个记者来拜访爸爸，试图诱使他就这一理论写一系列大众感兴趣的文章。我很少见爸爸那么生气，他粗暴地把那个记者赶了出去。而暗地里我其实有些难过，因为那时我们特别缺钱。事实上，我曾经想过跑出去追上那个年轻记者，告诉他我父亲改变了主意，会按照他们的要求写一些文章。我自己就可以轻松地写出那些文章来，而爸爸很可能永远不会发现这笔交易，因为他从不读《每日预算》。然而，我还是没有这么做，毕竟有些冒险。于是我戴上最好的帽子，悲伤地穿过村子，去见同样愤怒的果蔬店老板了。

《每日预算》的那个记者是唯一来过我们家的年轻人。有时我会羡慕埃米莉，我们的小女佣。一有机会她就会"出门"去见她的未婚夫，一位健壮的船员。有时她也会和果蔬店老板的儿子，或者药剂师的助手一起出去。用她自己的话说，这么做是为了"给自己留条路"。我悲惨地意识到没有人能让我"给自己留条路"。爸爸所有的朋友都是老教授，大多留着长长的胡子。没错，彼特森教授曾经有一次亲切地拥抱我，说我有个"小蛮腰"，还试图亲吻我。光是从他用的字眼就知道他有多落伍了，我还在摇篮里时，有尊严的女子就不喜欢别人说她有"小蛮腰"了。

我渴望冒险，渴望爱情，渴望浪漫，但我好像犯了什么罪，注定要过这种乏味的生活。村子里有个图书馆，里面有很多破旧的小说，我便从书里间接地体验刺激和爱情，晚上就会梦见强壮寡言的罗德西亚[①]男子，"一拳就把对手打翻在地"。村子里的男人看上去都不太可能把别人"打翻在地"，不管是用一拳还是好几拳。

村里还有一个电影院，每周放映一集《帕梅拉历险记》。帕梅拉是个了不起的女孩子，什么都不怕，能从飞机上往下跳，开

[①]曾经是英国直属殖民地，一九八〇年独立，是现如今的津巴布韦。

着潜水艇冒险，爬摩天大楼，眼睛都不眨地出入坏人的领地。她并不是十分聪明，每次都会被坏人头领抓到。但坏人头领似乎不想让她死得那么轻松，于是要么把她关进毒气室，要么想出其他新奇诡异的方法，然而总会有一个英雄在下一集的开头把她给救出来。我总是看得欣喜若狂——然后就回到家看到煤气公司的威胁函，说如果再不付清欠款就要掐断煤气！

虽然我并不相信他们真会这么做，但每次都感觉危机迫在眉睫。

世界上应该有很多人都不知道，在北罗德西亚①的布罗肯山丘的矿山里，曾发现过一个古代人的头骨。有天早晨，我刚下楼就看到爸爸激动得几乎要昏过去了，他急切地把整件事讲给我听。

"知道吗，安妮？它与爪哇猿人头骨有明显的相似之处，虽然只是从表面上看——表面而已。不过我们找到了我常说的尼安德特人的祖型。人们都说直布罗陀头骨是迄今所发现的最早的尼安德特人的头骨，对吧？为什么？这一种族发源于非洲，后来才来到欧洲——"

"别把果酱放到咸鱼上，爸爸！"我着急地喊着，同时抓住心不在焉的父亲的手，"好了，您刚才说什么？"

"后来才来到欧洲……"

他突然呛住了，因为刚才吃了一大口咸鱼骨头。

终于吃完这顿饭后，他站了起来，说："我们必须马上出发，时间不多了。我们必须去现场，周围肯定还可以找到很多东西。我想看看是否有典型的莫斯特时代的器具，应该还能找到远古牛的尸骸，我觉得不是毛犀。哦，很快就会有大批人马往那

---

①赞比亚的旧称。

儿去了，我们一定要赶在他们前面。今天就给库克写封信吧，安妮？"

"钱怎么办，爸爸？"我小心地提醒。

他用责备的眼光望着我。

"你的想法总是让我沮丧，我的孩子。我们不能这么世俗。不行、不行，为了科学，人不能利欲熏心。"

"我觉得库克或许有些世俗，爸爸。"

爸爸看上去很痛苦。

"我亲爱的安妮，你付给他们现金吧。"

"可我们没有现金啊。"

爸爸彻底被激怒了。

"我的孩子，我真的没精力想这些钱啊什么的日常琐事。银行——我昨天刚收到银行经理的通知，说我们有二十七镑。"

"我想您是又透支了吧。"

"啊，我知道了！给我的那些出版商写信。"

我虽然心生疑问但没有吱声，爸爸的书带来的更多是荣誉，而不是金钱。我倒是很想马上就去罗德西亚。"冷漠寡言的汉子。"我满怀激情地自言自语。然后，我发现父亲的穿着有些奇怪。

"爸爸，你靴子穿错了。"我说，"脱了那只棕色的，换上另一只黑色的。还有，别忘了戴围巾，今天特别冷。"

几分钟之后，爸爸穿上了成对的靴子、戴好了围巾，出门了。

那天晚上他很晚才回来，我伤心地发现他的围巾和外套都不见了。

"亲爱的安妮，你说得很对，我进洞之前把它们给脱了，里面实在太脏了。"

我理解地点点头，想起来有一次爸爸回到家时，浑身上下都是更新世的泥土。

　　我们来小汉普斯雷这个小村子住的主要原因是，这里离汉普斯雷岩洞近，岩洞里埋藏了很多奥瑞纳时期的文化遗迹。村子里有一个很小的博物馆，馆长和爸爸整天在地下挖掘，发现了毛犀和穴熊的尸骸。

　　那天夜里爸爸一直在咳嗽，第二天早上我发现他发烧了，只好去请医生来。

　　可怜的爸爸，他已经不行了。他得了严重的肺炎，双肺都已感染，四天以后就去世了。

第二章

大家对我都很关照。虽然我一时还迷迷糊糊的,但还是很感谢他们。我并没有感到特别悲伤。爸爸从来都没有爱过我,这个我很明白。如果他爱我,我会回报他以爱。但是没有,我们之间没有父女之爱,只是属于一个家庭。我照顾他,暗地里也仰慕他的学识,以及他对科学毫无保留的奉献。让我感到痛心的是,当爸爸一生的追求正要有所成就时,他却离去了。如果能把他安葬在一个洞穴中,岩壁上画满驯鹿和火石器,我会感觉好一些。但我无法违背周围人的意见,只得在本地教堂后面那个丑陋的院子里为他修建一座整洁的大理石坟墓。教区牧师的悼词说得很好,但没能给我的内心带来任何抚慰。

过了一段时间我才突然意识到,我终于得到了一直渴望的东西——自由。我成了孤儿,身无分文,但是自由了。同时我也感受到了好心人的善意。牧师努力说服我说他太太急需一个陪伴;村里的小图书馆突然决定招一名图书管理员;最后,医生来找我,先是给出各种借口解释为何无法给我提供医疗费的账单,然后又哼哼哈哈了很久,才突然说要我嫁给他。

我非常震惊。医生已经年近四十了,是个矮矮胖胖的男人。他既不像《帕梅拉历险记》里面的那个男主角,也不像冷峻沉默的罗德西亚男子。我想了一下,然后问他为什么想娶我。这个问题让他慌乱了一阵,之后才喃喃道娶个妻子对做全科医生很有帮助。这个角色听上去比我之前所扮演的那个更加不浪漫,然而,内心里有个声音又在催促我接受他的请求。安全感——这就是他能给我的。安全感以及一个舒适的家。现在回想起来,我所做的对这个矮个子男人有些不公平。他是真心喜欢我,只是不会说那些甜言蜜语,总是词不达意。不管怎么说吧,我拒绝了他的求婚。

"您真是太好了,"我说,"但这是不可能的。我一定要嫁给一个我疯狂爱着的人。"

"你觉得——"

"没有,我没有。"我果断地说。

他叹了口气。

"但是,我亲爱的孩子,你准备怎么办呢?"

"去探险,去看世界。"我毫不犹豫地回答。

"安妮小姐,你还只是个孩子。你不明白——"

"现实中的困难,对吧?我明白,医生,我不是个异想天开的女学生,我是个意志坚定、目的清晰的强健女人!假如您娶了我就会知道啦!"

"我希望你能再重新考虑一下——"

"不用了。"

他又叹了口气。

"我还有一个提议,我有个姑姑住在威尔士,她想找个年轻女子去帮她。你有兴趣吗?"

"不,医生,我要去伦敦。如果这个世界上存在机会,那一定是在伦敦。我会睁大眼睛小心谨慎的,到时候您看着吧,我会成功!下次您再听到我的消息,我可能就在中国或者廷巴克图了。"

下一个来找我的是弗莱明先生,爸爸在伦敦的律师。他特地从伦敦来看我。他本人也热衷于人类学,非常仰慕爸爸。他又高又瘦,瘦削的脸、灰白的头发。我一进屋他就站起身来,双手握住我的手,亲切地拍了拍。

"我可怜的孩子,"他说,"我最最可怜的孩子。"

不知不觉间,我也生出自己就是一个孤苦伶仃的可怜孤儿的印象。是他无形中让我有了这种感觉。他是那么亲切、和蔼、充满父爱,毫无疑问把我看作傻乎乎的小女孩,被孤零零地扔下,面对残酷的世界。我从一开始就感觉到不可能让他改变这种看法,后来又发现幸亏我没有这么做。

"我亲爱的孩子,我能跟你讲几件事情吗?"

"呃,可以。"

"你知道,你父亲是个特别了不起的人,后人会缅怀他,但他不是个好生意人。"

这个我非常明白,可能唯一比我还明白的就数弗莱明先生了,但我克制着没有把这话说出口。他继续说:"我想你还不太明白这些事情,我会试着看能不能给你解释清楚。"

他进行了一段冗长而不必要的说明,简单说来就是爸爸只给我留下了八十七镑十七先令四便士,我要用这些钱来面对今后的生活。这个数字听上去少得可怜。我怯怯地等待着他还有什么要说的,害怕弗莱明先生在苏格兰也有个姑姑,需要人陪伴,但显然他没有。

"现在的问题是,"他说,"你将来怎么办。据我所知你没有什么亲戚了?"

"就我自己一个人。"我说,突然意识到自己很像电影里的英雄人物。

"你有朋友吗？"

"大家对我都很好。"我感恩地说。

"谁能对一个这么年轻又这么动人的女孩子不好呢？"弗莱明先生殷勤地说，"那么、那么，我亲爱的孩子，我们来看看怎么办。"他犹豫了一分钟，然后说，"你觉得来我家住一段时间怎么样？"

这个提议让我激动地跳了起来。伦敦！充满机会的地方。

"您真是太好了，"我说，"真的可以吗？只要让我在找到事情做之前过渡一下就可以了，我会自己养活自己的。"

"是的、是的，我亲爱的孩子，我完全理解。我会帮你找的，看有什么……适合你的。"

我凭直觉意识到弗莱明先生所说的"适合你的"和我自己想的相差甚远，但此时此刻明显不是我发表看法的时候。

"那就这么定了。你干吗不今天就和我一起回去呢？"

"啊，谢谢您，不过弗莱明太太她——"

"我太太会愉快地欢迎你的。"

我很怀疑丈夫们对妻子的了解是不是像他们以为的那么深入。如果我有个丈夫，我肯定不愿意他不打招呼就带回来一个孤儿。

"我们到车站时给她发个电报。"律师继续说。

我仅有的几件家当一会儿就收拾好了。我伤心地对着我的帽子看了很久才把它戴上。最初我称它为"玛丽的帽子"，指的是那种家中女佣出门时戴的帽子，但其实它并不是！它扁扁塌塌的，由黑色稻草编成，边缘处围了一圈压抑的饰边。我曾一时冲动踢了它一脚，还打过两拳，导致帽子顶部凹了进去。我还给它装上了一个立体派艺术家喜欢的那种像胡萝卜一样的装饰，结果竟然看上去很时髦。当然，我后来把胡萝卜摘了。现在我还需要把其他部分也改回去。"玛丽帽"恢复原状了，而且磨损处让它看上去更令人沮丧。我自己也应该尽量更像人们观念中的孤儿那样。我有一点点担忧，怕弗莱明太太会不接受我，但愿我这个样子可以让她消除戒备。

弗莱明先生也有些紧张。这是我们踏上位于安静的肯辛顿广场的那幢大房子的台阶时，我才意识到的。弗莱明太太还算热情地迎接了我。她是个壮实温和的女人，看上去属于贤妻良母的类型。她把我带到一个一尘不染、挂着印花棉布窗帘的卧室，说希望一切如我所愿，并告诉我一刻钟后一起去喝茶，然后就离开了。

之后我听到她略显尖厉的声音从一楼的起居室传来。

"哦，亨利，你到底为什么……"后面的内容我没听清，但是语调中的不悦已足够明显。过了几分钟，又有一句话灌入我的耳朵，语调可谓尖酸。"有一点我倒是同意你说的！她的确长得很——漂亮。"

生活真是不易，如果你长得不漂亮，男人们不会对你好；而如果你漂亮，女人们又会对你不好。

我长长地叹了口气，开始整理头发。我的头发很好，乌黑乌黑的——不是深棕，而是纯正的黑色——从额头和耳朵后面垂下来。我随意地把它们抓起来绑在头顶上。我的耳朵呢，也还不错，不过毫无疑问，人们现在已经不再注意耳朵长得怎么样了。它们就好比彼特森教授年轻时人们所仰慕的"西班牙皇后的美腿"。整理完毕后，我看上去简直就是一个走在队伍中，头戴小圆帽、身披红斗篷的孤儿。

走下楼时，我注意到弗莱明太太目光慈祥地注视了我的耳朵好一会儿。弗莱明先生看上去有些不知所措。我猜他一定在想，"这孩子怎么把自己搞成了这个样子"？

总体来说这一天还算是顺利地过去了。我要立即开始找事情做这件事也定了下来。

睡前我仔细看着镜子里的自己，我长得真的漂亮吗？老实说，我并不这么觉得！我没有高挺的希腊式鼻子，也没有如玫瑰花瓣般的樱唇，可以说没有什么值得赞赏的地方。确实曾有位助理牧师说我的眼睛就像"漆黑幽暗的森林中透出的一缕阳光"，不过助理牧师们都很会引用这类名句，时不时抛出来。我宁愿有爱尔兰式的蓝眼睛，而不是深绿色、有黄色暗影的！不过绿眼睛倒是与冒险家很相称。

我套上一条黑裙子，肩膀和手臂露着，然后把头发散下来。我往脸上扑了许多粉，因此肤色看起来比平时更白。我又找出一管唇油，在嘴巴上涂了厚厚的一层，又用软木炭笔在眼睛下面画了画。最后，我把一条红丝带搭在裸露的肩头，头上插一只红色羽毛，嘴里叼着一支香烟。整体效果让我非常满意。

"女冒险家安妮。"我大声说道，冲着镜子里的自己点点头，"《女冒险家安妮》，第一幕，'肯辛顿的宅子'！"

女孩子实在是傻乎乎的。

第三章

接下来的几个星期我真是无聊极了。在我看来,弗莱明太太和她的朋友都非常乏味,她们成天谈论自己和孩子们的事,不是埋怨想给孩子买些好牛奶有多不容易,就是怎么因为牛奶不好而向牛奶公司投诉。接着她们又开始谈论用人们,说找到好的用人有多么不容易,她们对中介公司的女人是怎么说的,中介公司的女人又是怎么回答。她们似乎从来不看报纸,从不关心世界上发生了些什么事。她们不喜欢旅行,因为外面的所有东西都和伦敦的不一样。当然,里维埃拉①还可以,因为在那里能遇到所有的朋友。

我一边听一边努力地控制着自己。这些女人大多很有钱,她们完全可以周游世界,可她们宁愿选择待在无聊脏乱的伦敦,谈论送牛奶的小工和她们的用人!现在回想起来,我当时可能有些刻薄。但是她们确实很愚蠢,就连本职工作也做得很差——大部分都做不好家务,家政开支更是搞得一团糟。

我的计划依旧没什么进展,房子和家具都卖了,卖来的钱刚好可以抵掉所欠的债。我还没有找到事情做,我也不是特别想找事做!我坚信如果我执着地想要去冒险,冒险的机会就会来找

---

①里维埃拉(Riviera)指南欧地中海沿岸一带,是英国人的传统度假胜地。

我。我坚信这一理论：一个人总能得到自己想要的东西。

我的理论很快就被事实验证了。

一月初的一天，准确地说是一月八号。我刚参加完一次失败的工作面试，一位女士说想找一个秘书加陪伴，但其实是想要一个年薪二十五镑、每天工作十二小时的女佣。我们双方都不怎么满意，有些不快地告别了。我走上埃奇韦尔大街——面试地点是在圣约翰伍德的一幢房子里，穿过海德公园往乔治医院的方向走，然后钻进海德公园角地铁站，买了一张去格洛斯特路的票。

进站后，我就一直走到了站台的尽头。我想知道往唐郡街站[①]方向的两条铁道是不是连在一起的。事实证明我猜对了，为此我很开心。站台上的人不是很多，尽头处更是只有我和一个男人。从他身边经过时，我闻到了一股奇怪的味道，是我最不能忍受的樟脑丸的味道！是从这个男人厚重的大衣上散发出来的。大部分人还没进入一月份就开始穿冬装了，因此这个时候大衣上的味道应该已经散尽了。这个男人站在我前面，紧贴着月台边缘。他似乎在沉思，我也就可以肆无忌惮地观察起他来。他又矮又瘦，深棕色的面孔上有一双淡蓝色的眼睛，留着一撮黑色的小胡子。

应该是刚从国外来的，我在心里推测道，所以衣服上还有樟脑味儿。可能是印度。不是官员，否则不会留胡须。可能是个种茶工。

恰在此时，男人转过身，像是想沿着站台走走。他瞟了我一眼，然后向我身后望去，突然间，他的脸色变了，因为害怕而扭曲——不，更接近恐慌。他下意识地向后退了一步，像是在躲避

[①] 唐郡街地铁站（Down Street Station）是伦敦地铁中的一站，位于海德公园站和格林公园站之间，已于一九三二年废弃，但红砖建筑车站依旧存在，如今两边都是豪华饭店，显得十分诡异。有传言说丘吉尔的战时内阁就发源于这一站的地下。

某种可怕的东西,但他完全忘了自己正站在月台边缘,一下子摔了下去。铁轨上闪过一道光,伴有破裂的声响。我尖叫出声,人群从四面八方涌来,两个站内服务员不知从哪里冒了出来,维持现场秩序。

我站在原地,像着了魔似的一动也动不了。一方面我被突然发生的事故吓呆了,另一方面我又很冷静,想看看他们用什么办法把那个男人从铁轨弄到月台上来。

"请让我过一下。我是医生。"

一位身材高大、留着棕色胡须的男人从我身边挤过,在静止的人体边蹲了下来。

看着他检查尸体,一种不真实的感觉在我心头闪过。这不是真的,不可能是真的。最后,那位医生站起身来,摇摇头。

"死透了。没救了。"

人群挤得更近了,一个站内服务员高声叫道:"别挤了,往后点好吗?都挤到这儿干吗呢?"

我突然感到一阵恶心,急忙转身朝着通向电梯的台阶跑去。我感觉这一切太可怕了,必须出去透透气。刚才检查尸体的那个医生就在我前面。一部电梯即将关门上行,另一部正从上面下来,他突然跑了起来,一张字条从他身上掉了下来。

我停下来捡起字条,追着他跑去,但是电梯门在我面前砰的一声关上了,留下了手里握着字条的我。等我乘另一部电梯来到地面时,我要找的人已经不见踪影。我暗自希望他掉的这张字条对他来说不是什么重要的东西,然后第一次打开来看上面写了什么。是从普通笔记本上撕下来的半张纸,上面用铅笔歪歪扭扭地写着几个数字和字母。

17.1 22 Kilmorden Castle

从字面来看，好像不是什么重要的东西。不过我还是犹豫着没把它扔掉。我拿着字条站在那里，又不舒服地皱起了鼻子，樟脑丸的味道又来了！我小心地把字条放到鼻子前，是的，味道很重。但是，那么……

我小心地把字条折起来放进包里，缓缓地往家走，一路上想了很多。

我对弗莱明太太说我在地铁站里目睹了一桩很严重的意外事件，心里很不舒服，想回房间去躺一会儿。善良的她坚持让我喝了一杯热茶，然后就让我去休息。回到房间我就开始实施我在回来的路上想到的一个计划。我想弄清楚为什么看着那个医生检查尸体时，我会产生一种莫名其妙的不真实感。首先，我假装是那具尸体，在地板上躺了下来，然后把一个长靠枕放在我躺的位置来充当尸体，我自己则尽力模仿医生当时的每个动作。做完这个实验之后，我得到了想要的答案。我坐在地上，面对着墙壁，皱起了眉头。

晚报上刊登了一则短消息，说有一个男人死于地铁站内，目前还不能确定是自杀还是意外。我觉得有义务把我知道的说出来，弗莱明先生听我讲完事情经过后，也完全同意我的看法。

"毫无疑问，你应该去做证。你刚才说当时周围没有其他人看到所发生的一切？"

"我感觉身后有人，但是我不能确定……而其他人都没有我离得那么近。"

我去做证了。弗莱明先生替我安排好了一切，并且陪着我一起去。他好像怕我经受不起将要面对的询问,而我也只好表现得不那么淡定自若。

死者是L.B.卡顿先生。在他口袋里只找到一张房屋租赁经纪公司开的证明信,允许他去看马洛[①]附近的一幢临河的房子。根据这张证明,警方才认定他是住在拉塞尔酒店的L.B.卡顿先生,饭店职员也证实这个男人于前一天入住酒店,用的正是这个名字。登记卡上写着L.B.卡顿,南非金佰利。很明显他一下船就直接去了酒店。

我是唯一目睹了整个事件经过的人。

"你觉得是意外吗?"死因裁判官[②]问我。

"我确定是。有什么东西把他吓了一跳,他想也没想就下意识地往后退了一步。"

"是什么把他吓了一跳呢?"

"这个我不知道。但确实有东西,他当时看上去吓坏了。"

一个冷漠的陪审员暗示说有的人怕猫,那个男人可能是看到了一只猫。我觉得他这个想法一点也不聪明,但好像获得了陪审团的认同,他们显然都急于回家,能以意外结案总好过自杀。

"我觉得很奇怪,"死因裁判官说,"那个在现场第一时间检查尸体的医生没有前来做证。应该当时就记下他的姓名和地址的,他没有这么做真的很奇怪。"

我暗自笑了。针对这位医生我有自己的判断,而且我的判断促使我决定尽快去一趟苏格兰场。

没想到第二天早晨又出现了令人震惊的消息。弗莱明夫妇拿

[①] 马洛(Marlow)是英国白金汉郡的一个城市兼地方行政区,位于泰晤士河畔,在伦敦城以西五十多公里处。
[②] 英国的死因裁判官属于一个独立的司法机构,拥有陪审团,以裁定死因不明的案件的死因。

回家一份《每日预算》，那天的《每日预算》可是出尽了风头。

地铁意外续篇
空屋发现勒毙女子

我迫不及待地读道：

　　昨天在马洛的一幢名为米尔庄园的房子里有一个惊人的发现。这栋房子是尤斯塔斯·佩德勒爵士的房产，正准备空屋出租，而警方在海德公园角地铁站跳轨自杀的那位男子的口袋中发现了一张看房证明，要看的正是这幢房子。昨天，在米尔庄园二楼的一个房间里发现了一个年轻漂亮的女人的尸体，是被勒死的。目前死者身份还未确定，但据传是个外国人，警方说已经掌握了一些线索。米尔庄园的主人尤斯塔斯·佩德勒爵士目前正在里维埃拉休养过冬。

第四章

没有人前去认领女子的尸体，法官仅得到以下信息：

一月八日下午一点钟多，一个穿着讲究、略带外国口音的女人走进了位于骑士桥的"巴特勒和帕克先生"房屋中介公司。她说她想租或者买一幢毗邻泰晤士河的房子，并且要靠近伦敦市区。中介马上给她找了几处符合条件的房子，其中就包括米尔庄园。她留下的名字是德·卡斯蒂纳夫人，住在丽兹酒店，但后来查明那里并没有住着叫这个名字的客人，酒店的人也都不认识死者。

米尔庄园一直由尤斯塔斯·佩德勒爵士家花匠的妻子詹姆斯太太照看。詹姆斯太太住在临街的小棚屋里，她证明说大约下午三点钟，一位女士来看房子，并出示了房屋中介的证明信。按照惯例，詹姆斯太太就把房子的钥匙给了她。米尔庄园离她住的小屋有些距离，她一向不陪租客一起看房。几分钟后，又来了一个年轻男子。根据詹姆斯太太的描述，他个子很高，宽肩膀，皮肤呈古铜色，眼睛是浅灰色的，胡子刮得很干净，穿一身褐色西服。他向詹姆斯太太解释说他是刚才去看房的那位女士的朋友，来的路上先去邮局发了封电报。于是詹姆斯太太给他指了去米尔庄园的路，没有多想。

五分钟后年轻男人又回来了，交回钥匙，并说恐怕那栋房子对他们来说不合适。詹姆斯太太没有看到那位女士，以为她是先离开了。不过她确实发现年轻男人显然正因某事而特别不安——"他像见到了鬼一样，我当时想他是不是病了啊。"

第二天又有一对男女来看房，发现了躺在楼上一个房间里的尸体。詹姆斯太太确认死者正是前一天来看房的那位女士。房屋中介也认出死者就是"德·卡斯蒂纳夫人"。警方的验尸官判断女子死于约二十四小时前，《每日预算》马上给出结论，说凶手就是在地铁站里自杀的那个男人，他先杀了这个女人，然后又自杀了。然而，地铁站的那个男人死于两点钟，而这个女人下午三点时还活得好好的，由此得出的唯一合乎逻辑的推论就是这两起事件之间毫无关联，在死去的那个男人的口袋里发现的那张看房证明不过是生活中常见的巧合而已。

于是又回到了最初的判断："被一人或多人蓄意谋杀"。警察（以及《每日预算》）又要开始寻找那个"褐衣男子"了。由于詹姆斯太太确认在那位女士去之前，米尔庄园里没有人；而除了那个可疑的年轻男子之外，直到第二天下午，期间都没有人再进去过。按照逻辑，他应该就是谋杀不幸的德·卡斯蒂纳夫人的凶手。她是被一条结实的黑色绳子勒死的，并且很明显是在毫无防备的情况下突然遭到袭击，没能发出任何声响。她随身携带着一个黑色丝质手袋，里面有一个鼓鼓囊囊的钱包、一些零钱、一条高级蕾丝手帕——上面没有任何记号——和一张回伦敦的头等车厢车票。没有任何特别的东西。

这些就是《每日预算》刊登的全部细节，而他们目前每日的头等大事就是要"找到那个褐衣男子"。平均每天有五百个人写信来说找到了那个人，而那些晒成古铜色的高个子男人要是被裁缝说服做了一身褐色西服，那可就倒了大霉了。另外，地铁里的那起事件被认定为偶然巧合导致的事故,淡出了人们的视线。

真的是巧合吗?我倒觉得不一定。毫无疑问,我对此事怀有偏见,因为地铁事件是我私藏的秘密,不过在我看来,这两起命案之间肯定存在某种关联。两起事件中都有一个古铜色皮肤的男人——很明显是生活在国外的英国人,还有其他一些线索。就是因为这些其他的线索,我决定采取下一步行动。我来到苏格兰场,要求见米尔庄园案的负责人。

接待我的人一开始听不懂我在说什么,这要怪我误闯了负责失物招领的部门。最后,我终于被领进一个小房间,见到了梅多斯探长。

梅多斯探长个子矮小,姜黄色的头发,怪声怪气的,态度很不好。屋里还有一个他的手下,也穿着便衣,低调地坐在角落里。

"早上好。"我紧张地说。

"早上好。坐吧。听说你有一些你认为有用的信息要告诉我们。"

他的语气听上去像是说这根本是不可能的事。我觉得很恼火。

"您应该知道那个在地铁站里被杀的男人吧?他的口袋里也有一张去马洛看房的证明。"

"哦!"警长说,"你就是做过证的贝丁费尔德小姐吧。是的,他的口袋里有一张看房单。很多人有那样的看房单,但不是所有人都被杀了。"

我强忍着怒火。

"那人的口袋里没有地铁票,您不觉得奇怪吗?"

"地铁票很容易丢,我自己就丢过。"

"也没有钱。"

"他的裤子口袋里有一些零钱。"

"但是没有钱包。"

"有些男人就是不习惯带笔记本、钱包或任何小包。"

我又另做尝试。

"那个医生一直没来做证,您也不觉得奇怪吗?"

"医生都很忙,经常不看报纸,他也许早就把这件事给忘了。"

"事实上,警官,您是不想找到任何疑点。"我友好地说。

"是吗?那我觉得你对疑点有些过于敏感了,贝丁费尔德小姐。年轻女孩都很爱浪漫,喜欢神神秘秘的事情,这个我明白。只是,我很忙……"

我接受了他的暗示,站起身。

坐在墙角的那个人突然谦和地说:"或许我们可以听这位年轻的女士简短地谈一谈她对这件事的看法,探长?"

探长马上接受了这个建议。

"好。那么,贝丁费尔德小姐,别生气。你刚才提出了一些问题,也给了很多暗示,现在直截了当地把你的想法说出来吧。"

我在受伤的自尊心和急于表达的欲望之间犹豫着,受伤的自尊心靠边站了。

"你出庭做证时曾说你认为这不是自杀?"

"是的,我非常肯定。那个男人当时受到了惊吓,是什么吓到他了?不是我。可能是当时从月台那边向我们走来的某个人,一个他认识的人。"

"可你没看到任何人?"

"没有。"我承认道,"我当时没回头。然后,尸体刚从铁轨抬到站台上,就有个男人挤到前面去查看尸体,他说他是医生。"

"这没什么奇怪的。"探长不动声色地说。

"但他不是医生。"

"什么?"

"他不是医生。"我重复道。

"你是怎么知道的呢,贝丁费尔德小姐?"

"我很难解释清楚。战时我曾在医院工作过,见过医生是怎样检查尸体的。他们都带有一种职业性的娴熟与淡定,而那个男人没有。此外,医生不会在身体的右侧检查心跳吧。"

"他是那样做的?"

"是的,我当时还没完全意识到,只是觉得有点不对头。回到家之后我弄明白了,也知道了为什么我当时就觉得一切都不太对劲儿。"

"嗯。"探长说着,慢慢地伸手去拿笔和纸。

"他在检查尸体的上半身时,完全有机会拿走死者口袋里的任何东西。"

"我觉得不太可能。"探长说,"不过——你能描述一下他的长相吗?"

"他个子很高,宽肩膀,穿一件黑色大衣和一双黑靴子,戴一顶圆顶礼帽。他留着黑色的胡须,还戴着金丝边眼镜。"

"不考虑大衣、胡子和眼镜,就没什么关于他的特征的信息了。"探长嘟囔道,"需要的话,他可以在五分钟之内轻易地改变形象。而如果他如你所说是个扒手,那他无疑会这么做的。"

我根本就不是这个意思,此时我已对这位探长彻底失望了。

我起身要离开时,他又问:"你没有更多关于他的信息可以告诉我们了吗?"

"有。"我说,抓紧机会在离开前掷出最后一发炮弹,"他明显有颗短圆型头颅，这个他很难改变。"

我得意地看到梅多斯探长的笔空挥了几下，他显然不知道"圆型头"这个词该怎么写。

第五章

怒火中我灵光一闪，轻而易举就想到下一步该怎么办了。走进苏格兰场的时候我的脑子里就已经有了一个初步的想法，以备面谈不成功之后实施（这次面谈简直是太不成功了）。现在就看我是否有勇气去实施了。

有时平日里不敢做的事，会在盛怒时轻易做到。我毫不犹豫地走进了纳斯比勋爵的家，甚至没意识到自己在做什么。

纳斯比勋爵是个百万富翁，拥有《每日预算》和其他一些报纸——有好几份呢，不过《每日预算》是他的最爱。正是《每日预算》使他在英国家喻户晓。幸好近期有媒体透露了这位大人物的日程表，让我得以准确地知道此时此刻能在哪里找到他。这一小时他应该在自己家里给秘书口授工作。

当然，我知道并不是每个来这里说想见他的年轻女孩都能立刻被带到他面前，对此我也有所准备。我之前在弗莱明先生家的名片盘里看到过洛姆斯里侯爵的名片，他是英国最著名的运动界贵族。我拿起名片，掸掉上面的面包屑，用铅笔在上面写道"请拨冗见一见贝丁费尔德小姐"。女探险家的做事风格就是不能太中规中矩。

这一招果然奏效。一个脸上擦了粉的男仆接过名片，鞠躬进去了。马上，一个面色苍白的秘书走出来，我成功地回避了他的问题,他只好退了回去。他再次出现时请我跟他进去,我跟着他,来到一间大屋子,一个一脸恐惧的速记员像幽灵一般从我身边经过。门关上了,我与纳斯比勋爵面对面。

他块头很大。头大,脸大,胡子大,肚子也大。我定了定神,我可不是来这里评论纳斯比勋爵的肚子的。他对我吼道:"好吧,什么事?洛姆斯里想干什么?你是他的秘书吗?到底有什么事?"

"首先,"我尽可能表现得镇定一些,"我并不认识洛姆斯里勋爵,他也肯定不知道我是谁。我是从我住的那家人的名片盘里拿到他的名片的,然后在上面写了些字。我必须见您。"

有那么一会儿,纳斯比勋爵看上去像是要中风倒下了。最后,他咽了两下口水,缓了过来。

"我很欣赏你的镇定,年轻的女士。那么,你见到我了!如果你能引起我的兴趣,你就还可以再见我两分钟。"

"这样就够了。"我说,"我肯定能让您感兴趣。我想说的是关于米尔庄园谜案的——"

"如果你找到了那个'褐衣男子',写信给编辑就可以了。"他马上打断了我。

"如果您总打断我的话,我需要的可能就不止两分钟了。"我冷静地说,"我没有找到'褐衣男子',但我应该能找到。"

我尽可能简短地把在地铁站里看到的情况以及我个人得出的结论告诉了他。我说完时,他问了个让我意外的问题。

"你是怎么知道'短圆型头颅'这个词的?"

我说到了爸爸。

"那个研究猴子的人?啊?好吧,你肩膀上的头颅里好像真有点儿东西,年轻的女士。但是都是空想啊,你知道吗,不值得深究。没有什么用——至少在目前看来。"

"这个我很明白。"

"那么,你想怎样呢?"

"我想到你的报社工作,来调查这件事。"

"这个不行,我们已经有专人在做这件事了。"

"可我比其他人更了解这件事。"

"就你刚才告诉我的那些,啊?"

"哦,不是的,纳斯比勋爵,我还藏了些秘密呢。"

"哦,是吗,你有吗?你这姑娘看起来还挺机灵的。那么,你还有什么?"

"这个所谓的医生进电梯前弄掉了一张纸条,我捡起来了。纸条有一股樟脑丸的味道,那个摔死的男人身上也有这种味道,但医生身上却没有,所以我马上意识到纸条是医生从死者身上偷拿到的。纸条上写着两个单词和一些数字。"

"给我看看。"

纳斯比勋爵漫不经心地伸出一只手。

"不行。"我笑着说,"您知道,是我发现的。"

"我就说嘛,你的确是个聪明的姑娘。你这么做很正确。不过你没想过交给警察吗?"

"我今天早上去了一趟警局,本想着给他们的,可他们坚持说这件事与马洛发生的那件事毫不相干。既然这样,我觉得我有理由自己留着纸条。更何况那位警长对我很不客气。"

"目光短浅的男人。好吧,我亲爱的姑娘,我们可以这样,你继续按照你的想法调查,如果发现了什么——可以刊登的东西,就发给我们,我会给你机会的。《每日预算》随时欢迎真正有才能的人,但你得先做出点儿什么给我们看看,明白吗?"

我道了谢,并为自己的鲁莽道歉。

"没关系,我喜欢漂亮姑娘稍微无礼一些。顺便说一下,你刚才说需要两分钟,但加上我打断的部分,其实你用了三分钟。对一个女人来说这很不容易了!一定是因为你有过科学的训练。"

我又回到大街上时简直无法呼吸,大口地喘着气,像是刚刚跑完步。我发觉与这个新结识的纳斯比勋爵谈话还真是累人。

第六章

我欣喜若狂地回到家,计划进行得比我预期的要顺利得多,纳斯比勋爵非常通情达理。现在我需要按照他说的"做出点儿什么来"。我回到自己的房间,锁上门,然后拿出那张珍贵的纸条,仔细研究起来。揭开秘密的线索就在这上面。

首先,这些数字代表着什么呢?总共有五个数字,前两个数字后面有个顿号,"十七……一百二十二。"我自言自语道。

似乎没有任何意义。

接着我把它们加起来。小说里经常这么干,而且总会有惊人的发现。

"一加七等于八,再加一等于九,再加二等于十一,再加二等于十三!"

十三!不吉利的数字!这是在警告我不要插手这件事吗?很有可能。但是除了这个警示作用,依旧没有什么意义。我不相信现实生活中真有罪犯会这么写十三。如果他想写十三,他就会写十三。"13"——像这样。

一和二之间有个空,于是我用一百七十一减去二十二,得到一百五十九。我又算了一遍,发现是一百四十九。这些运算无疑是很好的练习,但是对于揭开谜团似乎毫无帮助。我放弃了加减计算,也不想尝试乘除法了,我开始研究文字。

基尔默登堡。这个很明确，是一个地方。也许是某个贵族家族的发家之地。（失踪的后裔？爵位的继承者？）或者是一个风景如画的遗迹。（埋有宝藏？）

是的，总体来说，我倾向于这个地方与藏宝有关。数字总是与宝藏有关。向右一步，向左七步，向下挖一英尺，然后再向下走二十二步，诸如此类的。我会弄明白的。重要的是目前我要尽快赶往基尔默登堡。

我冲出房间，抱回一大摞参考书。《名人录》《地名词典》《苏格兰族系史》及《英吉利群岛》。

时间一分一秒地过去，我专心地查找着，但是越查越心烦。最后，我哐的一声合上最后一本书。看来没有基尔默登堡这个地方。

真没想到在这儿遇上了难题。一定有这么个地方，不然为什么造出这么个名字，还把它写下来呢？太荒唐了！

我突然又有了一个想法。也许它只是郊外的一个有点城堡样子的破地方，然后主人自己取了一个听起来很气派的名字而已。如果是这样，那就非常难找了。我沮丧地坐在地上（做重要的事情时我总是坐在地板上），思考着该怎么办。

还有什么别的办法吗？我绞尽脑汁地思考着，然后高兴地跳了起来。当然了！我应该去"犯罪现场"看一看，好侦探都是这么做的！不管事过多久，他们总能在现场找到被警察忽视的证据。我必须去一趟马洛。

可是我怎么进入那幢房子呢？我放弃了几个冒险的想法，选择了一个最简单的。那个房子一直在招租，估计现在还没租出去，我可以假装成一个看房的租客。

我还决定去当地找一家房屋中介公司，这样能迅速缩小范围。

然而，我还是没有想周全。一位态度很好的中介给我介绍了五六处不错的住所，我费尽心思找借口把它们都回绝掉，最后我真的无计可施了。

"你们真的没有其他什么地方了吗？"我可怜巴巴地盯着那个职员的眼睛问，"临河，有大大的花园和小木屋。"我回忆着从报纸上读到的对米尔庄园的描述，补充道。

"哦，当然了，还有尤斯塔斯·佩德勒爵士的房子。"他显得很犹豫，"就是米尔庄园，您知道的吧。"

"不会吧，是不是那个……"我结结巴巴地说。（说真的，学结巴已经成为我的强项了。）

"是的！就是那栋发生了凶杀案的房子。您可能不会喜欢——"

"哦，我想我不会介意的。"我面带自嘲地说，我觉得我已经在这位职员面前建立起了诚恳的形象，"或许可以给我便宜些，鉴于此情况。"

这一招太高明了，我想。

"哦，我想可以。不瞒您说，现在是拿下那个房子的最好时机，仆人们您也可以考虑一下。如果您看完房子后觉得喜欢，我觉得您就可以定下来了。需要我给您开个看房证明吗？"

"麻烦你了。"

十五分钟后，我来到了米尔庄园门旁边的小木屋。我敲了敲门，一位身材高大的中年妇女拉开门，直接跳到我面前。

"谁都不能进那栋房子，听见了吗？我实在是太讨厌你们这些记者了。尤斯塔斯爵士命令说——"

"我是来租房子的。"我冷冷地说，同时拿出了看房证明，"不过如果已经被租出去了——"

"哦,真是对不起,小姐。我这几天被报社的记者烦死了,没有一分钟的安宁。不,房子还没租出去——现在很不好租。"

"是因为排水系统不好吗?"我担心地轻声问道。

"哦,天哪,小姐,排水系统没问题!您肯定听说了吧,一个外国女人在屋里被弄死了。"

"我好像在报纸上看到过这件事。"我漫不经心地说。

我的不在意似乎刺激了这位好心的女人。如果我表现出任何的忌讳之意,她估计就会像牡蛎一样立即闭上嘴巴。而此时她正兴奋地滔滔不绝。

"我猜您也看到了,小姐!所有报纸上都登了,《每日预算》还号召大家一起追捕那个杀人犯。按他们的说法,警察好像不太管用。我希望他们能抓住他,虽然他真的长得很帅。他看上去像个军人——啊,我敢说,他一定是在战争中受过伤,通常情况下这类遭遇都会让人变得有些怪异;我妹妹家的孩子就是这样。也许她利用他做过什么坏事——这些外国人,都很坏。不过她是个很漂亮的女人,就站在你现在站的位置。"

"她是白种人还是有色人种?"我试探性地问,"报纸上的照片看不出来。"

"黑头发,脸特别白——我觉得白得有点不自然——嘴唇涂得红红的,看上去很凶。反正我不喜欢那样的,偶尔稍微扑点儿粉倒是没什么。"

我们像老朋友一样交谈起来。我又问:"她看上去紧张或者难过吗?"

"完全没有。她还在微笑呢,不太显眼的那种,好像正为什么事高兴呢。所以第二天下午,那些人从房子里跑出来要叫警察,说有人在里面被杀了时,我吓得差点儿晕倒。我永远也忘不掉那个情景，我再也不敢天黑后进那个房子了，反正现在是不敢了。而且，要不是尤斯塔斯爵士跪下来求我，我连这个小木屋都不想住了。"

"尤斯塔斯·佩德勒爵士不是在戛纳吗？"

"事发前他是在戛纳，小姐，听到消息后他就回英国了。我刚才说跪下来求我只是一种修辞，他的秘书，佩吉特先生说之后会给我们双倍的薪酬，让我们留下来。我家约翰说现在的钱是很值钱的。"

我十分赞同约翰的说法。

"那个年轻人呢，"詹姆斯太太突然又接着前面的话题继续说，"他看上去倒是不太高兴。他的眼睛闪着光，是双浅色的眼睛，我特别注意到了。我当时想他可能是有些兴奋吧，完全没想到会有什么不对，就连他出来时我都没怀疑，但其实那时他的样子很奇怪。"

"他在房子里待了多久？"

"嗯，不长，可能就五分钟吧。"

"你觉得他有多高？六英尺？"

"差不多吧。"

"你说他的胡子刮得很干净？"

"是的，小姐，连一根胡楂都没有。"

"他的下巴是不是有点亮亮的？"我突然想起来问。

詹姆斯太太吃惊地盯着我。

"哦，您提起这个，小姐，确实有点亮亮的。可是您怎么会知道呢？"

"算是种怪谈吧，杀人凶手通常都长了个亮亮的下巴。"我胡乱解释道。

詹姆斯太太完全相信了我的说法。

"真的吗，哦，小姐，我还从来没听说过。"

"我猜你没注意到他的脑袋是什么样的吧？"

"就是普通人那样的，小姐。我去给您拿钥匙吧？"

我接过钥匙，向米尔庄园走去。到目前为止，我觉得我对整起事件的还原还是不错的。我意识到詹姆斯太太描述的男子和我在地铁站里看到的"医生"在外表方面没有本质的差别。大衣、胡子、金丝边眼镜。那个"医生"看上去像是个中年人，但我记得当他弯腰检查尸体时，动作却像个年轻人，那种柔韧度是年轻人的关节才具备的。

那起意外事件的死者（我称他为樟脑丸男人）和那位外国女人，德·卡斯蒂纳夫人——不管她的真名叫什么——准备在米尔庄园见面，我是这么认为的。也许是怕被跟踪，或是其他什么原因，总之他们想出了这么一个巧妙的方法，去看同一栋房子，这样他们的会面看上去就像完全出于偶然。

途中樟脑丸男人突然看到"医生"，这是他没有预料到的，他非常吃惊，这一幕被我目睹了。接下来发生了什么？"医生"卸掉了他的伪装，尾随那个女人去了马洛。但是，他可能匆忙之中没把下巴上的胶擦干净，于是就有了我问詹姆斯太太的问题。

我脑子里思索着这些，来到了米尔庄园低矮的老式大门前。我用钥匙开了门，走进屋里。门厅又矮又暗，有一股好久没人住的发霉味道，我忍不住打了个寒战。几天前那个女人"面带微笑"走进这栋房子时没有感觉到这不祥的阴冷吗？她的笑容是不是马上消失了，换成一种无名的恐惧萦绕心头？或者，她走上楼时依然微笑着，丝毫没有觉察到厄运即将降临？我的心跳有些加快。这栋房子里确实没有人吗？是不是也有厄运在等着我呢？我第一次真正理解了平时常说的一个词:"气氛"。这栋房子里有一种气氛,一种残酷、危险和邪恶的气氛。

第七章

　　我摇摇头，甩掉那些困扰我的不祥之感，快步走上楼，很容易就找到了惨案发生的房间。尸体被发现的那一天下着大雨，这间屋子没有铺地毯，因此泥脚印布满了木地板。我猜想着凶手前一天是否也留下了脚印，如果有，警方应该也不会公布。但我马上又觉得自己想多了，因为那天天气很好，没有下雨。

　　房间本身没什么特别的地方。几乎是正方形，有两扇大窗户，白墙壁，地板上没铺地毯。木地板靠近墙的几个地方有些污渍，是原来所铺的地毯留下的痕迹。我仔细搜查了房间，但是什么都没找到，连一个别针都没有。我这个有天赋的年轻侦探似乎不可能发现任何被遗漏的线索了。

　　我随身带着一支笔和笔记本，虽然没什么好记的，不过我还是例行公事地画了一张房间的草图，以掩饰我的失望。当我准备把铅笔放回包里时手滑了一下，铅笔滚落在了地板上。

　　米尔庄园真的很旧了，地板都不平了，我的铅笔先是匀速地滚了几下，然后突然加快了速度，一直滚到一扇窗下才停下来。每一扇窗户都带个飘窗，飘窗下面是个柜子，我的铅笔就停在柜门前。柜门关着，可我突然想到如果柜门是打开的，铅笔会不会滚进柜子里面。我打开了柜门，铅笔立即滚了进去，踏踏实实地停在了最里面的角落。我去捡它时，发现由于房间里光线很暗，柜子的结构又很特别,导致我根本看不到铅笔在哪里,只能用手摸。柜子里除了我的铅笔外什么都没有,但出于刨根问底的本性,我又打开了对面窗户下面的柜子。

初看一眼,好像空无一物,但我坚持不懈地在里面到处摸索,终于碰到了一个硬纸卷,萎靡不振地躺在柜子最里面的角落。拿出来我才知道是什么,是一卷柯达胶卷。终于有了发现!

我想到这很有可能是尤斯塔斯·佩德勒爵士的一卷旧底片,丢在柜子里,最后清理的时候没看到。但我又觉得不是这样的。红色的纸看上去很新,表面有些浮尘,看上去就像是两三天前丢在那里的——也就是凶案发生之后。如果它在那儿放得再久一点,就会有厚厚的一层灰。

这是谁掉的胶卷呢?那个女的还是那个男的?我记得她手提包里的东西都是完好无损的。如果她的包当时被扯开了,胶卷从里面滑落,那么包里的零钱也会散落到地上,对吧?不对,胶卷不是那个女人掉的。

我突然狐疑地吸了吸鼻子,难道是我被樟脑丸的味道迷住了,产生幻觉了吗?我发誓闻到了樟脑丸的味道。我又把胶卷放到鼻子下面闻了闻,有一股浓浓的胶片特有的味道,但是除此之外,我确实闻到了那种我特别讨厌的怪味。我马上就找到了原因,有一小丝布条挂在胶卷中心,布条上满是樟脑丸的味道。这卷胶片曾装在死于地铁站的那个男人的大衣口袋里。是他把胶卷掉到了这里吗?以他的行踪来看,不太可能。

不对,是另外那个男人——"医生"。他从死者口袋里取出那张字条时还拿走了这卷胶卷,之后和那个女人搏斗时又把胶卷掉在这里了。

我找到线索了!我要把胶卷冲洗出来,然后再来看看下一步该采取什么行动。

我兴高采烈地离开了米尔庄园,把钥匙交还给詹姆斯太太之后快速奔到地铁站。回城里的路上我又掏出小纸条,重新研究起来。突然间,这些数字显示出新的意义。也许这是一个日期?"17122",一九二二年一月十七号?肯定是!我真傻,之前怎么没有想到。不过,如果是这样,我必须马上找到基尔默登堡在哪里,因为今天是十四号,还有三天,时间可真够短的——还不知道从何找起,简直是令人绝望!

今天是来不及去冲洗胶卷了。我必须赶紧回肯辛顿,才不会错过晚饭。不过我想到了一个能验证我的推测是否正确的简单方法。我问了问弗莱明先生,死者的遗物中是否有一台照相机。我知道他对这个案子很感兴趣,对所有细节了如指掌。

让我又气又恼的是,他回答说没有照相机。卡顿的东西都被仔细地检查过了,警方希望从中发现一些线索来推测他当时的心理状况。弗莱明先生十分肯定,卡顿没有照相器材。

这对我的推理无疑是个打击。如果他没有相机,那他为什么要随身携带一卷胶卷呢?

第二天早晨我很早就出门了,去冲洗宝贵的胶卷。我还小题大做地跑到摄政街上那家很大的柯达店。我拿出胶卷,要求各洗一张。店员刚刚把一大堆放在黄色隔热筒中的胶卷整理好,他接过我的胶卷,看着我。

"我想你弄错了。"他笑着说。

"呃,没有,我想我没有。"我说。

"你拿错胶卷了,这卷还没用呢。"

我装作若无其事地走出店门。我敢说,一个人一次又一次地意识到自己有多愚蠢是很有好处的!但是没人愿意有这种经历。

随后，当我经过一家大型海运公司时，我突然停住了脚步。橱窗里展示着这家公司的一艘漂亮的游轮模型，上面标着"肯尼尔沃斯堡号"。我突发奇想，推门走了进去。我走到柜台前，用颤抖的声音（这次是真的！）小声说："基尔默登堡号？"

"十七号从南安普顿开出。是去开普敦的吧？一等舱还是二等舱？"

"多少钱？"

"一等舱八十七磅——"

我打断了他，说道："我要一等舱。"

太多巧合了，船票钱正好是我得到的遗产数！我要把所有的鸡蛋放在一个篮子里。

我现在真的是要开始探险了。

第八章
（尤斯塔斯·佩德勒爵士的日记摘录）

说来也奇怪，我好像从来都得不到安宁。我是个喜欢宁静生活的人，我喜欢我的俱乐部，喜欢桥牌，喜欢精致的饭菜，配上一瓶好酒。我喜欢英格兰的夏天，喜欢在里维埃拉过冬。我无意介入轰动的事件，但不反对在壁炉前读报纸时偶尔读到这类事，不过仅限于此。我的生活目标就是舒适，为达此目的，我费了不少心思，也花了不少钱，但依旧不能事事如愿。事情不是发生在我身上，就是发生在我周围，而且我经常被牵扯进去，虽然我不愿意。我讨厌被牵扯进去。

这次事件的起始是盖伊·佩吉特早晨拿着一封电报来到我的卧室，脸色阴沉得像要去参加葬礼一样。

盖伊·佩吉特是我的秘书，是个热心、勤勉、努力的人，各方面都值得赞扬。我知道他也是最让我心烦的人。我一直在绞尽脑汁地想着怎么摆脱他，但是你不能因为你的秘书喜欢工作胜过玩儿，喜欢早起而且没有任何恶习而辞退他。这家伙唯一有趣的地方就是他的那张脸，就像十四世纪的投毒犯,为波吉亚家族[①]做脏事的家伙。

如果佩吉特别让我也像他那么辛苦地工作,我也不会太介意。我对工作的态度是放轻松,不要太费力——说白了就是糊弄一下就好了!我怀疑盖伊·佩吉特这辈子对待任何事情都没有糊弄过,他做什么都那么认真。这也正是他难合作的原因。

上个星期,我想了个妙招,把他打发到佛罗伦萨了。他那时说起佛罗伦萨,并说他是多么想去那里看看。

"我亲爱的伙计,"我大声说,"你明天就去,一切费用由我承担。"

通常来说,一月份并不是去佛罗伦萨的好时间,但对佩吉特来说都一样。我可以想象到他拿着一本观光指南四处跑来跑去,虔诚地参观所有美术馆。而我花这个钱能买来一周的自由,实在便宜。

那一周非常愉快,我想干什么就干什么,不想干什么就不干。但是今天早晨我迷迷糊糊地睁开眼,虽看不清但感知到佩吉特竟站在九点的迷离晨光中,我知道,自由结束了。

"我亲爱的伙计,"我说,"这大清早的,你是刚参加完葬礼,还是正要去呢?"

佩吉特并未理会我的幽默,只是直勾勾地看着我。

"您已经知道了,尤斯塔斯爵士?"

"知道什么?"我没好气地问,"从你脸上的表情,我

[①] 波吉亚家族(The Borgias)是一个十四到十六世纪间十分有影响力的意大利-西班牙贵族家族,影响波及整个欧洲的宗教、军事、政治等领域。亚历山大四世时代,此家族涉嫌通奸、买卖圣职、贿赂、偷窃、谋杀等诸多犯罪事件,而谋杀多以砒霜下毒的方式实行。

推测你某个近亲今天早上要下葬。"

佩吉特尽力回避了我的无理挑衅。

"我想您应该还不知道这件事。"他拍了拍电报,"我知道您不喜欢被早早叫醒,不过现在已经九点了。"佩吉特认为早晨九点意味着一天已经过去了一半,"而且我想鉴于此情况……"他又拍了拍手里的电报。

"什么情况?"我问。

"这是一封从马洛警局发来的电报,有个女人在您的房子里被杀了。"

我一下跳了起来。

"真是胆大包天,"我叫道,"为什么在我的房子里?谁干的?"

"他们没说。我想我们应该马上回英格兰去,尤斯塔斯爵士?"

"你没必要这么想,我们为什么要回去?"

"警察——"

"我干吗要跟警察扯上关系啊?"

"可是,是在您的房子里啊。"

"这个,"我说,"是我的不幸,而不是我的错。"

盖伊·佩吉特沮丧地摇摇头。

"这会对选民产生不好的影响。"他伤心地说道。

我没看出为什么会产生影响,不过我有种感觉,在这类事情上佩吉特的直觉总是对的。从表面上看,一位迷路的年轻女郎在一位国会议员闲置的房子里被杀了,不会对国会议员造成任何影响——但是品格高尚的英国民众会怎么想,可真是说不准哪。

"她还是个外国人,事情就更糟糕了。"佩吉特忧郁地补充道。

我再一次相信他是对的。如果一个女人在你的房子里被杀会引来非议,那么被杀的是个外国女人就会让事情更加糟糕。我突然又想到另一件事。

"天哪,"我叫道,"这件事不会惹卡罗琳不高兴吧。"

卡罗琳是为我烧饭的女士,她也是我的花匠的妻子。她是个怎样的妻子我不清楚,但她是个极好的厨师。而詹姆斯呢,却不是个好花匠,他成天游手好闲,但我照样给他钱,并让他们住在小木屋里,这都是因为卡罗琳的烹饪手艺好。

"出了这种事,我想她不会再待下去了。"佩吉特说。

"你总是那么善解人意。"我说。

我觉得我可能必须得回英格兰,佩吉特很明显地表示我应该回去,而且还有卡罗琳要去安抚。

三天后。

我真不能理解,可以离开英格兰过冬的人为什么还待在这里!这里的气候糟透了,还遇上这种麻烦,真是让人烦躁。房屋中介说在那么多媒体曝光后,米尔庄园几乎不可能租出去了。卡罗琳倒是安抚好了——用双倍的薪酬。其实我们也可以从戛纳发封电报来说服她。事实上,正如我所说的,我们并不是非得回来不可。我明天就回去。

一天后。

发生了几件奇怪的事情。首先,我碰到了奥古斯都·米尔瑞,一个典型的现时英国政府培养出来的老东西。他像个特工似的,神神秘秘地把我拉到俱乐部的一个角落,跟我大谈南非以及那里的工业发展情况,谈及有关发生在南非兰特的罢工的传闻以及造成这次罢工的原因。我尽量耐心地听他讲。最后,他压低声音说有几份文件希望能送到史末兹①将军手中。

"我想你说得很对。"我说,努力忍住一个哈欠。

"但是怎么交给他呢?我们在这件事情上的立场是很微妙的,非常微妙。"

"为什么不能邮寄啊?"我轻松地说,"贴上两便士的邮票,找个最近的邮筒扔进去就行了。"

他似乎被我的建议吓到了。

"我亲爱的佩德勒!普通邮政!"

我一直不明白,英国政府为什么要雇佣"国王信使"来传送机密文件,搞得那么引人注目。

"如果你不喜欢邮政系统,就派一个你手下的年轻人去,他会享受这趟旅程的。"

"不可能。"米尔瑞说,以老人特有的方式摇摇头,"这是有原因的,我亲爱的佩德勒,我跟你说是有原因的。"

"是啊,"我提高音调说,"这件事非常有趣,不过我要走了——"

"稍等一下,我亲爱的佩德勒,我请求你等一下。现在请告诉我,我会替你保密的,你是不是准备不久后去南非?你对罗德西亚很感兴趣,我知道,而罗德西亚是否加

---

①指扬·史末兹(Jan Smuts, 1870-1950),南非与英国联邦政府政治家及军事领袖。

入南非联邦这件事关系到你的切身利益。"

"呃，我是准备下个月去南非。"

"为什么不早点启程呢？这个月？或者这个星期怎么样？"

"也不是不行。"我饶有兴致地看着他，"但我不明白我为什么要提前去。"

"你能为政府立下一件大功——功勋卓著。他们会非常……嗯……感激你的。"

"你的意思是，想让我去做邮差？"

"没错。你的身份不代表官方，你的行程是善意的，一切都特别理想。"

"哦，"我慢吞吞地说，"我倒是不介意。我现在就想尽快离开英国。"

"你会发现南非的气候很宜人——相当宜人。"

"我亲爱的伙计，我知道那边的气候，战前不久我就在那边。"

"我实在是非常感激，佩德勒。我会把东西寄给你的。一定要交到史末兹将军的手上，明白吗？基尔默登堡周六启航——那艘船非常棒。"

后来我又陪着他沿着蓓尔美尔街走了一小段，分别时他热情地和我握手，再次热情洋溢地感谢了我。回家的路上我忍不住思考着政府的政策。

第二天晚上，我的管家贾维斯通报说有位先生有私事要见我，但是不愿意报上姓名。我一直不懂得如何打发卖保险的，就让贾维斯说我不见他。盖伊·佩吉特呢，真用得着他的时候，他又不幸胃病犯了，躺在床上。这些认真勤奋工作的年轻人一般胃都不太好，容易反胃。

贾维斯又回来了。

"尤斯塔斯爵士，那位先生让我告诉您，是米尔瑞先生派他来的。"

这就不一样了。几分钟后，我在书房见了这位来访者，他是个身材健壮的年轻人，肤色很深，从一边眼角到下巴有条很明显的伤疤，破坏了虽显得鲁莽却英俊的面容。

"哦，什么事？"我说。

"米尔瑞先生派我来的，尤斯塔斯爵士，我将作为秘书陪同您一起去南非。"

"我亲爱的伙计，"我说，"我已经有个秘书了，不想再要一个了。"

"我想您需要，尤斯塔斯爵士。您的秘书在哪儿呢？"

"他有点反胃，躺着呢。"我解释道。

"您确认他只是有些反胃吗？"

"当然了，他一直有这个毛病。"

我的来访者笑了。

"可能是吧，也可能不是，时间会告诉我们的。但是我可以告诉您，尤斯塔斯爵士，如果米尔瑞先生听到是有人做了手脚故意把您的秘书支开，他是不会感到惊讶的。哦，您不必为自己担心。"——我猜我脸上一定闪过了一丝警觉——"您没有危险。打发走您的秘书，就更好接近您了。不管怎么说，米尔瑞先生希望我能陪同您，费用当然会由我们来承担，不过护照需要您费心办理，就说您决定这次带两位秘书一起走。"

他看上去是个意志坚定的年轻人，我们彼此直视着对方，我输给了他。

"好。"我无力地说。

"您不要对任何人提起我陪同您的事。"

"好。"我又说。

不管怎样，有这个小伙子跟我一起也许更好些，但是我有一种要掉入深水的预感——就在我以为我将获得安宁的时候！

我的来访者转身准备离开，我叫住了他。

"我应该知道我的新秘书的名字吧。"我语调讽刺地说。

他想了一下。

"哈里·雷伯恩这个名字听上去挺合适的。"他看着我。

他说这话时的语气十分奇怪。

"好。"我第三次这么说道。

第九章
（安妮的叙述继续）

女英雄晕船是件非常丢人的事。在书中，船摇晃颠簸得越厉害，她越高兴。当其他人都晕得想吐时，她则独自一人在甲板上摇摇晃晃地走来走去，勇敢地面对一切恶劣天气，坦然地迎接风暴。然而我必须遗憾地说，基尔默登堡号第一次颠簸时我就脸色煞白，慌忙回到客舱。一位女客舱服务员同情地扶着我，建议我吃些吐司，喝点干姜水。

我待在自己的船舱中呻吟了三天，恨不得忘记所有事情，再也不想去揭开什么谜团了。现在的我，和那个从游轮公司活蹦乱跳地跑回南肯辛顿广场的安妮判若两人。

回想起我突然闯进客厅时的情形，我笑了起来。当时客厅里就弗莱明太太一个人，我进门时她马上转过身来。

"是你吗，安妮，亲爱的？我想跟你谈点事。"

"嗯？"我尽量克制住心中的不耐烦。

"埃默里小姐要走了。"埃默里小姐是家里的家庭教师，"你还没找到什么事做吧，不知你想不想——我真心希望你能跟我们待在一起。"

我挺感动的。她并非真心想用我，我知道。这个提议完全出自她作为基督徒的善心，我为私下对她的挑剔感到羞愧。我站起身，冲动地跑过去，伸出双臂搂住了她。

"您真是个好人，"我说，"一个最好、最好、最好的人！太感谢您了。不过我不能做，我周六就要去南非了。"

我这番唐突的举动把这位好心的太太惊呆了，她不太适应突然的情感流露，我说的话更是让她吃惊。

"去南非？我亲爱的安妮，这种事我们要好好考虑一下。"

这是我最不愿意做的了。我解释说我已经安排好了行程，并计划到那里后找份客厅女佣的活儿干。事发突然，眼下我只能想到这个借口，我告诉她，南非很缺客厅女佣。我向她保证能照顾好自己。最后，她没再多问，接受了我的计划，并为终于摆脱了我而发出放松的叹息。分别时，她把一个信封塞到我手里，里面有五张崭新的五英镑纸币，还有一张纸条，上面写着"希望你不要拒绝，收下我的心意"。她真是个善良的好心人。我不能再和她同住一个屋檐下了，但我已发现了她人性中的闪光点。

于是，现在我口袋里揣着二十五英镑，只身面对世界，开始我的冒险。

到了第四天，那个女服务员终于来劝我到甲板上去。我感觉待在下面我能死得平静一些，便坚持躺在床铺上。她接着诱惑我说马上就要到马德拉群岛了，我的胸中燃起了希望，我可以在此地下船，马上找一份客厅女佣的活儿干。只要是在陆地上，干什么活儿都行。

我裹着外套和毯子，拖着像小猫咪一样软弱无力的双腿上了甲板，然后马上瘫在了一张帆布躺椅上。我双眼紧闭躺在那里，咒骂着生活。长着一张娃娃脸的金发乘务长走过来坐在我旁边。

"哈喽！不太好受，是吧？"

"是。"我答道，心里咒骂着他。

"哦,你还会不舒服一两天,过海湾时确实很糟糕,不过再往前天气就好了。明天我可以带你去逛一圈。"

我没回话。

"你觉得自己永远好不了了,对吧?我见过比你更惨的人,但两天之后,就成了船上最活跃的明星。你也会这样的。"

此时我没力气直接反驳说他是个骗子,但我努力用眼神表达不满。他又愉快地聊了几分钟,终于好心地离开了。人们从我面前走来走去,活跃的夫妻"伸展身体",孩子们蹦蹦跳跳,年轻人说说笑笑。也有几位像我一样面色苍白,无力地躺在帆布躺椅上。

不过这里的空气清新舒适,不太冷,阳光温暖明媚。我渐渐地觉得自己好些了,开始观察起船上的人。有一个女人引起了我的注意。她大约三十岁,中等身高,漂亮的圆脸上有两个酒窝,眼睛蓝蓝的。她身上的衣服看起来普通,但"剪裁"就带着"来自巴黎"的感觉。此外,她神情愉悦又不过于兴奋,好像整艘船都是她的!

甲板服务生们跑来跑去,任她使唤。她的帆布躺椅也和别人的不一样,而且有无数个靠垫。她改了三次主意,才终于确定要坐在哪里,但魅力丝毫不减,显得十分迷人。看起来她是那种世间少有的知道自己想要什么,而且能想办法得到,同时又不让人讨厌的人。我暗自决定如果身体恢复了——不过我自然是永远都恢复不了的——就去和她聊聊,想必会相当有趣。

大概中午时分我们到达了马德拉群岛。我还是虚弱得动不了,不过我很喜欢看那些样子奇特的商贩把各种物品带到船上,摊在甲板上卖。还有卖鲜花的。我把鼻子埋到好大一捧甜甜的、带着水珠的紫罗兰里,顿时觉得好多了。我开始觉得我或许有可能撑过这次航程。女服务生再来劝我喝一点鸡汤时,我只是稍微拒绝了一下。等她把汤端来后,我喝得津津有味。

那位魅力女郎也来到了甲板上,她是由一位军人模样、棕色皮肤的高个子男人护送上来的,昨天我看到他上上下下好几趟。我立刻就把他归类为健壮寡言的罗德西亚男人。他看上去四十来岁,两鬓有些斑白,绝对是船上最英俊的男子。

女服务生又给我送来一条毯子时,我问她是否知道那位魅力女郎是何许人也。

"她是有名的社交名媛,人人都爱的可人儿,克拉伦斯·布莱尔夫人。您肯定在报纸上读到过关于她的报道。"

我点点头,望着她,心中对她的兴趣更浓厚了。布莱尔夫人不仅知名,而且是当代智慧女性的代表。我饶有兴趣地观察着,发现她确实是众人的焦点。有不少人想借着船上休闲、不拘礼节的气氛,凑上去和她打招呼。我钦佩布莱尔夫人能用礼貌的方式把他们都打发掉。她好像把那个健壮沉默的男人当作护花使者了,而他似乎也心安理得地接受了这个特权。

第二天早晨,布莱尔夫人又在她那位迷人的伴侣的陪伴下在甲板上绕了几圈后,出乎我的意料,她竟在我的椅子边停了下来。

"今天早上感觉好点儿了吗?"

我谢了她,说感觉有点儿活过来了。

"你昨天看上去确实很不好,瑞斯上校[①]和我都认为我们要在海上参加葬礼了呢——可惜你让我们失望了。"

我笑了。

[①] 瑞斯上校出现在阿加莎的多部作品中,比如《尼罗河上的惨案》等。

"接触到新鲜空气让我好多了。"

"什么都没有新鲜空气好。"瑞斯上校微笑着说。

"憋在拥挤的客舱里谁都会死的。"布莱尔夫人说着在我旁边的椅子上坐下来,又冲她的伴侣点点头,示意他可以离开了。"你是水上的舱位吗?"

我摇摇头。

"我亲爱的姑娘!你怎么不换换呢?有很多空位呀。有不少人在马德拉下船了,船上已经空空荡荡的了。去跟乘务长说一下,他是个特别好的小伙子,帮我换到了一个特别漂亮的客舱,因为我不太喜欢原来的那个。你中午下去吃饭时可以找他谈谈。"

我打了个冷战。

"我动不了啊。"

"别说傻话了,站起来跟我走走吧。"

她脸上挂着甜甜的微笑,鼓励地望着我。我起先觉得两条腿特别无力,但当我们上上下下地走了一会儿后就感觉好多了,也开心多了。

在甲板上转了一两圈后,瑞斯上校再次加入我们。

"从甲板那边可以看到特内里费岛的最高峰。"

"是吗?你觉得我能拍得到吗?"

"恐怕不行……但这不妨碍你对着它咔嚓几张。"

布莱尔夫人笑了。

"你真坏,我有些照片拍得不错呢。"

"可能有百分之三能用吧,我觉得。"

我们一起来到了甲板的另一边。远处,被雪覆盖的山体裹在一层轻薄的玫瑰色云雾中,只露出闪光的尖顶。我高兴地叫了起来。布莱尔夫人马上跑去拿她的相机。

不顾瑞斯上校的嘲弄,她一张接一张地拍了起来。

"啊,胶卷用完了。唉!"她懊恼地说,"总是这样,想拍的时候没胶卷了。"

"我就喜欢看小孩子玩新玩具的样子。"上校轻声说。

"你太坏啦。不过我还有一卷呢。"

她得意扬扬地从毛衣口袋里掏出一卷胶卷。这时,船身突然摇晃了一下,她一个趔趄,赶紧抓住了护栏,胶卷却被抛出了栏杆。

"啊!"布莱尔夫人大叫一声,惊慌的样子很有趣。她趴在护栏上往下看。"你们觉得是不是掉进海里了?"

"没有,也许你运气好,砸到下面某个服务生的头了。"

一个小男孩不知什么时候来到我们身后,吹响了震耳欲聋的号角。

"午餐!"布莱尔夫人喜悦地说,"早饭后我就什么都没吃,除了两杯牛肉茶①。吃饭去吧,贝丁费尔德小姐?"

"哦,"我犹豫着,"好吧,我确实觉得有点饿了。"

"太好了。你是坐在乘务长那桌的,我知道,跟他聊聊客舱的事。"

我去了餐厅,小心翼翼地吃起来,结果吃了很多东西。我昨天刚认识的乘务长祝贺我的康复,他说大家今天都在换客舱,并向我保证马上会把我的东西移到一个水面上的舱位。

我们桌只有四个客人:我,一对年老的女士,还有一位传教士,他一直在谈论"我们穷苦的黑人兄弟们"。

我环顾四周看了看其他餐桌,布莱尔夫人坐在船长那桌,瑞

---

①牛肉茶(beef tea)是一种传统的英式食品,类似清炖肉汤,口感似法餐中的清汤,另有瓶装出售。

斯上校坐在她旁边，船长的另一边是一个相貌特别、头发花白的男人。我在甲板上见过不少人，但从没见过这个男人，他肯定没上过甲板，否则我不会没注意到他。他又高又黑，长相中带着一种奇怪的阴险感，让我有些害怕。我好奇地问乘务长他是谁。

"那个人哪，哦，是尤斯塔斯·佩德勒爵士的秘书。他晕船晕得特别厉害，可怜的家伙，所以一直没出舱。尤斯塔斯爵士随行带了两个秘书，都晕船，另一位现在还没出来呢。这位秘书叫佩吉特。"

所以，尤斯塔斯爵士，米尔庄园的主人，也在这艘游轮上。或许只是个巧合，或许——

"坐在船长旁边的那位就是尤斯塔斯爵士。"我的线人继续道，"自大的老东西。"

我越看那个秘书的脸越不喜欢。苍白的肤色，躲躲闪闪的眼睛，厚厚的眼皮，以及梳得过于平整的头发——所有一切都让人觉得厌恶，甚至恐惧。

我看准他们俩离开餐厅时也站起了身，紧紧跟在秘书后面上甲板。他正在和尤斯塔斯爵士讲话，我听到了一两句。

"我打算现在去处理一下客舱的事，可以吗？您的客舱里东西太多了，没办法工作。"

"我亲爱的伙计，"尤斯塔斯回答说，"我的客舱，一是让我用来睡觉的，二是让我在里面换衣服的。我从来没想过让你在里面摊开你那可恶的打字机工作。"

"我就是这个意思，尤斯塔斯爵士，我们必须得有个工作的地方……"

这时我和他们分开了，准备到下舱去看看我的东西搬得怎么样了。我看到服务生正忙着搬呢。

"房间很好,小姐,在甲板 D 层,十三号。"

"哦,不!"我叫道,"我不想要十三号。"

我对十三这个数字有迷信的看法。房间是不错,我四处看了看,心里犹豫着,但是愚蠢的迷信思想占了上风。我可怜兮兮地问服务生:"还有别的房间吗?"

服务生想了想。

"嗯,还有十七号,就在右舷边上。今天早晨刚空出来的,虽说已经分给一位先生了,不过东西还没搬进去,而且先生们通常不像女士们这么迷信,我觉得他不会介意换个房间的。"

我兴高采烈地接受了这个提议,服务生则去征求乘务长的同意。他笑着回来了。

"没问题,小姐,我们可以搬了。"

我跟着他来到十七号客舱,没有十三号那么宽敞,但我非常满意。

"我这就去拿您的东西,小姐。"服务生说。

就在这时,那个面容阴险的男人(我决定这么叫他了)出现在了走廊里。

"对不起,"他说,"这间房是预留给尤斯塔斯·佩德勒爵士的。"

"都办妥了,先生,"服务生解释道,"爵士换去十三号了。"

"不行,我要的是十七号房。"

"十三号其实更好,先生——那边更大。"

"我特意选的十七号房,而且乘务长同意了。"

"不好意思,"我冷冷地说,"但是十七号房已经给我了。"

"我没同意。"

服务生从中调解。

"那间房和这个是一样的,还更好一些呢。"

"我就要十七号。"

"出什么事了?"另一个声音打断了我们,"服务生,把我的东西放在这儿吧,这是我的房间。"

是午餐时坐在我旁边的爱德华·奇切斯特。

"什么?"我说,"这是我的房间。"

"这个房间预留给了尤斯塔斯·佩德勒爵士。"佩吉特说。

我们都变得有些激动。

"我真不想为这种事争论。"奇切斯特说,试图用一个温柔的微笑来掩盖他志在必得的决心。我发现谦和的男人大多很固执。

他侧身挤进走廊。

"您可以搬到左舷的二十八号房。"服务生说,"很好的房间,先生。"

"恐怕我必须坚持了,说好的十七号房给我的。"

我们陷入了僵局,谁都不愿意放弃。严格说来,我其实可以退出这场竞争,让事态稍微简单一些。我愿意去二十八号房,只要别让我去十三号房就行了。但是我的脾气上来了,一点儿都不想让步。而且我不喜欢奇切斯特,他戴着假牙,吃饭时会发出声响。不过大多数男人都多少有些毛病。

我们各自又重复了一遍刚才的说辞,服务生再次向我们保证另外两间房都比这间好,虽然这次他语气更重了,但依旧没人理会他。

佩吉特有些发火了,奇切斯特还保持着镇定,我也尽力不让自己发脾气。不过还是没有人愿意让步。

服务生冲我眨了下眼睛,小声给了我一个暗示,我立刻悄悄跑开了。十分幸运,我很快就找到了乘务长。

"哦，求您了，"我说，"您不是说我可以搬去十七号客舱吗？可是还有其他人想去，奇切斯特先生和佩吉特先生。您一定要把那间房给我，好吗？"

我总是说没有人比水手对女人更好了。我的小乘务长马上摆平了纠纷。他大步走到争吵现场，对那两个人说十七号舱房是我的，他们俩可以分别选十三号和二十八号，或者仍留在现在的房间里——由他们自己定。

我向他使眼色表示他是我的英雄，然后就搬进了我的新领地。这次较量给我带来了美好的新世界。海面平静，天气日渐转暖，晕船的事已经完全过去了！

我上了甲板，受邀参加了古老的投环游戏，之后又参加了各项运动。甲板上开始供应茶点时我又尽情享用了一番，然后和几位讨人喜欢的年轻绅士玩推圆盘。他们都对我特别关照，我觉得愉快而满足。

更衣号突然响了，我赶紧回到我的新客舱换衣服，服务生愁眉苦脸的在房间里等着我。

"您的房间里有股怪味儿，小姐。我也不知道是哪儿传来的味道，但我觉得您在这里睡不好吧。C甲板层那儿还有一间甲板舱，您可以换过去，反正只是今天晚上。"

那味道确实很糟糕，让人恶心。我对服务生说我先换衣服，同时想想换房间的事。我冲进洗手间，难闻的味道依然存在。

这是什么味道啊？死老鼠？不是，比死老鼠还恶心，而且不太一样。是我知道的一种味道！我过去闻到过。是什么——啊！我想起来了，是植物乳胶！战争期间我曾在医院药房工作过很短的一段时间，对各种恶心的药物都有所了解。

植物乳胶，就是它。但是怎么会——

我一屁股坐在沙发上，突然明白了。有人在我的房间里放了一点儿植物乳胶。为什么呢？这样我就会搬走？为什么这么迫不及待地想把我赶出去？我从一种新的角度把下午发生的事又想了一遍。为什么这么多人都想搬进十七号客舱？另外两间房都比这间好，为什么那两个男人都坚持要十七号房呢？

十七。这个数字出现过不止一次了！我是十七号从南汉普顿出发的，这是第一个十七——我突然倒抽了一口冷气，赶紧打开箱子，拿出藏在袜子里的宝贵的纸条。

"17 1 22"——我之前认为它代表日期，基尔默登堡号启航的日期。也许我错了。想想看，会有人在写日期时还特意把年份和月份都写下来吗？也许"17"指的是十七号客舱？那"1"呢？时间——一点钟。这么一来"22"就一定是日期了。我看了看我的小年历。

明天就是二十二号！

第十章

我异常兴奋，确信我终于找到了正确的方向。有一件事很清楚，我一定不能离开这个房间，植物乳胶的味道已经散去，我又一次仔细地检查了我的物品。

明天就是二十二号了，要么凌晨一点，要么下午一点，就会有事情发生。我赌会是凌晨一点。现在是七点钟，还有六个小时便可以见分晓了。

我不知道我是怎样度过那个晚上的。我很早就回到自己的客舱，对服务生说我感冒了，不介意屋里有怪味。她还是有些过意不去，但我很坚定。

长夜绵绵。我上了床，但鉴于可能会发生紧急情况，我裹着一件厚厚的法兰绒睡袍，脚上穿着拖鞋。如此装束，我觉得我可以迅速起身，积极应对任何状况。

我在期待什么？我不知道。各种胡思乱想在我的脑海中闪过，大多过于夸张。但有一点我坚信不疑，一点钟肯定会有事情发生。

我听到同船的旅客陆陆续续地回了房间，对话的片段和笑着互道晚安的声音透过开着的气窗传来，之后便是一片寂静。舱外的灯大都熄灭了，只留走廊上的一盏还亮着，有一些光渗进我的房间。我听见八声钟[①]响了。接下来的一个钟头是我从未体验过的漫长,我不断地看手表,生怕错过了时间。

如果我的判断失误,如果一点钟什么都没发生,那我就糟大了。我把自己在这个世界上拥有的所有钱都孤注一掷地押上了,我感到一阵阵心痛。

头顶传来两声钟,一点了!什么动静都没有。等等——那是什么声音?我听到一串轻轻的跑步声——正沿着过道跑过来。

接着,我的舱门被砰的一声撞开,一个男人冲了进来。

"救救我,"他声音嘶哑地说,"他们在追我。"

这不是争论或需要解释的时候,我能听到外面的脚步声。我大概有四十秒钟采取行动。我一下跳起来,与站在客舱中央的陌生人面对面。

客舱里没有地方供一名六尺男人藏身。我用一只手把床底下的大木箱拉出来,男人钻到了木箱后面,我又掀起箱子盖,同时用另一只手把脸盆翻下来,动作麻利地把头发卷起,盘在头顶。我此时这副样子看起来不太好,但从另一个角度来看又很巧妙。一位女士,头发胡乱地盘在头顶,正从箱子里取出一块香皂,很明显,是要洗洗脖子,这样状态下的她根本不可能隐藏一个逃犯。

有人敲门,还没有等我说"进来"就直接把门推开了。

我不知道自己以为会看到什么。我想我模糊地觉得会看到佩吉特先生挥舞着一只左轮手枪,或者我的牧师朋友提着个沙袋或什么其他的致命武器。但是我绝对没想到是一个夜班女服务生,

---

[①] 船上的钟声并非敲几下就代表几点钟,它有一套独特的标准,也是告知水手换班的提示。大部分船上的船员分两组或四组,每四小时换一次班,钟每半小时敲响一次,每次敲响的次数和模式不同。根据上下文,可知此时的八声钟代表午夜十二点。下文中的两声钟为凌晨一点。

脸上带着询问和尊重的神色。

"对不起，小姐，我好像听到您在喊叫。"

"没有，"我说，"我没有。"

"对不起打扰您了。"

"没关系。"我说，"我睡不着，想着稍微冲洗一下会有帮助。"听上去我好像从来没遇上过这种事似的。

"实在对不起，小姐，"服务生又说，"不过附近有位先生喝多了，我们怕他会误入女士的房间，吓坏她们。"

"太可怕了！"我面带惊恐地说，"他不会到我这儿来吧，会吗？"

"哦，我想不会的，小姐。如果他来了，您就按铃。晚安。"

"晚安。"

我打开门，往楼道里看了看，除了服务生离去的背影，一个人都没有。

喝多了！她是这么说的。我不去当演员真是太浪费了。我把大木箱又往外拉了拉，然后语带讽刺地说："出来吧，请。"

没有回答。我往床下张望，发现我的来访者一动不动地躺在那儿，看上去像是睡着了。我碰了碰他的肩膀，他还是不动。

"醉得不省人事，"我烦躁地嘟囔着，"我该怎么办呢？"

这时地板上的某个东西让我倒抽了一口冷气。一个猩红色的小圆点。

我用尽了浑身的力气，把那个男人从床底下拖到屋子中央。他脸色煞白，显然是晕过去了。我很容易就找到了他昏厥的原因，他的左肩胛骨下面被刺了一刀——伤口很深。我把他的外衣脱掉，准备替他处理伤口。

被冷水一激，他颤抖了一下，然后坐了起来。

"请别动。"我说。

他是那种体力能迅速恢复的年轻人,他支撑着站起来,身子摇摇晃晃的。

"谢谢你。我不需要你帮我了。"

他态度傲慢,几乎带着挑衅。一句感谢的话都没有——最普通的都没有!

"你伤得很重,必须让我处理一下。"

"不需要你做这种事。"

他把这话摔在我脸上,好像我在哀求他什么似的。我的脾气一下子就上来了。

"你的做派真是让人无法恭维。"我冷冷地说。

"至少我可以让你摆脱我。"他准备往门口走,但行动艰难。我突然用力,把他推倒在了沙发上。

"别傻了,"我粗暴地说,"你不想流得满船都是血吧?"

他好像意识到了这一点,于是安静地坐着。我用绷带尽可能把他的伤口包扎好。

"好了,"我说,在亲手包好的绷带上拍了一下,"现在只能先这样了。你的脾气顺点了吗?是不是应该告诉我这是怎么回事?"

"抱歉,你会好奇这很自然,但我不能满足你的好奇心。"

"为什么?"我懊恼地问。

他坏笑了一下。

"如果你想散播一件事,就告诉一个女人。否则就闭上嘴。"

"你觉得我不能保密?"

"我不是觉得——是知道。"

他站起来。

"那么，"我恶狠狠地说，"我至少可以对今晚的事做一些小小的散播。"

"我毫不怀疑你会的。"他若无其事地说。

"你怎么能这么说话！"我气愤地叫道。

我们彼此怒目相视，充满敌意，好像与对方有深仇大恨似的。我第一次仔细地端详他的长相，黑色的头发剃得很短，下巴瘦削，棕色的脸上有一道伤疤，浅灰色的眼睛闪着好奇的光，正以一种难以形容又肆无忌惮的嘲讽眼神盯着我。这个人散发着危险的气息。

"你还没谢谢我救了你一命呢！"我故作可爱地说。

我击中了他的要害。他明显向后缩了一下，我凭直觉感到他最恨的就是欠下救命之恩。我才不管呢，我就是想让他难过，我还从来没这么想伤害过什么人。

"我真希望你没救我！"他大声吼叫道，"我宁愿死了，也不想欠你这个情。"

"我很高兴你还认这个情。你别想赖账，我救了你的命，正等着你说'谢谢'呢。"

如果目光可以杀人，我想他已经把我杀死了。他推开我走向舱门，开门前转过身对我说："我是不会谢你的，不管是现在还是任何时候。不过我承认我欠你一个人情，有一天我会偿还。"

他走了，我还站在那里紧紧地攥着拳头，心跳得像只小鹿。

第十一章

那天晚上就再没有其他令人兴奋的事情了。第二天早晨我起得很晚,在床上用了早餐。来到甲板上时布莱尔夫人热情地招呼我。

"早晨好,吉卜赛女郎,来我这儿坐吧。你看上去好像没睡好。"

"你为什么那么叫我?"我问,同时顺从地坐下。

"你不喜欢吗?我觉得很适合你,刚认识你时我就在心里默默地这么叫你了。你身上的吉卜赛气质让你看起来与众不同,我心里想,在这条船上,只有你和瑞斯上校能给我解闷。"

"真有意思,"我说,"我也是这么想你的,只不过我这么想更容易理解。你是……你是一个不同寻常的人物。"

"说得不错。"布莱尔夫人点头说,"跟我说说你自己吧,吉卜赛女郎,你去南非干吗?"

我对她讲了我爸爸的终生事业。

"这么说,你是查尔斯·贝丁费尔德的女儿?我就知道你不是个普通的乡下女孩!你是要去布罗肯希尔挖头盖骨吗?"

"也许吧,"我谨慎地说,"我还有其他的计划。"

"好一个神秘的疯丫头。不过你今天早晨确实看上去很疲惫,没睡好吗?我在船上简直是睡不醒,他们说傻子能睡十个小时,我能睡二十个！"

她打了个哈欠，看上去像只犯困的小猫。"有个傻乎乎的服务生昨天半夜把我给吵醒了，他来送我昨天掉了的那卷胶卷。他的做法太戏剧性了，胳膊伸进排风口把胶卷丢了进来，胶卷就稳稳地掉在了我的肚子上。刚开始我还以为是枚炸弹呢！"

"你的上校来了。"我看到瑞斯上校军人般的高大身影出现在了甲板上。

"他可不是我的上校。实际上，他很喜欢你，吉卜赛女郎，所以别走开啊。"

"我想去找个东西围在头上，我不喜欢戴帽子。"

我赶紧溜掉了。不知什么原因，和瑞斯上校待着让我觉得不太舒服，他是为数不多的会让我感到难为情的人。

我下楼回到我的舱房，想找东西控制住舱门锁。现在我是个爱整洁的人了，我喜欢把东西放在固定的位置，并且用完再放回去。我一打开抽屉就发现有人动过我的东西了。所有的东西都被翻过，还翻得乱七八糟。我查看了其他抽屉和那个小吊柜，同样被翻过。看来有人匆匆来这里翻了一遍，但没有找到想要找的东西。

我脸色阴沉地坐在床沿儿上。是谁来搜了我的东西，又是来找什么的？是因为那张潦草地写着几个数字和字母的字条吗？我摇摇头，应该不是。那张纸显然已经没用了，那会是什么东西呢？

我要好好地思考一下。昨晚发生的那些事，虽然刺激，但仍无法解释目前的情况。那个突然闯入我房间的年轻人是谁？我之前无论在甲板上还是在餐厅里都没有见过他，他是船上的工作人员还是乘客？是谁刺伤了他？为什么要刺伤他？还有，究竟为什么十七号客舱如此重要?一切都是谜,但毫无疑问的是,基尔默登堡号上正在发生一些事情。

我扳着手指想,下一步该去盯谁。

我排除了昨天夜里的来访者,但心里期待着今天能在船上碰到他。以下是我列出来需要注意的人:

1)尤斯塔斯·佩德勒爵士,他是米尔庄园的主人,又出现在了基尔默登堡号上,这似乎有些太巧了。

2)佩吉特先生,那个长相阴险的秘书,他那么迫切地要十七号客舱,实在引人注意——搞清楚他是不是陪着尤斯塔斯爵士一起去的戛纳。

3)爱德华·奇切斯特,我对他所有的成见都源于他死活都要得到十七号客舱,也许他就是个固执的人。固执有时会很有意思。

我决定去和奇切斯特先生聊聊。匆匆把手帕绑在头上后,我就带着任务回到了甲板上。运气不错,我要找的人正靠在护栏边喝着牛肉汤。我走到他面前。

"希望您已经原谅了我关于十七号舱房的事。"我拿出最灿烂的笑容说。

"基督徒都不会心怀怨恨。"奇切斯特先生冷冷地说,"但乘务长明确地答应过我,要把那个客舱给我。"

"乘务长都是大忙人,对吧?"我暧昧地说,"我猜他们很容易忘事。"

奇切斯特没有回应。

"这是您第一次去南非吗?"我努力随意地和他聊天。

"南非是第一次。不过过去两年我都在东非内陆的那些食人族部落里工作。"

"好吓人!那您是不是有过很多次九死一生的经历?"

"九死一生？"

"以免被吃掉啊。"

"你不应该这么轻率地谈论神圣的话题，贝丁费尔德小姐。"

"我并不知道食人是个神圣的话题。"我毫不示弱地反驳道。

这些话刚出口，我就有了一个想法。如果奇切斯特先生过去两年真的是在非洲内陆的话，他怎么没有被晒黑？他的皮肤还像婴儿一样白里透红。他在骗我？然而他的表情和声音又像在说真话。或许有点太真了。他看上去是不是有点像舞台上的牧师——或许他就是？

我回想着汉普斯雷小镇的历任助理牧师，他们当中有的人我喜欢，有的我不喜欢，但他们显然都与奇切斯特先生不同。他们都是普通人，而他仿佛顶着光环。

我脑子里还在纠结，却看到尤斯塔斯·佩德勒爵士从甲板那边走过来。他走到奇切斯特先生身边时停下了脚步，捡起一张纸条递给他，说："你掉了东西。"

爵士继续往前走，可能没有注意到奇切斯特先生不安的样子。但我注意到了。不管他掉的是什么东西，有人把它还回来这事明显让他非常不安。他的脸一阵白一阵绿，把那张纸揉成一团。我对他的怀疑立刻增加了一百倍。

他看到了我的眼神，慌忙解释说："呃……这是……一段布道词。"他的脸上露出尴尬的笑容。

"是吗？"我礼貌地应道。

一段布道词，真有你的！奇切斯特先生，你这个谎话编得太差劲了！

他嘟囔了一句失陪就马上离开了。我希望，哦，我多么希望是我而不是尤斯塔斯·佩德勒爵士捡起了刚才那张纸！有一点很清楚，不能把奇切斯特先生从我的可疑人员名单中剔除，我还要把他提到其他三位之上。

吃完午餐，我来到休息室喝杯咖啡。我注意到尤斯塔斯爵士和佩吉特与布莱尔夫人和瑞斯上校坐在一起。布莱尔夫人冲我微笑致意，我便走过去加入他们。他们正在聊意大利。

"但这的确容易理解错。"布莱尔夫人说，"'aqua calda'当然应该是凉水，而不是热水。"

"您可不是拉丁语学者。"尤斯塔斯爵士笑着说。

"男人们总是以懂得拉丁语为傲。"布莱尔夫人说，"但我发现当你要他们翻译老教堂里的碑文时，他们可说不出来！总是哼哼哈哈地就糊弄过去了。"

"说得太对了，"瑞斯上校说，"我就总是这么做。"

"但是我喜欢意大利人，"布莱尔夫人接着说，"他们都是热心肠，尽管有时也会令人尴尬。你向他们问路，他们不会告诉你说'先右转，再左转'，或者其他能听得懂的说明，他们会好心地说一大堆，看你依旧糊里糊涂时，就会直接挽起你的手，带你去那个地方。"

"你在佛罗伦萨时也遇到过这种事吗，佩吉特？"尤斯塔斯爵士笑着转身问他的秘书。

不知为什么，这个问题好像让佩吉特先生仓皇失措。他红着脸，结结巴巴地说："哦，差不多，是的……嗯，差不多吧。"

然后他轻轻地说了声失陪，就起身走了。

"我开始怀疑佩吉特在佛罗伦萨做了什么不可告人的事。"尤斯塔斯爵士注视着秘书的背影说，"每当提到佛罗伦萨或者意大利时他都转换话题，要么就逃走。"

"也许他在那里杀了人。"布莱尔夫人猜测道，"他看上去——希望我这么说不会让您难堪，尤斯塔斯爵士——但他看上去像是会杀人的人。"

"是的，绝对的老古董！我有时是诚心逗他玩，尤其是当大家和我一样清楚这个可怜的家伙多么守法和正直时。"

"他跟着您有段时间了，对吧，尤斯塔斯爵士？"瑞斯上校问。

"六年了。"尤斯塔斯爵士说，深深地叹了一口气。

"他对您来说一定很宝贵。"布莱尔夫人说。

"哦，很宝贵！是的，十分宝贵。"可怜的爵士似乎很沮丧，好像宝贵的佩吉特先生对他来说是一个隐痛。接着他又轻快地说："不过他的长相能激发所有人的自信，我亲爱的女士，毕竟任何有自尊心的凶手都不会让自己看起来就像个凶手。我相信克里平[①]是这世上最有意思的家伙。"

"他是在船上被抓的，对吧？"布莱尔夫人小声问。

这时我们背后传来一阵响动，我猛然回头，发现是奇切斯特先生把咖啡杯弄到地上了。

我们这边的小聚会不久就散了：布莱尔夫人下去睡觉了，我登上甲板，瑞斯上校跟着我。

"你很神秘啊，贝丁费尔德小姐，昨晚舞会上我到处都找不到你。"

"我昨天很早就睡了。"我解释说。

"你今晚也想溜掉吗？还是愿意和我跳个舞？"

"我很想和您跳舞，"我难为情地小声说，"但是布莱尔夫

[①] 克里平是一位美国眼耳科医生及药剂师，涉嫌于一九一〇年一月三十一日杀害妻子科拉并掩埋尸体，于一九一〇年十一月二十三日在伦敦被处以绞刑。克里平杀妻后马上与情人登上开往加拿大的轮船，几经辗转，警方最后是在船上将其逮捕的。正如后文布莱尔夫人所说。

人——"

"我们的朋友布莱尔夫人她不太喜欢跳舞。"

"那您呢?"

"我想和你跳舞。"

"哦!"我十分紧张。

我有点害怕瑞斯上校,不过我还是很开心,这比和迂腐的老教授谈论石化了的头盖骨要好多了!瑞斯上校也符合我心目中健壮沉默的罗德西亚人,也许我会嫁给他!不过他并没有向我求婚,这倒是真的。但就像在童子军里学到的,要时刻准备着!而且所有女孩子都会把碰到的每一个男人视作日后的丈夫或者好朋友。

那天晚上我陪他跳了好几支舞,他跳得很好。跳完舞之后我准备回去睡觉了,他却提议我们绕着甲板走一圈。最后我们走了三圈,又坐了下来。周围没有别人,我们随意地聊了一会儿。

"你知道吗,贝丁费尔德小姐,我想我见过令尊。他是一个非常有趣的人,专注在自己的研究领域,而我对那个领域十分着迷。让你见笑了,我也曾做过一些那方面的工作,当时我在多尔多涅河流域——"

我们开始谈论一些专业问题。瑞斯上校没有吹牛,他确实懂很多,不过他犯了一两个奇怪的错误——我差点儿以为只是口误,但当我指出时,他就很快地糊弄过去了。有一次他竟说莫斯特文化是在奥瑞纳文化之后,但凡稍微了解这一领域的人都不会犯这种错误。

我回到舱房时已经十二点了,依旧想不通那些奇怪的错误。有没有可能他是临时恶补了一下,其实对考古一无所知?我摇摇头,不太满意这个解释。

刚刚要睡着时我突然坐了起来,脑子里闪过一个想法:他是在故意套我的话吗?有没有可能他犯那些错只是为了测试我是否真的知道?换句话说,他在怀疑我是不是真正的安妮·贝丁费尔德。

为什么?

第十二章
（尤斯塔斯·佩德勒爵士的日记摘录）

说说船上的生活吧，非常平静。我的白发让我不必参加那些毫无尊严的游戏，咬浮在水面上的苹果，拿着鸡蛋和土豆在甲板上跑来跑去，还有最痛苦的"比尔兄弟"和撑杆游戏。这些痛苦的游戏能提供什么乐趣，这对我来说一直是个谜。但是这个世界上就是有很多傻瓜，我们只能一边感谢上帝让这些傻瓜存在，一边远离他们。

很幸运，我不晕船。佩吉特那个可怜的家伙就不行了。我们刚一驶出索伦特海峡，他的脸就变绿了。我估计我的另一个所谓的秘书也晕船，不管怎样，他一直没露面。也许不是晕船，只是一种高明的策略，反正他不来烦我就好。

总体说来，船上的乘客都是一群肮脏的下人。只有两个会打桥牌的体面人，和一个长得不错的女人——克拉伦斯·布莱尔夫人。当然，我早就见过她了，她是我认识的女人中唯一具有幽默感的。我喜欢和她聊天，如果没有那个长腿寡言的浑蛋形影不离地黏着她，我会更享受。我觉得她也不是真的喜欢和那个瑞斯上校待在一起，他确实长得不错，但是像一潭死水一样无趣，是那种女性小说家和小姑娘们喜欢的健壮沉默的男人。

离开马德拉后,盖伊·佩吉特挣扎着爬到了甲板上,开始用他沉闷的声音哇啦哇啦地谈工作。谁想在船上谈见鬼的工作?没错,我是答应出版商初夏时把回忆录的书稿给他们,但那又怎样?谁会真的去读回忆录?住在乡村的老妇人。还有,我的回忆录能写些什么呢?我这一生中遇到过一些所谓的名人,在佩吉特的协助下,我杜撰了一些与他们有关的平淡逸事。而现在的情况是,佩吉特对这件事太认真了,他不让我为那些我没见过的人编一些更戏剧性的故事。

我只能尝试着大度地应付他。

"你看上去还是一塌糊涂,我亲爱的伙计,"我随意地说,"你需要的是找一把甲板椅,坐下来晒晒太阳。别……别再说了,工作只能再等等。"

接着我发现他又在忙着想多要一间客舱。"您的房间里没有能工作的地方,尤斯塔斯爵士,到处都是行李箱。"

听他的口气,那些箱子好像是些黑色甲壳虫,完全无用似的。

我对他解释说,或许他没有意识到,但人们出门旅行时都会带些换洗衣服。他给了我一个苍白的微笑,他总是这样来应付我的幽默,然后又回到手头的工作上了。

"我的小房间里也不能工作。"

我知道佩吉特的"小房间"——他总能拿到船上最好的舱房。

"我很遗憾这次船长没照顾你。"我挖苦道,"你想把你的一些箱子扔到我这儿来吗?"

和佩吉特这样的人玩反讽游戏是很危险的,他立即精神起来。

"哦,如果我可以把打字机和那个装文具的箱子……"

那个文具箱足有几吨重,码头上的搬运工人每次都要抱怨,而佩吉特总想把它强加于我,这简直成了我们俩之间永恒的斗争。他似乎把它看成是我的私人物品,而我认为秘书唯一的用处就是照看好那些东西。

"我们再要一间房吧。"我赶忙说道。

事情很简单,但佩吉特就喜欢搞神秘。他第二天来找我,脸上的表情就像文艺复兴时期的谋反者一样。

"您不是让我去把十七号客舱要来作为办公室吗?"

"是啊,怎么了?是文具箱卡在过道上了吗?"

"所有客舱的过道都一样宽。"佩吉特认真地回答道,"但是我告诉您,尤斯塔斯爵士,那个房间有些怪异。"

《上铺》①中的场景出现在我的脑海。

"如果你是说里面闹鬼,"我说,"我们又不是要在那里睡觉,我看不出有什么关系,鬼魂可不会影响打字机。"

佩吉特说不是鬼魂,而且他也没拿到十七号客舱。然后他啰里吧嗦地给我讲了一堆,总之就是,他,一个叫奇切斯特的先生,还有一个叫贝丁费尔德的女孩,都抢着要那间客舱。最后肯定是那个女孩赢了,这个他不说我也知道。而佩吉特显然正为此事不爽。

"十三号舱和二十八号舱都要更好,"他重复道,"但他们连看都不愿意去看看。"

"是吧,"我忍着哈欠说,"既然如此,你就不要坚持

---

① 《上铺》(*The Upper Berth*)是 F. 马里恩·克劳福德(F.Marion Crawford)的作品,是一部经典的航海恐怖小说。

了，我亲爱的佩吉特。"

他责怪地看了我一眼。

"是您让我去要十七号客舱的。"

佩吉特有点"燃烧甲板上的男孩"[①]的感觉。

"我亲爱的伙计,"我不耐烦地说,"我之所以说要十七号客舱是因为我碰巧知道它空着，但我并没有要你拼命去抢啊。十三号和二十八号房也都可以。"

他一副很受伤的样子。

"还有呢,"他继续说道,"反正总之,贝丁费尔德小姐拿到了那个客舱,但是今天早上,我看到奇切斯特鬼鬼祟祟地从里面出来。"

我严肃地看着他。

"如果你想告诉我奇切斯特牧师——尽管他也不是什么好人——和那个可爱的姑娘安妮·贝丁费尔德有绯闻,我是一个字都不会相信的。"我冷冷地说,"安妮·贝丁费尔德是个好姑娘,有一双非常出色的美腿。我觉得在这条船上她的腿是最美的。"

佩吉特不喜欢听我评价安妮·贝丁费尔德的腿。他是那种从来都不会注意别人的腿的人——也可能注意了,只是他死都不肯说出来。而且他认为我这么说很轻浮。我就喜欢逗佩吉特,所以我故意接着说:"既然你已经认识她了,你去邀请她明天晚餐时到我们这桌来吧。明晚有化装舞会。顺便说一下,你最好去化妆室帮我挑一套服装。"

[①] "boy on the burning deck"出自英国诗人菲利西娅·赫门兹(Felicia Hemans)的诗《卡萨比安卡》(*Casabianca*),这首诗纪念了一七九八年的一次沉船事件。法国战舰东方号在尼罗河战役中被击沉,即便火药库爆炸,舰长卡萨比安卡的儿子吉奥肯特仍坚守岗位,直到被火焰吞没。

"您不会要去参加化装舞会吧?"佩吉特惊恐地问。

我能看出来,他觉得这与我的身份太不相符。他既吃惊又难过。其实我无意穿那些奇装异服,就是实在忍不住想看他极度尴尬的样子。

"你什么意思?"我说,"我当然要去参加化装舞会了,你也要去。"

佩吉特颤抖了一下。

"所以去楼下化妆室问问看。"我说完了。

"我想他们可能没有特大号的衣服。"佩吉特轻声嘟囔着,用眼神打量着我的身材。

虽然不是故意的,但佩吉特有时就是十分可恶。

"另外,在餐厅订一张六个人的桌子。"我说,"船长、美腿女郎、布莱尔夫人——"

"您请了布莱尔夫人,却没请瑞斯上校。"佩吉特打断我说,"而据我所知,他已经邀请她共进晚餐了。"

佩吉特总是什么都知道,让我有些烦躁。

"谁是瑞斯?"我生气地问。

正如我说的,佩吉特总是什么都知道——或者以为他什么都知道。他又露出神神秘秘的样子。

"他们说他是个特工,尤斯塔斯爵士。而且是个大人物。当然了,我只是听说。"

"是和政府有关的那种吗?"我问,"这个船上有一个人携带着一些秘密文件,政府把这些文件交给一个生活平静的局外人,而这个人只想平静地生活。"

佩吉特变得更加神秘了。他向我走近一步,压低声音说:"要我说,这整件事都非常怪异,尤斯塔斯爵士,你看我们出发前我还病了——"

"我亲爱的伙计，"我无礼地打断他说，"你只是反胃，你不总是反胃吗。"

佩吉特向后退了退。

"但那次和以往不太一样，那一次——"

"老天爷啊，别告诉我你犯病的细节，佩吉特，我不想听。"

"好的，尤斯塔斯爵士。我想说的就是，有人故意给我下了毒！"

"哦！"我说，"你跟雷伯恩聊过了。"

他没有否认。

"不管怎么说，尤斯塔斯爵士，他也认为是这样——而他是知道真相的。"

"顺便问一句，那家伙在哪儿？"我问，"上船后我还没见到过他。"

"他说他病了，待在自己的客舱里，尤斯塔斯爵士。"佩吉特又一次压低了声音，"但我敢肯定，他是装的，他是想便于观察。"

"观察？"

"确保您的安全啊，尤斯塔斯爵士，万一有人来袭击您。"

"你真是太逗了，佩吉特，"我说，"我可以肯定你又在胡思乱想了。如果我是你，我会化装成死人或者刽子手去参加舞会，与你哥特的风格正合适。"

这话终于让他闭上了嘴。我来到甲板上，那个叫贝丁费尔德的姑娘正专注地和奇切斯特牧师交谈。女人们总是喜欢亲近牧师。

像我这种身材的人都很讨厌弯腰，但我仍礼貌地捡起了掉在牧师脚边的一张小纸条。

对于我的辛劳，他并没有道谢。事实上，我忍不住看了那纸条上的字，只有一句话。

"不要独自下手，否则于你不利。"

真好啊，牧师有这样的东西。我很好奇这位奇切斯特究竟是何许人也？他表面上像牛奶一样温和，但外表往往是带有欺骗性的。我得问问佩吉特，佩吉特总是什么都知道。

我在布莱尔夫人身旁的甲板椅上优雅地坐下，打断了她和瑞斯的亲密交谈，我对他们说不知道现如今神职人员们都干些什么。

然后我邀请布莱尔夫人在化装舞会那天晚上和我共进晚餐，然后不知怎么的，瑞斯也加入了。

午饭后，那个叫贝丁费尔德的女孩过来和我们一起喝咖啡。我没说错，她的腿确实是这条船上最美的，我当然也要邀请她共进晚餐。

我真想知道佩吉特在佛罗伦萨到底遇上了什么恶作剧。只要一提及意大利，他就不行了。要不是我知道他是个多么正派的人，我会怀疑他卷入了什么艳遇丑闻……

真是令人感叹！就连最正派的人——如果真是那样我估计要笑死了。

佩吉特，怀揣着不可告人的秘密！太棒了！

第十三章

这是个奇怪的夜晚。

船上的化妆室里我唯一能穿得进的服装是泰迪熊装。如果是在英格兰的一个冬天的夜晚,我并不介意扮成一只熊,陪几个年轻漂亮的姑娘玩。但是在赤道地区,这显然不是理想的服装。然而,我给大家带来不少欢乐,并且还得到了"船上服装"一等奖——这个奖只在借用船上服装的人中评选。其实你要是不说,没人知道你的服装是自己带来的还是从哪儿借来的,根本就没关系。

布莱尔夫人拒绝装扮,在此方面她很显然和佩吉特站在同一条战线。瑞斯上校也跟着她学,安妮·贝丁费尔德拼凑了一套吉卜赛式的衣服,特别好看。佩吉特说他头疼,没有出现。我找了一个名叫里夫斯的小个子家伙来替代他,里夫斯是南非工党的重要成员,一个可怕的小矮子,但是我想跟他保持联系,因为他能给我很多我需要的信息。我想从两方面了解这次的兰特事件。

跳舞是件累活儿。我和安妮·贝丁费尔德跳了两支舞,她装作很享受的样子。我同布莱尔夫人跳了一支舞,她没有掩饰自己的感觉。我又邀请了几个看着顺眼的不幸姑娘跳了几轮。

然后我们下楼去用晚餐。我要了香槟，服务生推荐说一九一一年的凯歌是船上最好的香槟，我接受了他的建议。我好像找到了能让瑞斯上校放松的东西。他一改平日的沉默寡言，变得健谈起来，让我高兴了一阵。接着我发现瑞斯上校，而不是我自己，成了这次聚会的灵魂人物。他还没完没了地拿我写日记这件事来开玩笑。

"总有一天，你的日记会被公之于众，你的那些小心思也就藏不住喽，佩德勒。"

"我亲爱的瑞斯，"我说，"恕我直言，我不是傻瓜。我也许有些小心思，但我是不会把它们白纸黑字地写下来的。等我死后，我的遗嘱执行人会知道很多我对别人的看法，但他们不会发现任何会让他们改变对我的看法的东西。日记是用来记录其他人的，而不是自己。"

"可是，有种东西叫下意识地自我展示。"

"在心理分析师眼里，一切都是丑恶的。"我简洁地反驳道。

"您的生活一定很有趣吧，瑞斯上校？"贝丁费尔德小姐问，明亮的大眼睛盯着他。

这些女孩子，这就是她们的招数！奥赛罗是通过给苔丝狄蒙娜讲故事赢得了她的芳心，同时，苔丝狄蒙娜倾听的样子不也正好讨了奥赛罗的喜欢吗？

不管怎样，这个女孩子打开了瑞斯的话匣子，他开始讲狮子的故事。一个男人打死了很多头狮子，于是他就很不公平地拥有了比其他男人更多的优势。看起来是时候让我也来讲一个关于狮子的故事了，一个更明快的故事。

"哦，"我说，"这让我想起了一个我听过的十分刺激的故事。我有个朋友,到东非的一个什么地方打猎。有天晚上,他因为什么事儿走出了帐篷,被一声低沉的吼声吓了一跳。他猛然转身,看到一头狮子正准备向他扑来,而他的手枪在帐篷里。他迅速蹲下,那头狮子从他头上跳了过去,懊恼地发现自己扑了个空。狮子吼了一声,准备再次袭击。他又弯下身子,狮子又扑了个空。接着同样的事情又发生了第三次,不过这时他离帐篷入口已经很近了。他冲进帐篷抓起了手枪,但当他握着手枪再出来时,狮子却不见了。他感到大惑不解,悄悄地转到帐篷背后。真相大白了——狮子就在那里,正在练习低扑的动作呢。"

这个故事赢得了热烈的掌声,我喝了口香槟。

"还有一次,"我说,"我这个朋友遇到了另一桩奇特的经历。他当时正徒步横穿英国大陆,由于想在天热起来之前到达下一个落脚点,天还没亮他就叫助手们套车准备出发。他们遇到了不少麻烦,因为骡子们很不听话,但是最后他们还是套好了车,出发了。骡子一路风驰电掣地往前跑,天亮时他们才发现,由于天黑,助手们误把一头狮子套在了骡子们的后面。"

这个故事也赢得了大家的掌声,欢乐的气氛围绕着餐桌。但我不是很肯定我的那个工党朋友是不是也喝了彩,他看上去面色苍白、表情沉重。

"天哪!"他不安地说,"之后谁去给它们解套?"

"听了你讲的这些故事,我一定得去罗德西亚。"布莱尔夫人说,"瑞斯上校,我真的要去。不过旅途确实很辛苦,要在火车上待五天。"

"你可以坐我的私人车厢去啊。"我绅士地说。

"哦，尤斯塔斯爵士，您真是太好了！您是说真的吗？"

"当然是真的！"我语带责怪地强调道，然后又喝了一杯香槟。

"再有一个礼拜，我们就到南非了。"布莱尔夫人说。

"啊，南非。"我动情地感叹道，开始背诵我最近在殖民协会上的一段演讲词，"南非有什么可以展示给这个世界？到底有什么？水果和农场，羊毛和木材，牛羊和兽皮，金矿和钻石……"

我不停地往下讲，因为我知道一旦停下来，里夫斯就会插嘴进来，告诉我那些兽皮一文不值。他会说那些动物都是被缠在树上的有倒钩的绳索或类似的东西勒死的，皮毛都毁了，最后还肯定会扯到兰特那些采矿人的艰辛。而我不想被谴责为资本家、剥削者。然而，钻石这个有魔力的字眼让我被另一个声音打断了。

"钻石！"布莱尔夫人叫道，一副心醉神迷的样子。

"钻石！"贝丁费尔德小姐也轻声喊道。

她们齐声问瑞斯上校："你去过金佰利吧？"

我也去过金佰利，但我没来得及说出口。瑞斯就已经被一连串问题淹没了。金矿什么样？当地土著人真的被关在大院子里吗？等等问题。

瑞斯回答了她们的问题，可以看出他对这方面了解得不少。他描述了安置土著人的办法、寻找矿石的方法，以及戴比尔斯公司采用的各种安全措施。

"也就是说，没有人能偷走钻石了？"布莱尔夫人面带失望地问，好像她此行就是为了这个目的而来的似的。

"没有什么是不可能的，布莱尔夫人。偷窃时常发生，就像我曾给你讲过的，曾有个卡菲尔人，把一颗钻石藏在了伤口里。"

"是的，但如果要偷很多颗呢？"

"这种事近年来只发生过一次，事实上就在大战前夕。佩德勒，你一定知道那件事吧，你当时也在南非吧？"

我点点头。

"给我们讲讲，"贝丁费尔德小姐叫道，"哦，快讲来听听嘛！"

瑞斯笑了。

"好吧，那就给你们讲讲。我猜你们都应该听说过南非的矿业大王劳伦斯·厄茨利爵士吧？他的矿都是金矿，他之所以卷入这个故事是因为他的儿子。你们也许记得，大战前夕，有传闻说在英属圭亚那丛林的岩石层下面，有一个尚未开发的大型钻石矿。报道说，有两个年轻的探险家，从南美的那个地方回到英国，带回了一大批钻石原石，其中有些还相当大。过去在临近的埃塞奎博河和马扎鲁尼河一带发现过一些小钻石，但是这两个年轻人，约翰·厄茨利和他的朋友卢卡斯，说他们在两河的源头发现了巨大的钻石床。那里的钻石五颜六色，有粉红色的、蓝色的、黄色的、绿色的、黑色的，还有纯白的。厄茨利和卢卡斯来到金佰利，想让专家鉴定一下那些钻石。就在同一时间，发生了一起轰动的盗窃案。戴比尔斯公司每次把钻石送回英国时，都是包成一个小包，然后放在一个大保险箱里，两把钥匙分别由两个人持有，同时第三个人掌握保险箱的密码。他们把保险箱交给银行，银行再把它们送回英国。

每包大概价值十万英镑。

"这一次呢,银行发觉包裹的封口有些异常,打开后发现里面装的是糖块!

"最后是怎么怀疑上约翰·厄茨利的我不太清楚,我只记得人们说他之前在剑桥时就特别狂野,他父亲不止一次替他还债。不管怎样,不久后,又听说南美钻石矿那件事只是个谎言,约翰·厄茨利被捕,警方在他那里发现了一批戴比尔斯的钻石。

"但是整个案子一直没被提至法庭。劳伦斯·厄茨利爵士买下了丢失的钻石,戴比尔斯公司便没有起诉。这次盗窃究竟是怎么实施的,世人一直都不清楚。但是儿子是窃贼这件事伤了老人的心,不久后他就中风了。至于约翰,他的命运还算不错。他从了军,参加了战争,英勇作战并牺牲了,从此洗清了自己名誉上的污点。劳伦斯爵士呢,经历过三次中风,大约在一个月前去世了。他没有留下遗嘱,庞大家产都给了一个他几乎不认识的远亲。"

上校停住了,引来一阵骚动和提问。好像有什么事吸引了贝丁费尔德小姐的注意,她转过身去,发出轻声惊呼,我也随即转过身。

我的新秘书雷伯恩正站在过道上。尽管他的皮肤被太阳晒得黝黑,脸色却像见到鬼似的苍白。很显然,瑞斯的故事深深地触动了他。

他突然意识到我们在注视他,就立刻转身消失了。

"您知道那是谁吗?"安妮·贝丁费尔德急切地问。

"是我的另一个秘书,"我解释道,"雷伯恩先生,他一直晕船,待在自己的客舱里。"

她摆弄着面前盘中的面包。

"他给您做秘书很久了吗?"

"没有很久。"我谨慎地说。

但是,对女人玩谨慎的把戏是没有用的,你越是不想说,她越会追问。安妮·贝丁费尔德直截了当地问:"多久了?"

"这个……呃……我上船前刚聘用的他,一个老朋友推荐的。"

她没再多问,但是陷入了沉思。我转向瑞斯,觉得应该对他讲的故事表现出一些兴趣。

"劳伦斯爵士的那个远亲是谁啊,瑞斯,你知道吗?"

"我知道,"他笑着回答道,"是我!"

第十四章

（安妮的叙述继续）

化装舞会那天晚上，我觉得是时候找一个信赖的人吐露心声了。到目前为止，我一直在独自作战，也乐在其中。现在一切突然变了，我对自己的判断开始产生怀疑，而且第一次有了孤单凄凉的感觉。

我坐在床沿儿上，身上还穿着吉卜赛长裙，思考着目前的情况。我首先想到的是瑞斯上校，他好像喜欢我，他会对我好的，这一点我可以确定，而且他很有智慧。可是，我又想了一下就动摇了。他是个男人，有指挥欲，他会把整件事情都从我手上拿走。可这是我的秘密冒险！还有其他的原因，虽然我说不清楚，但是足以让我放弃去找瑞斯上校的念头。

然后我想到了布莱尔夫人，她对我也不错。当然这并不意味着什么，也许只是她一时兴起。无论如何，我能让她感兴趣。她经历过日常生活的大小新鲜事，但我可以带给她一种完全不同的经历！而且我也喜欢她，喜欢她的平易近人，喜欢她不会轻易感伤，也不过于做作。

我决心已定，决定马上就去找她，她应该还没有睡下。

接着我想起自己还不知道她的客舱号，我那个值夜班的女服务员朋友也许会知道。

我按响了呼叫铃,过了一会儿来了个男人,给了我需要的信息:布莱尔夫人住在七十一号客舱。他为自己没能及时过来道歉,解释说他要招呼所有客舱的客人。

"那位女服务员呢?"我问。

"她们十点下班。"

"不,我是说那位夜班女服务员。"

"夜班没有女服务员,小姐。"

"但是……那天夜里就有一个女服务员来了啊……大概一点钟。"

"您一定是在做梦吧,小姐,十点钟以后就没有女服务员了。"

他退了下去,留下我一个人消化这些信息。二十二号那天夜里来我客舱的女人是谁?想到未知对手的狡猾和大胆,我的脸色立刻变得更加凝重了。接着,我定了定神儿,出了客舱去找布莱尔夫人。我敲了敲她的门。

"谁啊?"房间里传来她的声音。

"是我……安妮·贝丁费尔德。"

"哦,进来,吉卜赛姑娘。"

我进了她的客舱。屋里到处摊的都是衣服,布莱尔夫人身上穿着一件我见她穿过的漂亮和服,金色和黑色的底上画满了橘子,看得我垂涎欲滴。

"布莱尔夫人,我想给你讲讲我的故事。"我唐突地说,"哦我的意思是,如果现在还不太晚,而且你不感到无聊的话。"

"当然不会,我不喜欢睡觉。"布莱尔夫人说,脸上露出她特有的迷人微笑,"而且我很想听听你的故事,你是个不寻常的人物,吉卜赛姑娘。不会有其他人半夜一点钟冲过来给我讲他们的生平故事。事实上,我的好奇心被你冷落了好几个星期了!我不习惯被人冷落,并一直对你感到非常好奇。快坐在沙发上,敞开心扉地讲吧。"

我把整件事都给她讲了,巨细靡遗,因此花了不少时间。等我讲完,她长出了一口气,但是并没说我期待她说的话。她望着我,笑了笑,说:"你知道吗?安妮,你真是个与众不同的姑娘。你从来都没有过顾虑吗?"

"顾虑?"我不解地反问。

"对,顾虑,顾虑,顾虑!一个人出远门,又没什么钱,要是身在异乡的你发现自己身无分文可怎么办?"

"还没有发生的事就不必为它烦恼,我现在还有不少钱。弗莱明太太给我的二十五镑还没动,然后昨天打牌我赢了个大满贯,又是十五镑。所以,我有很多钱,四十英镑!"

"很多钱!上帝啊!"布莱尔夫人嘟囔道,"我可不行,安妮,我也是个有胆量的人,但是我不能口袋里揣着几个钱就大摇大摆地出门,而且对去哪里、干什么都一无所知。"

"但这正是趣味所在啊。"我激动地大声说,"这给人一种特别棒的冒险的感觉。"

她看着我,点了点头,然后笑了。

"幸运的安妮!世界上没有几个人会有你这种感觉。"

"那么,"我心急地问,"你是怎么想的呢,布莱尔夫人?"

"我认为这是我听过的最可怕的事!哦,首先,你别再叫我布莱尔夫人了,叫我苏珊娜吧,好吗?"

"没问题,苏珊娜。"

"好姑娘。现在我们来谈谈正事。你说尤斯塔斯爵士的秘书,不是那个大长脸佩吉特,而是另一个秘书,你认出他就是被刺并逃进你客舱躲避的男人?"

我点点头。

"这样一来,尤斯塔斯爵士和那起纠纷就有了两条关联。那个女人是在他的房子里被杀害的,现在又是他的秘书在凌晨一点这个神秘时刻被刺。我并不怀疑尤斯塔斯爵士本人,但这不可能都是巧合。这里面一定有关联,尽管他自己还没有意识到。

"然后就是女服务员那件怪事了,"她继续若有所思地说,"她长什么样?"

"我根本就没注意。我当时又紧张又激动,结果来人是一个女服务员,太扫兴了。不过……是的……我是觉得她有点眼熟,好像在船上见过。"

"你觉得她的脸很熟悉,"苏珊娜说,"你确定她不是个男的?"

"她确实很高。"我确认道。

"嗯……那就不会是尤斯塔斯爵士了,我想应该也不是佩吉特——等一下!"

她抓过一张纸,投入地画起来,然后把脑袋歪向一边,审视着成果。

"很像爱德华·奇切斯特。"她把纸递给我,"这是你的那个女服务员吗?"

"哦,还真是。"我叫起来,"苏珊娜,你可真聪明啊!"

听到我的赞美,她轻轻地摆了一下手。

"我一直很怀疑这个奇切斯特,你还记得那天我们在谈论克里平时,他把咖啡杯弄掉了,脸色也变绿了。"

"还有,他也想要十七号客舱!"

"是的,一切都说得通。但这意味着什么呢?一点钟时十七号客舱本来会发生什么事呢？不可能就是秘书被刺，没有必要为此事选一个特殊的地点、特殊的日子和特定的时辰。不会的，一定是一个约会，而秘书是在去赴约的路上被人刺伤了。但他是要去见谁？显然不是你，或许是奇切斯特，也许是佩吉特。"

"不像。"我提出反对，"他们随时都可以见到对方。"

我们俩默默地坐了一两分钟，然后苏珊娜又开始以另一条思路分析。

"会不会那个客舱里藏了什么东西？"

"这倒是很有可能，"我赞同道，"这就解释了为什么第二天我的东西被搜了个遍。但是那里没有藏任何东西啊，我敢肯定。"

"那个小伙子不可能在前一天晚上往抽屉里塞个什么吧？"

我摇摇头。

"我会看到的。"

"他们会不会是在找你那张珍贵的纸条？"

"有可能，但好像没什么意义，上面只有时间和日期，还都过去了。"

苏珊娜点了点头。

"确实，有道理。不对，不是那张纸条。顺便问一下，你带着它吗？我想看看。"

我一直把那张纸条当成一级展品随身携带。此时我拿出来递给她。她皱起眉头仔细地看着。

"'17'后面有个点，可为什么'1'后面没有呢？"

"有一个空格。"我解释道。

"是的，有个空格，但是……"

突然，她站起身，把纸条拿到台灯边仔细看着，能看出她正努力保持镇静。

"安妮,那不是一个点!是纸纹!纸本身的纹路,明白吗?所以应该忽略它,当成空格——空格!"

我也起身站在她身边,以新的方式读出声来。

"1 71 22。"

"你看,"苏珊娜说,"一样,但又不完全一样。还是一点钟,还是二十二号。但是,是七十一号客舱!我的客舱,安妮!"

我们站在那里,瞪大眼睛看着对方,对我们的新发现感到欣喜和兴奋,好像已经揭开了整个谜团。但马上,我们又被摔回到现实。

"可是,苏珊娜,二十二号那天的凌晨一点钟,你这里什么都没发生吧?"

她也沉下脸。

"没有……什么都没有。"

我突然又有了一个念头。

"这不是你的客舱,对吧,苏珊娜?我是说,不是你最初订的那个吧?"

"嗯,是乘务长把我换过来的。"

"会不会是启航前有人订了这里,但是没有来。我想我们可以查到。"

"没必要去查,吉卜赛姑娘,"苏珊娜叫道,"我知道!乘务长告诉我了。这间客舱是一个叫格雷太太的人订的,格雷太太好像是著名的纳迪娜夫人的化名,那位著名的俄国舞蹈家。她从没来过伦敦,但整个巴黎都为她疯狂。即便是战争期间她都非常受欢迎。我想虽然她订了舱位又不来显得很没信誉,但她肯定十分迷人,乘务长把客舱转给我时是真心地为她没能上船表示遗憾。瑞斯上校也跟我讲了很多关于她的故事,好像有些奇怪的事在巴黎流传。有人怀疑她是间谍，但是没有任何证据。我怀疑瑞斯上校就是为这事去巴黎的。他讲了一些特别有趣的事，有一个黑帮组织，不是德国的，事实上，这个组织的头儿，一个被称为'上校'的人，应该是个英国人，但是他的真实身份无人知晓。不过可以肯定的是，他掌控着一个相当庞大的国际诈骗组织。盗窃、谍报、暗杀，他无所不做——而且通常会找一个替罪羊来顶罪。他一定特别狡猾奸诈！人们怀疑这个女人是他手下的一名谍报人员，但是找不到任何线索。应该是这样的了，安妮，我们找对方向了。纳迪娜肯定与整件事有关，二十二号凌晨在这个客舱的约会对象应该也是她。但是她在哪里？她为什么没上船？"

我感到豁然开朗。

"她是准备要来的。"我慢吞吞地说。

"那她为什么没来？"

"因为她死了。苏珊娜，纳迪娜就是在马洛被杀害的那个女人！"

我的思绪一下子闪回到那个空荡荡的房子里面，感到一种无以名状的危险和邪恶向我袭来。我想起当时掉了铅笔，还发现了一卷胶卷。一卷胶卷——这触发了最近的记忆。我在哪里也听到过一卷胶卷这个词来着？为什么我觉得和布莱尔夫人有关？

我突然向她跑去，激动地摇晃着她。

"你的胶卷！从换气口扔给你的那卷胶卷？是二十二号那天发生的吧？"

"我丢的那卷胶卷吗？"

"你怎么知道那就是你的那卷胶卷呢？为什么有人要用那种方式把它还给你，还在三更半夜？简直是疯了。不，那卷胶卷是情报，胶卷已经从小黄筒里拿了出来，又放进了其他东西。你还留着它吗?"

"可能已经被我用掉了。哦没有,在这儿呢。我记得我把它扔到床边的架子上了。"

她拿过来递给我。

一个普通的锡制小圆筒,就是隔热的用来保存胶卷的那种。我双手颤抖着接过它,感觉到自己的心跳都加快了。它显然比正常的要重一些。

我用颤抖的手指剥开上面的密封条,打开盖子,几颗不规则的半透明鹅卵石滚落到了床上。

"鹅卵石。"我说,失望极了。

"鹅卵石?"苏珊娜叫道。

她的尖叫声提醒了我。

"鹅卵石?不,安妮,不是鹅卵石!是钻石!"

第十五章

钻石!

我着迷地盯着床上这一小堆像玻璃珠子一样的石头,捡起一颗,单看重量也像是一块碎玻璃。

"你确定吗,苏珊娜?"

"哦,是的,亲爱的,我见过太多钻石原石了,我可以肯定。它们还是极品呢,安妮——有几颗非常特别。这背后一定有故事。"

"我们今晚听到的故事。"我大声说。

"你是说……"

"瑞斯上校讲的故事,这不可能是巧合,他是有意要讲的。"

"为了看看大家的反应,你是说?"

我点点头。

"看看尤斯塔斯爵士的反应?"

"对。"

然而,即便我这么说着,心里还是升起一阵疑惑。果真是为了测试尤斯塔斯爵士吗,还是讲给我听的呢?我记起前一天晚上我有种被他故意"下套"的感觉。不管怎么说,瑞斯上校很可疑。但他是怎么回事?他和这件事有什么关系?

"瑞斯上校究竟是什么人?"我问。

"这个问题问得好。"苏珊娜说,"他是有名的大型动物猎手,今晚你也听到他说了,他还是劳伦斯·厄茨利爵士的远房兄弟。我在上这艘船之前从没见过他,他曾进出过非洲好多次,大家都觉得他是个特工,我也不知道是真是假。他的确是个特别神秘的人物。"

"我想,作为劳伦斯·厄茨利爵士的继承人,他拿到了一大笔钱吧?"

"我亲爱的安妮,他肯定是在吹牛。你知道,他是想向你献殷勤呀。"

"有你在船上,我和他好不了。"我大笑着说道,"哦,你们这些有夫之妇!"

"我们确实有一项优势,"苏珊娜得意地小声说,"而且人人都知道我对我的丈夫克拉伦斯非常忠诚。和忠诚的妻子做爱既安全又愉快。"

"克拉伦斯娶了你这样的妻子一定非常幸福。"

"哦,和我一起生活是很累的!不过,他总是可以逃回外交部办公室,戴上眼镜,坐在大扶手椅里睡一觉。我们可以给他发封电报,让他告诉我们他所知道的关于瑞斯的信息。我喜欢发电报,但克拉伦斯很讨厌,他总是说写封信就行了。我觉得他不会告诉我们什么,他是个谨小慎微的人,所以和他一起长相厮守也很不容易。我们来继续聊聊婚配的事吧,我敢肯定瑞斯上校对你非常着迷,安妮。用你那调皮的眼睛瞟他两眼,这事就成了。大家都是在旅途中订婚的,因为没有别的事可做。"

"我不想结婚。"

"不想?"苏珊娜说,"为什么?我觉得结婚很好——就算是嫁给了克拉伦斯!"

我不太喜欢她轻浮的语调。

"我想知道的是,"我口气坚定地说,"瑞斯上校和这些事到底有什么关系?他肯定有所牵连。"

"你不觉得他只是偶然兴起,讲了那个故事?"

"是的,我觉得不是。"我肯定地说,"他当时紧紧地盯着我们看。你记得他是怎么说的吗,一部分钻石找到了,但不是全部。也许这些就是没找到的那部分……或者……"

"或者什么?"

我没有直接回答她。

我说:"我想知道另一个年轻人怎么样了,不是厄茨利,是另一个,叫什么来着?卢卡斯!"

"不管怎么说,我们现在理出点头绪了。这些人都是在找这些钻石。那个'褐衣男子'肯定是为了得到这些钻石才杀了纳迪娜。"

"他没有杀她。"我厉声道。

"他当然杀了她,不然会是谁呢?"

"我不知道,但是我敢肯定他没有杀害她。"

"她走进那个房子三分钟之后他就进去了,出来时脸色惨白。"

"因为他发现她已经被杀了。"

"但是没有其他人进去啊。"

"那么就是凶手已经在那个房子里了,他可能是从别处进去的。他不必从小木屋前面进去,他可以翻墙。"

苏珊娜眼神锐利地盯着我。

"'褐衣男子',"她沉思着说,"我想知道他到底是谁?无论如何,他的样子和地铁站里的那个'医生'完全吻合,他完全有时间摘掉胡子，跟踪那个女人到马洛。她要和卡顿在那里见面，他们俩都有一张去看那栋房子的证明。既然他们如此小心地安排会面，想看起来像是偶然遇到，那么一定是担心自己被跟踪。但这也没用，卡顿不知道他被'褐衣男子'跟踪了。当他认出他时，他完全被吓傻了，摔到了站台下面。事情很清楚了，你不觉得吗，安妮！"

我没有回答。

"是的，事情就是这样的。然后'褐衣男子'从死去的男人身上拿到了那张纸条，但由于离开时过于匆忙把它弄掉了。接着他又跟踪那个女人到了马洛。从那儿离开之后，或者说杀了她之后，他又做了什么呢？或者，依你的看法，发现她死了之后，他又做了什么？他去了哪里？"

我还是没说话。

"我觉得，"苏珊娜继续沉思着说，"他会不会诱骗尤斯塔斯爵士把他作为秘书带上船？以此安全地离开英国，避人耳目。但他是怎么搞定尤斯塔斯爵士的呢？看上去他掌控了爵士。"

"或者说掌控了佩吉特。"我下意识地说。

"你好像不喜欢佩吉特，安妮。尤斯塔斯爵士说他是一个有能力也很勤奋的年轻人。或许他只是在船上表现得很不招人喜欢。好吧，继续讲我的推测，雷伯恩就是那个'褐衣男子'，他已经看过了那张纸条上的字，并且也和你一样，被那个黑点误导了。他想通过佩吉特得到十七号客舱，但没成功。于是二十二号那天夜里一点钟，他在前往十七号舱的路上被人捅了一刀——"

"会是谁呢？"我打断她。

"奇切斯特。是的，一切都说得通了。给纳斯比勋爵发电报，就说你已经找到'褐衣男子'了。你会前途无量的，安妮！"

"但还有几个地方你忽略了。"

"什么地方?雷伯恩脸上有疤?我知道……一个伤疤很容易做假。他的身材和高度都吻合。你在苏格兰场把他们都搞晕的那个描述脑袋的词是什么来着?"

我全身颤抖。苏珊娜是个受过良好教育、博览群书的女子,但是我祈祷她最好对人类学的专业词汇不太熟悉。

"长型头。"我轻轻地说。

苏珊娜露出不解的神情。

"什么意思?"

"哦,就是脑袋比较长。就是指宽度不及长度的百分之七十五那样的头颅。"我流畅地解释道。

她没有说话。我刚要松口气,苏珊娜突然又问:"那相反的是什么?"

"相反的……什么意思?"

"哦,总有相反的吧,怎么称呼那些宽度大于长度的百分之七十五的脑袋呢?"

"圆型头。"我不情愿地嘟囔道。

"就是这个。我记得你说的是这个词。"

"是吗?那可能我口误了吧,我想说的是长型头。"我尽量显得自信。

苏珊娜探究地看着我,然后她笑了。

"你很会撒谎啊,吉卜赛姑娘。为了省麻烦省时间,你还是如实告诉我吧。"

"我没有什么好告诉你的啊。"我不情愿地说。

"没有吗?"苏珊娜温柔地问。

"看来我只能告诉你了,"我慢慢地说,"我并不觉得这有什么难为情。你不会为这种事难为情的——它就是发生了。他就是这样,可恨、粗鲁,而且不知感恩,但是我想我可以理解。他就像一只被拴起来的狗,或者说是被虐待了的狗,见人就咬。他就是这样的,凶恶,咆哮。我不明白自己为什么会在意他,但是我确实在意,非常地在意,一见到他我就魂不守舍,我爱他,我想要得到他,我愿意光着脚走遍整个非洲去找他。我会让他对我动心,我会为他死,我会为他工作,做他的奴隶,为他去偷去抢,为他行乞借债!好了,现在你都知道了!"

苏珊娜盯着我看了很久。

"你真不像个英国人,吉卜赛姑娘。"最终她这么说道,"你一点都不多愁善感。我还从没见过像你这样的人,马上就这么实际,这么热情似火。我绝不会对任何人有这种感觉——上帝宽恕我,不过我挺羡慕你的,吉卜赛姑娘。能够钟情于一个人很不容易,大部分人都不能。那个小个子医生幸亏没有娶你,他听上去完全不是那种喜欢澎湃生活的人!那么,就不给纳斯比勋爵发电报了?"

我摇摇头。

"而你相信他是无辜的?"

"我同时相信无辜的人也可能被吊死。"

"哈!是的。但是,亲爱的安妮,你要面对现实啊,现在就要面对现实。不管你怎么说,他都有可能杀了那个女人。"

"没有,他没杀人。"我说。

"你这是感情用事。"

"不是,我不是。他有可能想过杀她,甚至有可能在跟踪她的时候就有这个想法,但他不会用黑绳子把她给勒死。如果他真的要杀她,会直接用双手掐死她。"

苏珊娜颤抖了一下，眯起双眼，赞赏地望着我。

"哇！安妮，我开始理解你为什么觉得这个男人这么有魅力了！"

第十六章

第二天上午,我找了个机会逮到了瑞斯上校。清货拍卖会结束后,我们一起在甲板上散步。

"我们的吉卜赛人今天好吗?是不是渴望着陆地和大篷车啊?"

我摇摇头。

"现在海面这么平静,我觉得我都想永远永远待在海上了。"

"好有热情啊!"

"是啊,今天早晨的天空多美啊!"

我们并排靠在船舷上,海面如镜,像刷了一层油似的。还有一块一块的颜色,蓝色、淡绿色、翠绿色、紫色和深橘色,像一幅立体派画卷。水面上偶尔会卷起银色的浪,那是跃起的飞鱼。空气湿润温暖,有些黏,带着香味。

"你昨晚给我们讲的那个故事好有趣啊。"我打破了沉默。

"哪个?"

"关于钻石的那个。"

"我相信女人对钻石总是很感兴趣。"

"当然啦。我很好奇,另外那个年轻人后来怎么样了?你说他们有两个人。"

"年轻的卢卡斯?是啊,当然了,不可能处决一个而放过另一个，所以他也没事了。"

"那他怎么样了？我是说后来，有人知道吗？"

瑞斯上校目不转睛地望着大海，面无表情，仿佛戴着面具。我有种感觉，他很不喜欢我的这个问题。但即便如此，他还是很好地回答了我。

"他参加了战争而且表现英勇，官方报告上说他受了伤，行踪不明——应该是牺牲了。"

这正是我想知道的。我没再追问，但我心里很疑惑瑞斯上校怎么会知道这些，他到底扮演着什么角色？

我还干了一件事，就是找到那位夜班服务生了解情况。一点小小的感谢费就让他开了口。

"那位女士没被吓到吧，小姐？看上去像是个善意的玩笑。我是这么认为的。"

一点一点地，我把什么都问出来了。在从开普敦开往英国的游轮上，一位乘客给了他一卷胶卷，指示他回程时，在一月二十二号凌晨一点把它扔到七十一号客舱的床上。客舱里住的会是位女士，那人还说这是在打赌开个玩笑。我猜想这个服务生一定为此次传递收到了慷慨的小费。那人并没有告诉他女士的名字。而布莱尔夫人一上船就在乘务长的安排下搬进了七十一号客舱，这名服务生自然不会知道她并不是那位女士。安排这件事的乘客名叫卡顿，服务生对他的描述与地铁站里摔死的男人完全一致。

不管怎么说，一个谜团彻底解开了，而且那些钻石显然是整个事件的关键。

在基尔默登堡号上的最后几天过得好像特别快。离开普敦越来越近了，我也不得不认真考虑下一步的计划。有这么多人要追踪，奇切斯特先生、尤斯塔斯爵士和他的秘书，还有——对，瑞斯上校！我该怎么办呢？奇切斯特自然是我的首要关注对象。实际上，我几乎就要放弃对尤斯塔斯爵士和佩吉特先生的怀疑了，但是一段偶然的对话又重新唤起了我的疑虑。

我已经忘记一提到佛罗伦萨，佩吉特先生就会表现出难以理解的情绪波动。船上的最后一个晚上，我们都坐在甲板上，尤斯塔斯爵士问了秘书一个完全无心的问题，我记不清具体是什么了，反正与意大利的地铁总是晚点有关，我立刻注意到佩吉特先生又露出了之前的那种不安神色。等尤斯塔斯爵士请布莱尔夫人去跳舞时，我迅速地坐到了秘书身边的椅子上，决定弄个水落石出。

"我一直特别想去意大利，"我说，"特别是佛罗伦萨。你在那儿玩得开心吗？"

"非常开心，贝丁费尔德小姐。如果您不介意，请允许我去处理尤斯塔斯爵士的一些信件——"

我紧紧抓住他的衣服袖子。

"哦，你可别跑啊！"我学着老妇人那种妩媚的语调叫道，"尤斯塔斯爵士不会希望你留下我一个人在这里，连个说话的人都没有的。你好像不太愿意谈论佛罗伦萨，佩吉特先生，哦，我猜你是有什么不可告人的秘密！"

我的手仍然紧抓着他的胳膊，我感觉到他抽动了一下。

"完全没有，贝丁费尔德小姐，完全没有。"他诚恳地说，"我特别愿意跟您好好讲讲，但是真的有一些电报——"

"哦，佩吉特先生，你这是什么借口啊！我要去告诉尤斯塔斯爵士……"

我没有说完。他又吓得抽动了一下，这个男人正处于极度紧张的状态。

"您到底想知道什么?"

他的语气中透着准备好要殉道般的顺从,惹得我暗自发笑。

"哦,我什么都想知道!那些画啦,橄榄树啦……"

我停了下来,自己都不知道该说些什么了。

"我猜你会讲意大利语吧?"我问道。

"一个字都不会,很不幸。不过有门童和……呃……导游什么的。"

"的确。"我赶紧接着说,"那你最喜欢哪幅画啊?"

"哦,呃……《圣母像》……呃,拉斐尔的,您知道。"

"可爱而古老的佛罗伦萨。"我动情地轻叹道,"亚诺河两岸的旖旎风光。真是一条美丽的河流。还有多姆①,你记得多姆吗?"

"当然,当然。"

"也是一条美丽的河流,对吧?"我冒险地问,"甚至比亚诺河还要美,是吧?"

"确实,我也这么认为。"

我的小圈套成功了,让我更加大胆地想接着试探。不用怀疑,佩吉特先生完全暴露了,毫无疑问,这个男人这辈子从来没有去过佛罗伦萨。

但是,如果他没有去佛罗伦萨,那他去了哪里?待在英国?米尔庄园案发时他其实在英国?我决定迈出更大胆的一步。

"奇怪的是,"我说,"我感觉我在什么地方见到过你。不过也许是我记错了,因为你当时在佛罗伦萨。可是……"

---

① Duomo 是一个意大利语词汇,意思是"大教堂",和河流没有什么关系。

我直率地观察着他,他眼中露出惊恐的神色,用舌头舔了舔发干的嘴唇。

"哪里……呃……在哪里……"

"我在哪里见到过你?"我替他把话说完,"在马洛。你知道马洛吧?哦,你当然知道,我可真傻,尤斯塔斯爵士在那儿有幢房子呢!"

可怜人含糊不清地说了个借口,起身逃跑了。

当天晚上,我又兴奋地闯入苏珊娜的客舱。

我给她讲了晚上发生的事,然后急切地说:"你看,苏珊娜,凶杀案发生时他就在英国,在马洛。你现在还认为'褐衣男子'是凶手吗?"

"我只知道一件事。"苏珊娜眨了眨眼睛。

"什么事?"

"就是'褐衣男子'比可怜的佩吉特帅多了。哦别,安妮,别生气,我只是在开玩笑。来坐下,不说笑了,我觉得这是个重大发现,之前我们一直认为佩吉特有不在场证明,现在我们知道他其实没有。"

"对啊,"我说,"我们得留意着他。"

"其他那几个也不能放松。"她沮丧地说,"我还有一件事想跟你谈谈,就是……钱方面的事。别,你别把下巴翘得那么高,我知道你特别独立而且高傲,但是你必须明白这方面的常识。我们是合作伙伴,如果只是因为喜欢你,或者你没有其他朋友的话,我不会给你一分钱。我想要刺激,我会为此付钱。我们俩一起来做这件事,费用方面你不用担心。首先,你和我一起去住纳尔逊山酒店,我来付钱,然后我们再一起做下一步的计划。"

在这一点上我们争论了一会儿,最后我妥协了。但我其实并不愿意这样，我想一切靠自己。

"就这么定了。"苏珊娜站起身，伸着懒腰打了个哈欠，"我说了太多话，累死了。现在，我们来看看我们的跟踪对象吧。奇切斯特先生要去德班，尤斯塔斯爵士会先去开普敦的纳尔逊山酒店，然后去罗德西亚。他有一节私人车厢，那天晚上四杯香槟下肚后，他感觉非常好，就邀请我一起搭乘他的私人车厢。我猜他并非出于真心，但如果我向他提起这件事，他也不会赖账。"

"很好。"我同意道，"那你来监视尤斯塔斯爵士和佩吉特先生，我来负责奇切斯特。可瑞斯上校怎么办？"

苏珊娜用奇怪的眼神看着我。

"安妮，你还怀疑——"

"是的，我怀疑每一个人。我绝不会放过任何一个人。"

"瑞斯上校也要去罗德西亚。"苏珊娜若有所思地说，"如果我们能设法让尤斯塔斯爵士也邀请他——"

"你肯定可以。没有你做不到的事。"

"我喜欢听好听的话。"苏珊娜像小猫一样轻声说道。

苏珊娜说她会尽全力做这件事，然后我就离开了。

我太兴奋了，不想马上就睡。这是我在船上的最后一夜，明天一大早这艘船就会在桌湾登陆。

我偷偷上到甲板，海风清新又凉爽。海上有些浪，船跟着摇晃。甲板上一片漆黑，没有一个人影。此时已过了午夜。

我靠在船舷上，看着浪卷起的泡沫。前方就是非洲，我们正穿过黑暗的大海向它奔去。我觉得自己仿佛独自一人待在一个美妙的世界里，被一种奇怪的安详感笼罩着。我站在那里，忘却了时间，沉浸在梦境中。

突然，我意识到有危险逼近，类似一种本能预感。虽然什么都没听到，但我还是猛然转身，发现身后藏着一个黑影。就在我转身之际，黑影向我扑过来，一只手掐住了我的喉咙，让我发不出声音。我拼命挣扎，但希望渺茫。喉咙被抓得很紧，我几乎喘不过气来，但我还是使出女孩子的看家本领，狂抓乱咬。为了不让我叫出声，这个男人必须一直抓着我的喉咙，这让他的行动不那么顺畅。如果他刚才是在我完全没有防备的情况下突然袭击的话，会很容易就把我扔出甲板，剩下的就交给鲨鱼了。

我挣扎着，感到体力正在慢慢耗尽。袭击我的人也感觉到了这一点。他用尽浑身力气，但就在这时，一阵轻柔的脚步声迅速靠近，又一个黑影加入进来，一拳把我的对手打翻在甲板上。我解脱了，靠在船舷上发抖。

我的救星迅速转向我。

"你受伤了！"

他的声音中带着野性，像是在对胆敢伤害我的人怒吼。不过在他开口说话之前我就已经认出他来了，他就是我的梦中人——脸上带疤的男人。

但是，就在他关注我那短暂的一瞬间，被打倒的敌人闪电般地爬起来，向甲板下面跑去。雷伯恩骂了句粗话，也跳起来追了下去。

我最不喜欢袖手旁观，也跟着追了过去——作为比较弱的第三名。我跟在他们后面绕过甲板，跑到船的右舷，看到有个男人在餐厅门口的地上缩成一团，雷伯恩正弯腰看着他。

"你又打倒他了？"我上气不接下气地问。

"没这个必要。"他冷酷地回答道，"我发现他时他已经倒在门边了。也有可能他是打不开门，就假装倒在这儿。我们马上就能知道是怎么回事了，也能知道他是谁。"

我朝近处走了走，心怦怦直跳。我马上就发现袭击我的人比奇切斯特要壮实。不过奇切斯特本来就很瘦弱，关键时刻有刀在手倒还行，空手的话肯定没什么力气。

雷伯恩划亮一根火柴，我们俩都吃了一惊。那人是盖伊·佩吉特。

雷伯恩被这个发现完全弄傻了。

"佩吉特，"他喃喃道，"天哪，是佩吉特。"

我倒没那么惊讶。

"你好像很吃惊。"

"我是吃惊。"他沉重地说，"我从来都没有怀疑——"他突然转向我，"你呢？你不吃惊吗？我想当他袭击你的时候你大概就认出他了吧？"

"没有，我没有，但我并不觉得特别吃惊。"

他狐疑地望着我。

"你到底是干什么的？究竟知道多少？"

我笑了。

"很多，嗯……卢卡斯先生！"

他一把抓住我的胳膊，手上不自觉加重的力量让我畏缩。

"你从哪里听到这个名字的？"他粗鲁地问。

"这不是你的名字吗？"我甜蜜地反问，"还是说你更愿意被称作'褐衣男子'？"

我击中了他的要害。他松开我的胳膊，向后退了一两步。

"你只是个女孩子，还是个女巫？"他喘息着说。

"我是一个朋友。"我朝他走近了一步，"我曾提议要帮你，现在我再提一次，你愿意接受我的帮助吗？"

"不，我不会和你或者任何女人有任何瓜葛。去你的吧。"

他语气中的凶狠把我吓了一跳。

像以前一样,我的火一下子就上来了。

"或许,"我说,"你还没有意识到你已经身不由己了吧?只要我跟船长说一声——"

"你去说好了。"他鄙视地说。然后突然向前一步,说:"虽然你知道了一些事情,我亲爱的姑娘,但你有没有意识到,此时你的生死就在我手中?我可以像这样轻易地掐住你的喉咙。"话音未落,他立即采取行动。我感觉到他的两只手抓住了我的脖子,轻轻地捏着,没用一点儿力气。"就像这样,一下子就能把你给解决了!然后,像我们这位不省人事的朋友想做的那样,把你的尸体扔去喂鲨鱼,只是我不会失手的。怎么样?"

我没搭腔,而是笑了。我知道危险是存在的,就在这一刻,他很恨我。但是我也知道我喜欢这种危险,喜欢他的手放在我的脖子上时的感觉,这一刻甚至比我目前所经历过的任何时刻都可贵。

他短促地笑了一声,松开了手。

"你叫什么?"他突然问。

"安妮·贝丁费尔德。"

"你是什么都不怕吗,安妮·贝丁费尔德?"

"哦,不是。"我说,故意装出冷静的样子,其实早已心乱如麻,"我怕黄蜂、怕那些喜欢讽刺人的女人、怕非常年轻的男子、蟑螂,还有自视过高的售货员。"

他又像刚才那样短促地笑了一声,然后用脚踢了踢昏迷的佩吉特。

"我们要怎么处理这堆垃圾?扔到船外吗?"他毫不在乎地问我。

"如果你愿意。"我同样镇静地回答。

"我非常欣赏你的冷静和嗜血,贝丁费尔德小姐,我们还是留他在这里自己醒来吧,他伤得不重。"

"我明白了,面对第二次杀人,你手软了。"我甜甜地说。

"第二次杀人?"

他看上去一脸不解的样子。

"马洛的那个女人。"我提醒道,用心地观察他的反应。

他脸上露出阴沉忧郁的神色,好像忘记了我的存在。

"我原本可以杀了她,"他说,"有时我觉得我很想杀了她……"

我的心中突然升起一股强烈的憎恨,对那个已经死了的女人的憎恨。他还在说着:"我可以杀她的,她就站在我面前……"他这么说一定是因为他爱过她——他一定、一定曾对她动过感情!

我尽可能保持冷静,用正常的声音说:"我们好像说了太多了——但还没说晚安。"

"晚安,还有再见,贝丁费尔德小姐。"

"下次再见,卢卡斯先生。"

听到这个名字,他又抖了一下,然后走近我。

"你为什么要说下次再见?"

"因为我觉得我们还会再见面的。"

"我可不想再见到你!"

尽管他的语气决绝,可我并不生气,相反,我心中充满了满足和窃喜。我并不是个傻子。

"不管你怎么说,"我严肃地说,"我想我们会的。"

"为什么?"

我摇摇头,很难解释我为什么会说出这句话。

"我希望永远都不要再见到你。"他突然凶巴巴地说。

这句话确实很无礼，但我只是轻轻地笑了一下，便转头向黑暗中走去。

我听到他想来追我，然后又放弃了，只在甲板上留下一句话。我想是"女巫"！

第十七章

（尤斯塔斯·佩德勒爵士的日记摘录）

纳尔逊山酒店，开普敦。

从基尔默登堡号上下来真是一种解脱，在船上的每一分钟我都觉得被一张阴谋之网笼罩着。为了掩藏痕迹，最后一天晚上盖伊·佩吉特还来了一场醉酒打斗。他倒是找了个很好的借口来解释，但看一眼就知道是怎么回事了啊。一个人头上顶着个鸡蛋大的包来找你，一只眼睛又红又肿，你会怎么想？

佩吉特说起整件事时还是一贯的神秘风格。单听他的叙述，你会以为他的黑眼圈是为了我的利益搞出来的。他讲得特别含糊、混乱，我花了很长时间才大概明白发生了什么。

首先，他似乎看到有个男人形迹可疑。这是佩吉特的原话，从德国间谍小说里直接拿来套用的。我对他说，他自己都不知道"形迹可疑"到底是什么意思。

"他鬼鬼祟祟地沿着甲板走，在大半夜里，尤斯塔斯爵士。"

"是吗，那你当时在干什么呢？你为什么没有像个好基督徒那样在床上睡觉？"我忍不住问。

"我在看您的那些电报,尤斯塔斯爵士,还有用打字机把日记都打出来。"

佩吉特永远都是对的,而且像个殉道者!

"是吗?"

"我想睡前出去看一下,尤斯塔斯爵士。那个男的是从您的客舱这边下到走廊的,我从他的样子一下子就看出有问题,之后他又偷偷摸摸地跑上餐厅边的楼梯,我就追了过去。"

"我亲爱的佩吉特,"我说,"那个可怜人为什么不能去甲板?你干吗要跟踪他?有很多人甚至睡在甲板上呢,尽管我认为那会非常不舒服。船员们早晨五点就要去洗甲板了,可能会把那些人一起洗了。"想到那个场景我都直打哆嗦。

我继续说道:"如果你是在担心一个可怜的失眠者会做出什么坏事,我想你会失望的。"

佩吉特很有耐心。

"请您听我说完,尤斯塔斯爵士。我认为那个男人是故意在您的客舱附近走来走去,我不知道他在打什么算盘。走廊这边只有两间客舱,您的和瑞斯上校的。"

"瑞斯,"我说,慢慢点着一根雪茄,"可以照顾好他自己,不用你操心,佩吉特。"想了想我又补充了一句,"我也是。"

佩吉特走近我,呼吸有些粗重,他每次要说出什么秘密时都会这样。

"您看,尤斯塔斯爵士,我之前怀疑过——现在是确定,那个人就是雷伯恩。"

"雷伯恩?"

"是的,尤斯塔斯爵士。"

我摇摇头。

"雷伯恩没理由半夜把我吵醒。"

"没错,尤斯塔斯爵士。我想他是想去找瑞斯上校,一次密会——去领指令!"

"别在我耳朵边嘶嘶嘶的。"我说着向后退了退,"还有,控制一下你的呼吸。你的想法太荒诞了,他们为什么要在半夜里进行什么密会?如果有什么想告诉对方的,完全可以一起喝牛肉茶,随意地交谈。"

我能看出来佩吉特一点都没有被我说服。

"昨天夜里有事情发生,尤斯塔斯爵士,"他急切地说,"否则雷伯恩为什么要那么狠地袭击我?"

"你确定是雷伯恩吗?"

佩吉特对此好像非常确定,这是整起事件中他唯一不含糊的一点。

"这整件事都非常奇怪,"他说,"首先,雷伯恩在哪儿呢?"

确实,自打我们上船后就没见过那家伙。他也没有跟我们一起来酒店。我原本以为他是害怕佩吉特,现在当然不会这么想了。

反正整件事都令人烦躁。我的一位秘书在光天化日之下消失了,另一个看上去就像一个失败的职业拳击手。他这副样子,我肯定不能带他出去,我会成为整个开普敦的笑柄。晚些时候我还要见个人,转交老米尔瑞的那封情书,我不会带佩吉特去的,我想挫挫他的自信。

我心情原本就很不好，还和一些讨厌的人一起吃了一顿讨厌的早餐。粗脚踝的荷兰女侍者花了半个小时才给我端来一小口破鱼。而且早晨五点到港后就接受医生检查，被强迫着双手举到头顶，这一切都令我万分疲惫。

（晚些时候。）

发生了一件很严重的事。我依约去见了总理，带去了米尔瑞的密封信。那封信看上去不像被人动过手脚，但是打开后里面是张白纸！

我想我现在惹上了大麻烦。我不知道自己怎么会被那个只会咩咩叫的老东西米尔瑞拖进这桩鬼事里。

佩吉特一向最不善于安慰人，他竟然表现出一些暗自得意，简直要把我气疯了。还有，他还趁我烦乱之际把文具箱交给我来负责。他最好给我小心点儿，不然就等着参加自己的葬礼吧。

然而，我最后还是得听听他的看法。

"尤斯塔斯爵士，假设雷伯恩那天在街上偷听到了一两句您和米尔瑞先生的谈话，您记得吗，雷伯恩没有米尔瑞先生写的推荐信，您只是听了他的一面之词。"

"你是想说雷伯恩是个骗子啦？"我慢慢地说。

佩吉特是这么想的。我不知道他的这种看法有多少是受到了他的黑眼圈的影响，但他对雷伯恩的指控听上去确实很有道理，雷伯恩的表现也很可疑。而我的想法是，不采取任何行动，既然都被别人愚弄了，就不要再急着四处去广播这件事了。

然而佩吉特起劲儿地忙活了起来，近来发生的不幸丝毫没能减弱他的精力。他有他自己的一套。他冲到警察局,发了无数封电报,还用我的钱请了一群英国和荷兰的官员去喝威士忌加苏打水。

当天晚上,我们收到了米尔瑞的回音,他对我新秘书的事一无所知!如今得知这一点,还让人有些欣慰。

"不管怎么说,"我对佩吉特说,"你没有被下毒,你就是反胃的老毛病犯了。"

他没有争辩。这是我唯一说服了他的事。

(稍后。)

佩吉特忙得不亦乐乎,他脑子里不时地冒出各种聪明的想法。他现在认为雷伯恩就是那个众所周知的"褐衣男子"。我猜他是对的,他通常都是对的,但是这一切都让人不舒服。我真想赶紧离开这里去罗德西亚,我跟佩吉特说了他不需要陪我去。

"你看,我亲爱的伙计,"我说,"你必须留在此地,他们随时可能需要你去辨认雷伯恩。此外,我还得顾忌我英国国会议员的身份,我不能带着个明显刚刚参与过一场街头恶斗的秘书到处走啊。"

佩吉特没吱声,他是个受人尊敬的人,现在这副样子让他非常痛心。

"但是您怎么处理来往信件呢?还有您的发言稿,尤斯塔斯爵士?"

"我会安排的。"我轻松应道。

"您的私人车厢会挂在明天十一点钟出发的那班列车

上,也就是星期三上午。"佩吉特继续说着,"我已经都安排好了。布莱尔夫人会带一名女佣,对吗?"

"布莱尔夫人?"我吃惊地问。

"她对我说您邀请她一起前往。"

我是邀请过,我想起来了。是在化装舞会那天晚上,我的态度近乎恳求。但我没想到她真的来了。尽管布莱尔夫人非常讨人喜欢,但我并不想往返罗德西亚的旅途中还要费心社交。女人就喜欢万众瞩目,有时候真的很烦人。

"我还请了其他什么人吗?"我紧张地问。人在自我膨胀时就会做出这种事情来。

"布莱尔夫人好像觉得您也邀请了瑞斯上校。"

我呻吟了一声。

"如果我还请了瑞斯,那我当时一定醉得非常厉害。彻底醉了!给你个建议,佩吉特,记住你眼睛被打的教训,别再去狂欢痛饮了。"

"您知道我是绝对禁酒主义者,尤斯塔斯爵士。"

"如果你控制不了自己,那发个誓不喝酒也很明智。我应该没再请别人了吧,佩吉特?"

"据我所知没有了,尤斯塔斯爵士。"

我放心地长出了一口气。

"贝丁费尔德小姐……"我若有所思地说,"我记得她想去罗德西亚挖掘古人的尸骨来着。我倒想聘她做我的临时秘书,我知道她会打字,她自己告诉我的。"

令我吃惊的是,佩吉特强烈反对我的这个主意。他不喜欢安妮·贝丁费尔德。自打他眼睛被打黑的那天晚上开始,每次提及她,他都会出现情绪波动。现在的佩吉特真是装了太多秘密了。

　　哪怕只是为了气他,我也要去邀请那个姑娘。而且我以前就说过,她的腿美极了。

第十八章

（安妮的叙述继续）

我想我这辈子都不会忘记第一眼看到桌山时的情景。我那天起得非常早，来到甲板上。我一直爬到了救生艇甲板，我知道乘客不能来这里，但我很想独自待一会儿，并愿意为此冒险。轮船正轰鸣着驶入桌湾，如羊毛般的白云笼罩着桌山山顶，山坡上也簇着几团。海边的城市仍在沉睡，被晨光镀上一层金光，仿如仙境。

我不由得屏住呼吸，并且身体里有一种莫名的饥渴和痛楚，就是一个人在见到异常美丽的景物时所特有的那种感觉。我不太擅长表达此类情感，但我非常清楚，我找到了离开小汉普斯雷后一直在寻找的东西，哪怕只有一瞬间。一种全新的、迄今为止连梦中都不曾出现的东西，一种可以慰藉我对浪漫饥渴到心痛的东西。

基尔默登堡号安静平和地滑向岸边——也许这只是我的感觉。一切都像在梦中。和所有发梦的人一样，我也想参与其中，我们可怜的人类就是这样生怕错失任何东西。

"这就是南非。"我一遍遍、不知疲倦地对自己说，"南非，南非。你在看世界啦，这就是世界，你正在看着它。想想看，安妮·贝丁费尔德，你这个小傻瓜，正在看世界。"

我一直以为救生艇甲板上只有我自己,但这时我看到一个身影靠在船舷上,和我一样,正被慢慢靠近的城市所深深地吸引。就算他不回头我也知道他是谁。如今沐浴在和煦的晨光中,感觉昨夜的情景很不真实,像一出戏剧。他会怎么看待我?想起昨晚我说过的话我感到一阵脸红。我并不是那个意思——或许就是?

我坚定地把头转开,死死地盯着桌山。如果雷伯恩是来这里找清静的,那我最好别出声打扰他。

但是,让我又吃惊又紧张的是,我听到身后传来了轻轻的脚步声,然后耳边响起了他的声音,愉快而正常。

"贝丁费尔德小姐。"

"啊?"

我转身。

"我想向你道歉,我昨晚表现得太无礼了。"

"昨晚……昨晚是个不寻常的夜晚。"我慌乱地说。

这么说意思不是很明朗,但我只能想起这么一句。

"你会原谅我吗?"

我默默地伸出手,他握住了。

"我还想说一件事。"他变得严肃起来,"贝丁费尔德小姐,你也许不知道,你卷进了一起相当危险的事件中。"

"我知道。"我说。

"不,你不知道,你不可能知道。我想提醒你,离这件事远一点。这本来跟你没有任何关系,别因为好奇心而去管别人的闲事。别,请别生气,我不是在说我自己。你根本就不知道你会遇到什么——这些人什么都做得出,他们极其残忍。你差点遇难了——想想昨晚。他们认为你掌握了一些信息,你唯一的机会就是让他们相信他们猜错了,但是要特别小心,随时都要留神不测。还有，呃，如果有一天你落到他们手中，别反驳也别自作聪明，告诉他们实情。这将是你唯一的机会。"

"你说得我毛骨悚然，雷伯恩先生。"我实话实说，"你为什么要这么费心来提醒我？"

他过了几分钟才小声回答说："这也许是我能为你做的最后一件事了。等上了岸我就安全了——但我可能上不了岸。"

"什么？"我叫道。

"恐怕你不是这条船上唯一知道我是'褐衣男子'的人。"

"如果你以为我告诉过——"我激动地说。

他微笑了一下，让我放心。

"我没有怀疑过你，贝丁费尔德小姐。即便我曾说过怀疑你的话，那也是在撒谎。我没有，但是船上有一个人知道整件事。一旦他说出来，我就完了。不过我仍有一半的机会，赌他不说。"

"为什么？"

"因为他是个喜欢独自行事的人。而且如果警察把我带走了，我对他就没有任何用处了。所以我也许会没事！哦，再有一个小时就见分晓了。"

他大笑着，充满讽刺意味，但是我看到他脸上的神情愈发冷酷。如果他在和命运赌博，那他是个风度极佳的选手，即便输了也会面带微笑。

"不管怎样，"他轻松地说，"我想我们不会再见面了。"

"是的，"我慢慢地说，"我想不会了。"

"那么……再见。"

"再见。"

他紧紧地握住我的手，有那么一分钟，他那双淡色眼睛里闪耀的火焰似乎就要包围我了，然后他猛地转身离开了。我听着他离去的脚步声,它们在我的脑海里不断回响。我想它们会永远留在我的脑海里,那串脚步声——离我而去的脚步声。

我得坦率地承认,接下来的两个小时特别不好过。直到我办理完所有烦琐无聊的手续,站在码头上,呼吸才重新顺畅起来。没有人被抓。此时我才意识到今天天气特别好,而我饿得要死。我跟苏珊娜一起,不管怎样,我今晚是要和她一起住酒店的。要到明天早上才会有船启航前往德班和伊丽莎白港。我们钻进一辆出租车,前往纳尔逊山酒店。

仿如置身天堂。阳光、空气、鲜花!我想起了一月份的汉普斯雷小镇,泥浆齐膝,整天阴雨连绵,我不禁欣喜地抱住了自己。苏珊娜的兴致倒不是很高,当然了,她经常旅行,还有,她是那种不吃早饭就兴奋不起来的人。当我因看到一朵巨大的蓝色喇叭花而发出尖叫时,她还严厉地训斥了我。

顺便说一下,我想在这里讲清楚,这个故事并不是关于南非的,我保证没有任何当地色彩,你们知道的,就是每页都有五六个词是斜体字。我非常佩服能写出那种文章的人,但我自己写不出来。在南海岛屿上,你马上就会知道什么是 *bêche-de-mer*(海参)。可我不知道什么是 *bêche-de-mer*,我从来都不知道,可能永远都不会知道。我曾经猜过一两次,但是都猜错了。在南非你很快就会谈论到 *stoep*(屋前游廊),这个词什么意思我倒是知道,就是围绕着房子,可以坐在里面的地方。在世界上的其他地方,人们把这里称为走廊、露天阳台或者矮墙。哦,还有 *pawpaw*(番木瓜)。我经常读到这个词,而且马上就知道它是什么了,因为早餐时有人当着我的面摘了一个给我。一开始我以为是个放坏了的甜瓜,一位荷兰服务员向我解释,并说服我就着柠檬汁和砂糖一起吃。我很高兴认识 *pawpaw*,之前我总把它和 hula-hula（夏威夷草裙舞）弄混，我觉得 hula-hula 是夏威夷女孩跳舞时穿的一种草裙。不，我想我说错了，那个应该是 lava-lava（萨摩亚及其他太平洋岛屿上的土著穿的一种印花缠腰布或者裙子）。

无论如何，与英格兰完全不同的这些东西都给我带来了欢乐。我忍不住想，如果在英格兰寒冷的日子里，人们早餐能吃上 bacon-bacon（咸肉），然后穿上 jumper-jumper（宽松的夹克）去书店，那生活该会快乐很多。

早餐后苏珊娜好多了。酒店给了我一个她旁边的房间，能看到桌湾漂亮的风景。我在房间里看风景，苏珊娜出去买一种特别的面霜。买来后她立刻就用上了，此时她才终于可以和我对话了。

"你见到尤斯塔斯爵士了吗？"我问，"我们早上进餐厅时他正好往外走，他好像吃到了什么不好的鱼还是什么，正在向餐厅领班投诉，他还把一只桃子摔到地上，以此来证明那玩意儿有多硬。只是那桃子没有他想象的那么硬，一下子就摔扁了。"

苏珊娜笑了。

"尤斯塔斯爵士和我一样，都不喜欢早起。但是，安妮，你见到佩吉特先生了吗？我在走廊里和他擦肩而过，看到他有一只眼睛又青又肿。他干什么了？"

"只不过是想把我从船上扔下去呗。"我漫不经心地回答。

我显然得分了。苏珊娜脸还没涂完就过来催我给她讲讲是怎么回事。我一五一十地讲给她听。

"情况变得越来越诡异了。"她叫道，"我本来以为我可以轻松地盯着尤斯塔斯爵士，而你去跟爱德华·奇切斯特斗智斗勇，但现在我不那么确定了。希望佩吉特不会在某个黑夜把我从火车上推下去。"

"我想你还没有被怀疑，苏珊娜。不过万一最坏的事情发生了，我会给克拉伦斯发电报的。"

"这倒提醒了我。给我一张电报单。让我想想，我说什么呢？'卷入一桩最惊悚神秘的事件请立即汇我一千镑苏珊娜。'"

我拿过电报单，指出可以去掉"一桩"这两个字，另外如果她不介意的话，还可以去掉"请"字。不过苏珊娜显然不太计较金钱，她非但没有听从我的省钱建议，反而又加上了几个字："我玩得很开心"。

苏珊娜约好了和几个朋友一起午餐，他们大概十一点到酒店来接她，我只能落单了。我穿过酒店的花园和电车轨道，沿着一条清凉的林荫道一直来到主街上。我四处闲逛，享受着阳光，欣赏四周的风景和面孔黝黑的卖鲜花或水果的小贩。我还发现了一个卖特别好吃的冰淇淋的地方。最后，我花六便士买了一篮桃子，然后原路返回酒店。

我非常吃惊，也非常高兴地得知有一张给我的便条，来自这里的博物馆馆长。他从报纸上看到了搭乘基尔默登堡号到达这里的游客名单，看到有"已故的贝丁费尔德教授的女儿"。他和我父亲有一些交情，并对他非常仰慕，然后说他太太非常高兴地邀请我下午到他们在梅曾贝赫的别墅喝茶，还附上如何去那里的说明。

想到还有人记得并敬仰我那可怜的爸爸，我感到十分高兴。我估计离开开普敦前，馆长可能还会亲自陪同我参观博物馆，但也不太确定。大部分人会把这项待遇看成一次享受，但我这一天遇到的好事太多了，早、中、晚都有。

午饭后，我戴上自己最好的帽子（是苏珊娜淘汰的），穿上一件不太皱的白色亚麻衣服，就出发了。我赶上了一班去梅曾贝赫的快车，大约半小时后就到了。一路景色宜人，火车绕着桌山山脚慢慢地转，路边盛开着可爱的花朵。我的地理一向不好，我一直没意识到开普敦是在一个半岛上，所以当我从火车上下来，发现依旧面对大海时，我觉得非常吃惊。这里似乎很适合游泳，人们拿着短短的板子在海上冲浪。我到得太早了，就走到一个海边凉亭下面，有人来问我是否需要一块冲浪板，我便说"好啊，请给我一块"。冲浪看起来很容易，其实不然。我一句话都没说，只是非常生气，把板子扔得远远的。然而，没过一会儿我又下决心回去再试一次。我不肯认输。接着阴差阳错的，我竟站在板子上滑了一阵子，我都快高兴疯了。冲浪就是这样，你要么沮丧地诅咒，要么就是玩到疯。

我费了点功夫才找到梅基别墅。它坐落在山坡上，远离其他房屋和别墅。我按了门铃，一个面带笑容的本地男孩给我开了门。

"拉菲尼太太在吗？"我问。

他把我领进去，穿过一条走廊，推开了一扇门。进门前我又有些犹豫，我突然有一种不祥的感觉。我刚跨过门槛，身后的门就哐当一声关上了。

一个男人从桌子后面站起身，伸出手向我走来。

"能邀请到您来我们太高兴了，贝丁费尔德小姐。"他说。

他身材高大，很明显是个荷兰人，留着如火焰般的橘红色胡子，看上去一点儿都不像是个博物馆馆长。我立刻就意识到自己上当了。

我落到了敌人的手里。

第十九章

我不由得想起《帕梅拉历险记》的第三集。以前坐在廉价车厢，吃着两便士的牛奶巧克力时，我曾多次幻想电视里的故事能发生在我身上！好了，现在应验得如此彻底，只是不像我想象的那么有趣。从银幕上看一切都很好，你心里知道还有第四集。但是在真实生活中，没人能保证女探险家安妮不会在某一集的结尾永远地消失。

是的，我陷入了窘境。雷伯恩那天早晨说的话都清晰地浮现在我的脑海，且带着令人烦恼的意味。把实情说出来，他说。是啊，我倒是可以这么做，但这么做帮得了我吗？首先，他们会相信我说的吗？他们会相信我仅凭一张带着樟脑丸味道的小纸条就开始了这场疯狂的恶作剧吗？我听着都觉得像是瞎编的故事。此时我终于彻底冷静了，我骂自己是个空想连篇的大傻瓜，同时开始怀念汉普斯雷小镇宁静单调的生活。

所有这一切都在极短的一瞬间闪过我的脑海，我第一个本能的动作是后退去抓门把手。我的敌人笑了。

"既来之则安之吧。"他调侃地说道。

我努力让自己看上去无所畏惧。

"我是受开普敦博物馆馆长的邀请来的。如果我走错了路——"

"走错？哦，是的，你大错特错了！"

他粗声大笑起来。

"你有什么权力囚禁我？我会报警——"

"汪汪汪——像只玩具狗。"他笑着说。

我在一张椅子上坐下。

"我看得出你是个危险的疯子。"我冷冷地说。

"是吗？"

"我想告诉你我的朋友们非常清楚我的去向，如果我今天晚上没回去的话，他们会来找我的，你明白吗？"

"你的朋友知道你在哪里，是吗？哪个朋友？"

这个问题是个难题，我在心里盘算着各种可能。我该提尤斯塔斯爵士吗？他是个名人，提他的名字可能有些力度。但是如果他们和佩吉特有联系，就会知道我是在撒谎。最好还是别冒险提尤斯塔斯爵士。

"比如布莱尔夫人，"我轻松地说，"一个和我一起住酒店的朋友。"

"我想她不会。"我的敌人说，并狡猾地晃了晃橘红色的脑袋，"今天早上十一点以后，你就没再见到过她。而你是在午饭时才收到叫你来这里的留言的。"

他的话说明我一直被紧密地跟踪着，但是我不想轻易放弃。

"你很聪明，"我说，"也许你听说过一种实用的发明——电话？布莱尔夫人曾给我打了通电话，当时我刚吃完午饭在房间里休息，我告诉了她下午要去哪里。"

我满足地看到他脸上掠过一丝不安。他显然忽略了苏珊娜会打电话给我这一可能。我多么希望她真的给我打过！

"够了！"他凶狠地说，站起身来。

"你要把我怎么样？"我问，仍然努力保持镇定。

"不会把你怎么样，只是把你带到一个地方，以防你的朋友来找你。"

这话让我全身发凉，但他接下来说的话又让我的心定了下来。

"明天会有人问你一些问题，看你的回答再决定怎么处理你。我告诉你，小姐，我们有很多招数让顽固的傻瓜开口。"

这并不是什么好消息，但起码表示直到明天早晨，我还是安全的。这个人显然是个听命于上司的小喽啰，他的上司有可能是佩吉特吗？

他叫了一声，来了两个本地男孩，把我带到楼上。尽管我拼命挣扎，但还是被封上了嘴，绑住了手脚。我好像被带到了顶层的阁楼。这里有很多灰尘，看上去从来没人住过。那个荷兰人讽刺地向我鞠了一躬就离开了，并关上了房门。

我感觉很无助，不管怎么翻滚、扭动，绑住手脚的绳索都丝毫没有松动，嘴里塞着布条又让我喊不出声。即便有人进到这栋房子里，也发现不了我。这时我听到楼下传来关门的声音，显然荷兰人出去了。

我什么也做不了，简直急得都要疯了。我又挣了挣身上的绳子，还是绑得紧紧的，最后我只好停了下来。我可能是昏了过去或者是睡着了。醒来时，我感到浑身疼痛。四周很黑，我判断此时已是深夜，因为月亮高高地挂在天上，月光透过灰扑扑的天窗洒进来。嘴里的东西让我有些难以呼吸，身上的僵硬和疼痛感越来越难以忍受。

就在这时，我似乎看到墙角处有一片碎玻璃，在月光的照射下闪闪发光。我看着它，心里有了主意。

虽然手和腿都动不了，但我可以滚动。我一点点让自己动起来，非常艰难，更为痛苦的是我没办法用手臂保护我的脸，而且方向很难掌握。

我四处转动，却总也转不到我想去的地方。最后，我终于接近目标了，几乎就要够到了。

即便到了这一步还是很困难。我花了很长时间才将那片玻璃移动到一个适当的位置，嵌进墙里，再将手腕上的绳索在玻璃上面上下摩擦。进程缓慢得令人绝望，我几乎就要放弃了，不过最终我成功地磨开了绳结。剩下的就只是时间问题了。我先使劲儿地揉搓手臂，让血液循环起来，然后把嘴里塞的东西拿出来，大口地呼吸了几次。

很快，我解开了最后一个绳结。虽然又用了些时间才站起来，但反正最终我又能笔挺得站着了。我前后甩甩手臂，让血液循环恢复，同时迫切地希望能找到点吃的东西。

我等了约十五分钟，确信体力已完全恢复了，然后踮着脚悄悄来到门口。如我所愿，门没有锁。我小心地打开门，向外张望。

一片寂静。借着照进来的月光，我发现自己正身处楼梯间，地上没铺地毯。我小心翼翼地往下走。楼下还是没有一点儿声音。但当我走过楼梯平台后，听到了一阵非常轻的说话声。我立即停下来，站在原地等了一会儿。墙上的闹钟显示此时已过了午夜。

我很清楚，如果接着往下走会碰到什么样的麻烦，但我实在太好奇了。于是我提起十二万分的小心，继续冒险。我蹑手蹑脚地走完了最后几级台阶，站在方形大厅里。环顾四周，我不禁倒抽一口冷气。一个土著男孩坐在大门边，他没有看到我，事实上，我从他的呼吸声判断，他睡得正香呢。

我该退回去,还是继续前行?说话声是从我刚来时被带到的那个房间里传出来的。说话人一个是我的荷兰朋友,另一个声音我一时没听出来,但很耳熟。

最后我决定还是去听听他们在说什么,这就意味着我要冒着那个土著男孩可能会醒来的危险。我悄无声息地穿过客厅,在书房门边跪下来。刚开始我还是听不清楚他们在讲什么。声音很响,但我就是听不清内容。

我把眼睛贴到钥匙孔上往里看。正如我猜测的那样,其中一个是那个荷兰大个子,另一个人坐在我看不到的地方。

突然,那个人站起来去拿喝的,他的背影进入我的视野,黑色的衣服,笔挺优雅。还没等他转过身我就知道他是谁了。

奇切斯特先生!

这时,我能听出他们讲话的内容了。

"不管怎么说,这都有危险。万一她的朋友过来找她呢?"

这话是那个大个子说的。奇切斯特回答了他,完全不是之前那种类似牧师布道的腔调了,怪不得我没听出来。

"别瞎说了,他们根本不知道她在哪里。"

"她说得非常肯定。"

"我知道。但我考虑过了,我们没什么好怕的。不管怎样,这是'上校'的命令,你不想违抗吧?"

荷兰人用母语嘟囔了些什么,我猜应该是在急着否认吧。

"可为什么不给她一拳?"他大叫道,"那样简单多了。船已经准备好了,可以带她出海。"

"是的,"奇切斯特若有所思地说,"我也想这样。她知道的太多了,这是肯定的。不过'上校'是个喜欢掌控一切的人——和其他人想的都不一样。"他似乎被自己所说的话触动了回忆,突然有些烦躁,"他想从这个女孩身上得到一些信息。"

他说出"信息"这个词之前停顿了一下,荷兰人马上就明白了。

"信息?"

"之类的。"

"钻石。"我对自己说。

"现在,"奇切斯特继续说道,"把那个单子给我。"

接下来很长一段时间里他们的对话我都完全听不懂。他们好像在谈论大批量的蔬菜,提到了日期、价格,还有一些我不知道的地名。这项核对工作足足用了半个小时。

"好吧。"奇切斯特说,跟着传来一声声响,好像是他推开了椅子,"我会把这些拿给'上校'看的。"

"你什么时候走?"

"明天上午十点。"

"你走之前想去看看那个女孩吗?"

"不用了。'上校'有命令,在他来之前谁都不能见她。她还好吗?"

"吃晚饭前我去看了看,我觉得她睡着了。要给她吃东西吗?"

"饿她一会儿也没坏处。'上校'明天上午就会到这里,如果那时她还饿着,可能会更好地回答问题,在这之前最好别让任何人靠近她。绑得够紧吗?"

荷兰人笑了。

"你觉得呢?"

他们俩都大笑起来。我也悄悄地笑了。接着,笑声停止了,他们好像要出来了。我赶紧往楼上跑,时间刚好,我刚跑上最后一级台阶,就听到房门打开了,同时那个土著男孩也动了一下,移了移位置。这下我不可能穿过客厅从大门出去了。我谨慎地退回到阁楼,抓起绳子缠在手脚上,然后在地板上躺下,以防他们一时兴起再来看看我。

然而,他们没有这么做。过了大约一个小时,我又从楼梯上溜下来,但是守门的那个土著男孩醒着,还哼着小曲儿。我想赶紧逃出这栋房子,但又不知道该怎么逃。

最后,我又被迫回到阁楼上。接下来,土著男孩一直清醒地守着大门。我在楼上耐心地等待着,直到听到楼下传来准备早餐的声音。他们都在大厅里吃早饭,我能听到他们的声音从楼下传上来。我快要崩溃了,究竟怎样才能逃出去呢?

我告诉自己要耐心等待,匆忙行动反而会坏事。早餐过后,传来奇切斯特离开的声音。让我由衷高兴的是,荷兰人陪他一起离开了。

我屏住呼吸等着。餐桌收拾完了,其他家务也做完了。终于,四周静了下来。我再一次从我的小窝里溜出来,非常小心地下了楼梯。大厅里空无一人,我闪电般穿过去,打开门,跑到外面的阳光下。我像疯了一样沿着门前的车道往下跑。

来到街上,我才恢复了正常。我知道人们都在好奇地盯着我看。昨天在阁楼里滚来滚去,我的脸上和衣服上一定沾满了尘土。最后,我走进了一间租车行。

"我遇到了意外。"我解释道,"我需要一辆车立刻把我送到开普敦。我要赶去德班的船。"

我没有等太久。十分钟后,我就坐在向开普敦疾驰的车上了。我要去搞清楚奇切斯特是否上了船,但我还没想好自己是不是也上船,最后还是决定上船。奇切斯特不会知道我在梅曾贝赫的别墅里看见他了。他肯定会继续给我制造陷阱,但我已有所防备了。而他正是我要找的人,为神秘的"上校"寻找那些钻石的家伙。

啊哈,为我的计划欢呼!但当我来到码头时,基尔默登堡号已经启航,我无从得知奇切斯特是否上了船!

第二十章

我又搭车来到酒店。大厅里没有我认识的人,于是我跑上楼,敲了敲苏珊娜的门。屋里传出她的声音"进来"。她看到是我就一下子扑过来拥抱了我。

"安妮,亲爱的,你去哪儿了?我都担心死了。你去干什么了?"

"冒险啊,"我回答说,"《帕梅拉历险记》第三集。"

我把整个经过都给她讲了。听我讲完之后,她发出了一声长叹。

"你怎么老是遇到这种事情?"她悲哀地问,"为什么没有人来堵我的嘴、绑我的手脚啊?"

"如果真的有,你肯定不会喜欢的。"我告诉她,"说实话,我也不像以前那样热衷于冒险了。这种事遇到一次就够你受得了。"

苏珊娜好像并不买账。可能要让她经受一两个小时嘴被堵上、手脚被绑住的苦,她才会完全改变想法。苏珊娜喜欢刺激,但是她吃不了苦。

"那么我们现在能做什么?"她问。

"我也不太清楚。"我一边思考一边说,"你还是去罗德西亚,当然,去盯着佩吉特——"

"你呢?"

这正是我的难题。奇切斯特上了基尔默登堡号,还是没有?他真的会按照原计划去德班吗?从他离开梅曾贝赫的时间来看,这两个方案都有可能。既然这样,我可以乘火车去德班,我想我会在船到之前先到那里。然而从他那方面分析,如果奇切斯特收到电报得知我逃掉了,而且已离开开普敦去了德班的话,他肯定会在伊丽莎白港或者东伦敦①下船,以躲开我。

这确实是个棘手的问题。

"不管怎么样,我们先问一下去德班的火车吧。"我说。

"这会儿先去喝杯茶也不晚。"苏珊娜说,"我们去大厅吧。"

去德班的火车晚上八点一刻发车,工作人员是这么告诉我的。我还有时间思考一下再做决定,于是先同苏珊娜一起去喝了个所谓的"上午十一点的早茶"。

"你觉得你能认出奇切斯特吗——我是说,如果他化了装的话?"苏珊娜问。

我沮丧地摇摇头。

"我上次就没认出那个女服务生是他,要不是看到你的画,我可能永远也不会知道。"

"我敢肯定这个人是个职业演员。"苏珊娜沉思着说,"他的化装术简直能以假乱真。他下船时可能会化装成海军什么的,你肯定认不出他。"

"你太会安慰人了。"我说。

这时,瑞斯上校出现了,过来加入我们。

"尤斯塔斯爵士在干吗?"苏珊娜问,"我今天还没见过他。"

---

① 东伦敦(East London)是南非的一个港口城市。

瑞斯上校的脸上露出奇怪的表情。

"他自己有点小麻烦忙着处理。"

"告诉我们是什么事。"

"我不能泄露别人的秘密。"

"随便说点儿什么——就算特意为我们俩编一个也行。"

"啊，如果我告诉你们，著名的'褐衣男子'和我们一起乘船来到了这里，你们会怎么想？"

"什么？"

我觉得我的脸都吓白了，然后又缓过来。幸运的是瑞斯上校并没有看我。

"我相信这是事实。每个港口都在严密监视他，而他迷惑了尤斯塔斯爵士，作为爵士的秘书出来了！"

"不是佩吉特先生吧？"

"哦，不是佩吉特，是另外那个叫雷伯恩的家伙——他是这么自我介绍的。"

"抓到他了吗？"苏珊娜问。桌子下面，她安慰地抓着我的手。我屏住呼吸，等着答案。

"他好像消失了。"

"尤斯塔斯爵士怎么认为的？"

"他觉得这是命运对他的一次捉弄。"

当天晚些时候，我们有机会听尤斯塔斯爵士亲口告诉我们他的看法。下午，我们正在午睡时被一个送信的服务生给吵醒了。尤斯塔斯爵士诚恳地邀请我们去他的客厅喝下午茶。

这个可怜人看上去确实很惨。苏珊娜稍微表示出一些同情和理解（她特别会做这种事情），他马上就开始向我们诉说他的苦衷。

"首先是一个我完全不认识的奇怪女人鲁莽地跑进我的房子，然后被杀了。我觉得这事是故意针对我的。为什么在我的房子里？为什么！大不列颠有那么多房子，偏偏选了我的米尔庄园？我做了什么对不起那个女人的事，让她非得在我的房子里被杀？"

苏珊娜再次同情地说了点什么，尤斯塔斯爵士便又继续说了下去，语调更加悲痛。

"这还不够，那个杀了她的家伙竟然厚颜无耻地接近我，让我把他聘为秘书，真是骇人听闻的厚颜无耻。我的秘书，天哪！我真是烦死秘书了，再也不想要秘书了。他们要么是逃亡的杀人犯，要么喝醉酒后去打架。你们看到佩吉特瘀青的眼睛了吧？肯定看到了。让我怎么带一个这样的秘书出行呢？他的脸又总是阴沉蜡黄的，与黑眼圈完全不配。我再也不想要秘书了——除非是个女的。漂亮的女孩子，水灵灵的大眼睛，在我不高兴的时候可以握着我的手。你怎么样，安妮小姐？你想来做这份工作吗？"

"我要多么经常地握着您的手啊？"我笑着问。

"每天都握着。"尤斯塔斯爵士大胆地答道。

"那样我可就不能打字了。"我提醒他说。

"没关系，这些工作都是佩吉特的，他快把我给累死了。我很期待一个人离开开普敦。"

"他不跟着您走吗？"

"不，他会留在这儿，全身心地侦察跟踪雷伯恩。这是最合适佩吉特做的事，他喜欢玩阴谋。所以我的提议是认真的。你来吗？还可以跟布莱尔夫人做伴，我还会时不时地给你半天假去挖骨头。"

"非常感谢您，尤斯塔斯爵士，"我谨慎地说，"不过我想我今晚要去德班。"

"别那么顽固嘛，小姑娘。你不记得啦，罗德西亚有很多狮子，你会喜欢狮子的，女孩子们都喜欢。"

"它们还在练习低扑吗？"我笑着问，"不了，非常感谢，但是我一定要去德班。"

尤斯塔斯爵士望着我，深深地叹了口气，然后推开了连接隔壁房间的门，叫了佩吉特一声。

"如果你午觉睡够了，我亲爱的伙计，也许可以工作一会儿了。"

盖伊·佩吉特出现在走廊，冲我们礼貌地鞠了个躬，看到我在他有点儿吃惊，然后惨兮兮地说："我整个下午都在打那份备忘录，尤斯塔斯爵士。"

"哦，那别打了。去贸易专员办公室或者农业局，或者矿务局，或者类似的地方，问他们借一个女的陪我去罗德西亚。她一定要有一双水汪汪的眼睛，并且不讨厌我握她的手。"

"好的，尤斯塔斯爵士，我会为您找一个能干的速记兼打字员的。"

"佩吉特是个很坏的家伙。"秘书离开后，尤斯塔斯爵士说，"我敢打赌他会故意挑个木讷的女人来气我。啊，我希望她的腿很漂亮，刚才忘了对他说了。"

我兴奋地抓住苏珊娜，把她拽出了爵士的房间。

我们回到了苏珊娜的房间。

"苏珊娜，"我说，"现在我们得做一些计划了，而且要快。佩吉特要留在这儿，你都听到了吧？"

"是的，我想这就意味着我也不该去罗德西亚了——真是讨厌，我还挺想去罗德西亚的呢。真烦人。"

"开心点儿,"我说,"你还是可以去,我觉得现在你临时又说不去了会非常可疑。而且,佩吉特有可能突然被尤斯塔斯爵士召去,到那时你要想再跟着他去罗德西亚就比较困难了。"

"确实很难,"苏珊娜笑着,露出酒窝,"我只能假装疯狂地爱上了他,以此为借口。"

"而如果他到罗德西亚时你已经在那里了,就更简单自然。此外,我们还要紧盯着另外两个人。"

"哦,安妮,你不会真的怀疑瑞斯上校和尤斯塔斯爵士吧?"

"我谁都怀疑。"我口气阴沉地说,"假如你读过侦探小说的话,苏珊娜,你就会知道,坏人永远是那个最不像的人。有很多罪犯都是像尤斯塔斯爵士那种胖胖的、欢乐的人。"

"瑞斯上校可不算胖,也不算欢乐。"

"有时他们会是又瘦又阴沉。"我反驳道,"我并不是说我特别怀疑他们谁,但是,不管怎么说,那个女人是在尤斯塔斯爵士的房子里被杀害的……"

"是的,是的,我们不需要重新把这些都再讲一遍。我会替你看住他的,安妮,如果他变得更胖或者更欢乐了,我就马上给你发电报,'尤斯塔斯爵士情绪高涨十分可疑。速来。'"

"苏珊娜,"我叫道,"你好像真的把这当游戏了!"

"我知道,我确实是这么想的。"苏珊娜毫不掩饰地说,"看上去就是嘛。这都是你的错,安妮。我是受了你的影响,你整天说'我们来冒险吧',让我觉得这一切一点都不真实。天哪,如果克拉伦斯知道我在非洲到处跑,还跟踪危险的罪犯,他会疯的。"

"那你怎么不发电报告诉他呢?"我讽刺地问。

每次说到发电报,苏珊娜的幽默感就都丧失了。她竟认真地考虑起是否真要发电报。

"我也许应该发。写一封特别长的电报。"想着想着,她的眼睛都发亮了,"不过我想还是不发的好,这种毫无危害的娱乐,丈夫们总是很喜欢掺一脚。"

"好吧,"我总结道,"你盯着尤斯塔斯爵士和瑞斯上校——"

"我知道我为什么要监视尤斯塔斯爵士,"苏珊娜打断我说,"因为他的身材和他幽默的谈吐。但我觉得以这两点都怀疑不上瑞斯上校吧,有点夸张了,真的。你看,他是为情报局工作的。你知道吗,安妮,我觉得我们最好把整件事对他和盘托出。"

我强烈反对这个冒险的提议,也认识到婚姻生活对人造成的灾难性影响。我经常听到非常聪明的女人在辩论末尾说出"埃德加说",仿佛那是能解决一切事情的真理,而你一直很清楚埃德加是个十足的傻瓜。苏珊娜,由于已婚的缘故,总是想依靠某个男人——这个不行就那个。

不过,最终她还是诚恳地许诺,不会向瑞斯上校透露一个字。于是我们继续做计划。

"我自然是要留在这里,监视佩吉特,这是最好的办法。而且今天晚上我要假装去德班,把行李拿下去,但其实我会去市中心的一个小旅馆。我可以稍微变个样子——戴顶假发,披个他们这儿的那种厚厚的白蕾丝面纱。这样他会以为他已经摆脱了我,我就更容易搞清楚他到底要干什么了。"

苏珊娜完全同意这个计划。我们做了些必要的准备,故意闹出些动静到办公室去再次询问火车离开的时间,以及把行李都收拾好。

我们一起在餐厅吃了晚餐。瑞斯上校没有露面,不过尤斯塔斯爵士和佩吉特在,坐在靠窗的桌子边。佩吉特吃到一半就离开了，这让我有些心烦，因为我还想去跟他道别呢。不过，跟尤斯塔斯爵士说也一样。我吃完饭就向他走去。

"再见了，尤斯塔斯爵士，"我说，"我今晚就要去德班了。"

尤斯塔斯爵士深深地叹了口气。

"我听说了。你肯定不希望我跟你一起去吧，对吧？"

"我想啊。"

"好姑娘。你确定你不会改变主意来我这里，去罗德西亚找狮子？"

"非常确定。"

"我猜他一定是个特别英俊的家伙。"尤斯塔斯爵士说，"德班某个自以为是的毛头小伙子，让我成熟的魅力完全失色。哦对了，佩吉特一会儿要开车去城里，他可以捎你到车站。"

"哦，不用了，谢谢您。"我赶紧说，"我和布莱尔夫人已经订了辆出租车。"

和佩吉特同路是我最不愿意的了！尤斯塔斯爵士仔细地望着我。

"我知道你不喜欢佩吉特，我不怪你。他是个爱管闲事的家伙——整天像个殉道士似的，就会来烦我，败我的兴！"

"他又干了什么？"我好奇地问。

"他给我找了个秘书，我敢说你从来没见过那种女人！起码有四十岁，戴着夹鼻眼镜，穿着性感的靴子，却是一副精干高效的样子，简直把我笑死了。反正就是个平庸死板的女人。"

"她会牵你的手吗？"

"我虔诚地希望她不要！"尤斯塔斯爵士叫道，"那是我的底线。好了好了，再见，水汪汪的大眼睛，如果我猎到一头狮子，我不会把兽皮留给你，因为你遗弃了我。"

他热情地握了握我的手,我们就分开了。苏珊娜正在大厅等我,她专门下来送我走。

"我们赶快走吧。"我急促地说完就向门童走去。

一个声音在我背后响起,吓了我一跳。

"不好意思,贝丁费尔德小姐,我正好开车出去,我可以送您和布莱尔夫人去车站。"

"哦,谢谢你,"我急忙说,"但是太麻烦你了,我——"

"一点儿都不麻烦,真的。门童,把行李放到车上去。"

我无计可施。本想继续抵抗,但是苏珊娜轻轻地碰了碰我,暗示我不要引起他的怀疑。

"谢谢你,佩吉特先生。"我冷冷地说。

我们上了车。一路向市区急驰时,我绞尽脑汁地想找话说。最后,还是佩吉特打破了沉默。

"我为尤斯塔斯爵士找到了一个特别能干的秘书,"他说,"佩蒂格鲁小姐。"

"他刚才还和我们说起她呢。"我说。

佩吉特冷冷地看着我。

"她是一位非常好的速记兼打字员。"他声音呆板地说。

我们在车站前下了车。他应该把我们送到这里就离开了吧,我转过身,伸出手——糟糕。

"我送您上车吧,现在是八点钟,还有一刻钟车就到了。"

他指挥着搬运工,我站在那里一点办法都没有,甚至都不敢看苏珊娜。这个男人已经怀疑了,他要确保我登上那班火车。我该怎么办呢?没办法。我都能看到十五分钟后,列车呼啸而去,佩吉特牢牢地站在月台上,向我挥手道别。他巧妙地掌握了主动权。还有,他对我的态度也变了,透着一种令人不舒服的温和,与他整个人很不相称,这也让我恶心。他是个油滑的伪君子,先是想杀我,现在又来讨好我!他难道就没想过那天晚上在船上我可能已经认出他了吗?不,此时他只是在做戏,以此逼迫我无法拒绝,他的真实面目仍未改变。

我像一只无助的羔羊,在他的引领下往前走着。我的行李被安放在卧铺车厢里——双层铺位,只有我一个人。现在是八点十二分,离开车时间只有三分钟了。

但是佩吉特的计划没有考虑到苏珊娜。

"这一路会特别热的,安妮,"她突然说,"尤其是明天经过干旱台地的时候,你带古龙水或者薰衣草香水了没有?"

我的机会来了。

"哦,天哪,"我大叫道,"我把古龙水忘在酒店的梳妆台上了。"

苏珊娜爱指使人的习惯派上了用场,她傲慢地转过身,对佩吉特说:"佩吉特先生,赶快去。时间刚好够。火车站对面就有个化妆品店,安妮必须带点古龙水。"

他犹豫着,但是苏珊娜傲慢的态度让他无力抗拒,她是个天生的独裁者。他去了。苏珊娜跟着,直到看到他消失不见。

"快,安妮,下到另一边站台上去,以防他没去买,而是在月台尽头望着我们。别管你的行李了,明天再拍电报告诉他们。哦,火车最好能准点开!"

我打开朝着另一边月台的门,跳下车,没有人注意到我。我看到苏珊娜还站在原地,仰望着列车,显然正隔着车窗跟我说话。汽笛响了,火车开始启动。这时我听到一串疯狂奔跑的脚步声,赶紧躲到一个书报亭的后面观察着。

苏珊娜向着离去的火车挥着手帕,然后转过身,高兴地说:

"太晚了,佩吉特先生,她走了。这是古龙水吗?太遗憾了,我们没有早点想起来!"

他们从离我不远处走出了火车站。盖伊·佩吉特满头大汗,他一路跑着去了化妆品店,又跑着回来。

"需要我给您叫辆出租车吗,布莱尔夫人?"

苏珊娜毫不示弱地继续演了下去。

"好的,谢谢。不过我也可以搭你的车一起回去啊。你不是还有许多事要帮尤斯塔斯爵士做吗?哎呀,我真希望安妮·贝丁费尔德明天跟我们一起走。我不喜欢她这样一个女孩子只身前往德班,但是她主意已定,肯定是那边有什么吸引她,我猜……"

他们走出了我能听到的范围。聪明的苏珊娜,她救了我。

我又等了一两分钟,也出了站,差点儿和一个男人撞上。这个人长相难看,鼻子大得不协调。

第二十一章

接下来我就很顺利地按照计划行动。我在后街找到一家小旅馆，要了个房间，付了押金。因为没带任何行李，我就直接上床了。

第二天早晨我起得很早，出门买了些必需品。我的计划是在所有人搭乘十一点去往罗德西亚的火车离开之前，什么都不做。佩吉特在摆脱所有人之前也不会有任何恶行。于是，我坐上一辆出城的火车，准备去郊外走走。天气相比前几天来说比较凉爽，经过长途旅行，加上最近在梅曾贝赫的囚禁之后，能出来伸伸腿让我非常开心。

但有几件小事带有不祥的预示。鞋带松了，我蹲下来系鞋带，正好在路的转弯处，这时一个男人猛地转弯过来，差点儿踩到我。他举起帽子，轻轻地道了声歉，又继续往前走。一时间我觉得他似曾相识，但没有多想。我看了看手表，时间差不多了，我转身朝着开普敦方向走去。

为了赶一辆有轨电车我跑了起来，同时听到身后还有一个人在跑。我跳上了车，那个人也上来了。然后我立刻就认出了他，就是我系鞋带时与我擦身而过的那个人。忽然间我意识到为什么他看着面熟，他就是前一天晚上我离开火车站时遇到的那个长着大鼻子的小个子。

这些巧合有点吓人,这个人有可能是在跟踪我吗?我决定赶紧测试一下。我按了下车铃,在下一站下了车。那个男人没有下车。我藏在一家商店里观察着。他在下一站下了车,然后往后朝我的方向走来。

情况很明显,我被人跟踪了。我高兴得太早了,与盖伊·佩吉特的较量看来并没有取得完胜。我上了下一班电车,如我所料,我的影子也上了车。我决定好好思考一下这件事。

我卷入的麻烦显然超出了我的预测。马洛的谋杀案不是某个人所为的孤立事件,我所面对的是一帮坏人。多亏我曾听到瑞斯上校对苏珊娜的讲解,以及在梅曾贝赫的别墅里偷听到的信息,我开始明白他们在做什么了。这是一个有组织的犯罪集团,领导者是一个被称为"上校"的人!我又想起在船上听到的一些谈话,关于兰特那边的罢工及其原因——有某个秘密组织在背后煽动。这就是"上校"的杰作,他的手下都在按照他的吩咐行动。"上校"自己不直接参与任何犯罪活动,我听到的是这样的,他只下指令、做组织。脑力劳动,而不染指危险的具体操作。但他也有可能会亲临现场,藏在绝对安全的暗处来指挥所有的行动。

那么,这就是瑞斯上校为什么会出现在基尔默登堡号上了,他是来追查主犯的。如此一来一切都解释清楚了。他是特工机关的高层人物,他的任务就是要将"上校"捉拿归案。

我点了点头,情况变得很明朗了。我在这里扮演了什么角色?我是干什么的?他们只是在找那些钻石吗?我摇摇头。虽然那些钻石价值连城,但也不至于让他们甘冒那么大的风险要除掉我。不,应该还有别的原因。比如我对他们来说是个危险,是种威胁——虽然我还不知道为什么。我了解的一些信息,或者说他们以为我知道的信息,让他们不惜一切代价也要除掉我——这些信息还与钻石有关。我觉得有一个人可以解开我的谜团——如果他愿意的话！"褐衣男子"哈里·雷伯恩，他知道故事的另一半。可他是个被追捕的逃犯，消失在了黑暗中。无论如何我都不会再见到他了……

我颤抖了一下，回到眼前的现实中。如今这么思恋哈里·雷伯恩一点用处都没有。他从一开始就表现出了对我的憎恶。或许没那么夸张——又来了，我又开始做白日梦了！现在的问题是我该怎么办——现在！

我本以为自己在跟踪别人，还很得意，结果反被人跟踪。我有些怕了！第一次感到不知所措。我是一粒微小的沙砾，却想要阻挡一台大型机器的运转——我幻想着这台大机器存在一处漏洞，会因为一粒沙子而失灵。哈里·雷伯恩救过我一次，我自救过一次，但这次我突然觉得胜算不大。敌人已经把我包围了，而且离我越来越近，如果我继续孤军奋战就肯定完蛋了。

我努力让自己镇定下来。他们又能怎样呢？我身处在一个文明的城市里，走几步就有警察。以后我必须更加警惕，不能再像在梅曾贝赫那样中了他们的圈套。

我想到这里时，电车到了阿德利街站。我下了车，不知道该怎么办，就沿着街道的左侧慢慢往前走。我不需要回头去看那人是否在身后，我知道他在。我走进卡特莱特餐饮店买了两杯咖啡冰淇淋苏打，想定定神。男人在这种时候或许会需要一杯烈酒，但是女孩子能从冰淇淋苏打里找到安慰。我叼着吸管，大口大口地喝了起来。冰凉的液体顺着喉咙缓缓流入体内，舒服极了。第一杯喝光了，我把空杯子放到一边。

我坐在柜台前面的一个高脚凳上，余光瞄到我的跟踪者也进来了，悄声坐在靠近店门口的一张小桌子旁。我喝完了第二杯冰淇淋苏打,又要了一杯枫糖口味的。我能喝下无数杯冰淇淋苏打。

突然,门边的男人起身出去了。我很吃惊,如果他是要在外面等,为什么不一开始就在外面呢?我从高脚凳上滑下来,小心地走到窗边,迅速躲在暗处。那个男人正在跟盖伊·佩吉特说话。

如果说之前我只是有所怀疑的话,现在可谓眼见为实了。佩吉特正伸出手看表,他们简短地说了几句,然后秘书就朝车站方向去了。很明显,他已经下达了命令,会是什么命令呢?

突然,我紧张得心脏都要跳出来了。那个跟踪我的男人走到马路中间去和一个警察说话,他讲了好一会儿,还往卡特莱特餐饮店这边指指点点,显然是在解释什么。我立刻明白了他们的计划。他是要让警察来抓我——比如说我是小偷。这帮人安排这种小事太容易了。我要怎么证明自己的清白?他们一定安排好了一切细节。很久以前他们就栽赃哈里·雷伯恩偷了戴比尔斯公司的钻石,他一直没能洗脱这个罪名,尽管我坚信他是完全清白的。我又怎能逃过"上校"设计的"冤案"呢?

我下意识地看了看店里的钟,立即明白了这个把戏的另一些考虑,也明白了盖伊·佩吉特为什么要看表。此时是十一点整,去往罗德西亚的邮车载着我那些颇有权势的朋友离开了,他们无法来救我了。这就是为什么我能逍遥到现在,从昨天晚上到今天上午十一点我还是安全的,但是现在,他们要收网了。

我赶紧打开包,准备付饮料钱。但这一刻我惊呆了,因为我包里有一个男用钱包,里面还装满了钞票!肯定是在我下电车时有人偷偷塞进去的。

我完全傻了,赶紧冲出卡特莱特餐饮店。那个长着大鼻子的小个子正和警察一起过马路,他们看到了我,小个子激动地指着我。我跑得飞快,据我判断那个警察应该跑不快,我能占得一些先机。但我心里还没有任何计划,只知道拼了命地沿着阿德利街跑。街上开始有人看我,我感觉下一分钟就会有人拦下我。

一个主意闪过我的脑海。

"车站在哪儿?"我问,上气不接下气。

"下面右拐。"

我加快速度,人们会理解跑着去赶火车的人。我拐进火车站,但是依然能听到身后紧紧追赶的脚步声,小个子男人简直就是个短跑冠军。我估计我在跑上要找的月台之前就会被赶上。我抬头看看钟——差一分钟十一点,如果我的计划奏效,我就赢了。

我是从阿德利街的车站大门跑进来的,这会儿我又从侧门跑了出去,正对面就是邮局的侧门,邮局的正门也开在阿德利街上。

如我所料,追我的人不再追着我跑了,而是沿着大街跑,企图在邮局正门口截住我,或者去告诉警察这么做。

但我又转头穿过了马路,再次进入火车站。我像疯子一样拼命地跑,正好十一点钟,我跑上月台时那辆长长的列车刚刚开始动。一名站台服务员试图阻止我,但我挣脱出来,跳上了火车的踏脚板,接着登上两节台阶,打开了车厢门。我安全了!列车加速了。

站台边缘站着一个男人,列车从他面前驰过,我冲他招招手。

"再见,佩吉特先生。"我大声地喊。

我从没见过被吓成这样的人,他看起来像是看到了鬼。

一两分钟后,列车员来找我的麻烦了,我故作高贵地说:

"我是尤斯塔斯爵士的秘书,请带我去他的私人车厢。"语气傲慢极了。

苏珊娜和瑞斯上校此刻正站在车尾的私人观光台上,他们俩看到我都惊喜地叫出声来。

"啊哦,安妮小姐,"瑞斯上校叫道,"你是从哪里冒出来的?我还以为你去了德班,你真是神出鬼没啊!"

苏珊娜什么都没说,但是她的眼神里充满了疑问。

"我得先去我的老板那里报个到,"我一本正经地说,"他在哪儿?"

"他在办公室——中间那个包厢。正以他惊人的语速给不幸的佩蒂格鲁小姐口授信件呢。"

"这么热情地投身工作可真是少见啊。"我评价道。

"哦!"瑞斯上校说,"我觉得他是想给她安排足够多的工作,让她一整天都待在自己的包厢里抱着打字机忙活。"

我笑了。然后我们一起去找尤斯塔斯爵士。他正在狭小的空间里来回踱步,同时对那位不幸的秘书滔滔不绝地说着。这是我第一次见这个秘书,一个高个子、大块头的女人,一身浅褐色衣服,戴着夹鼻眼镜,一副精英的样子。我觉得她有点跟不上尤斯塔斯爵士的语速,因为她手里的铅笔飞快地转动着,而且她眉头紧锁。

我跨进车厢。

"我来了,先生。"我调皮地说。

尤斯塔斯爵士正在说一句关于劳工情况的长句子,他一下子停了下来,愣愣地盯着我。佩蒂格鲁小姐一定是一个很容易紧张的人,此时她突然扔下精英的架子,像中弹了似的跳了起来。

"上帝保佑!"尤斯塔斯爵士叫道,"德班的那个小伙子怎么了?"

"我更喜欢你。"我轻声说道。

"亲爱的,"尤斯塔斯爵士说,"现在就握着我的手吧。"

佩蒂格鲁小姐咳了一声,尤斯塔斯爵士连忙缩回手。

"啊,是的,"他说,"让我看一下,我们说到哪儿了?哦,蒂尔特曼·鲁斯的讲话,在——怎么了?你怎么不记录了?"

"我想,"瑞斯上校轻声说道,"佩蒂格鲁小姐的笔芯断了。"

他从她手里拿过笔,削尖。尤斯塔斯爵士注视着上校,我也是。瑞斯上校讲话时的语气让我有些迷惑。

第二十二章

（尤斯塔斯·佩德勒爵士的日记摘录）

我想放弃写回忆录，而改为一篇短文，题目是"我用过的秘书"。说起秘书这方面，我一直不太顺利。有时我一个秘书都没有，有时秘书又太多。在目前这一分钟，我和一帮女人一起，在去往罗德西亚的途中。当然了，瑞斯和两个漂亮的在一起，把最差的那个留给我。这种事总发生在我身上——可是说到底，这节私人车厢是我的啊，又不是瑞斯的。

还有，安妮·贝丁费尔德是作为临时秘书陪同我一起去罗德西亚的，但是整个下午她都和瑞斯在观光台那边欣赏沿途的风景。没错，我是说过她的主要职责是握住我的手，但就连这个她也没做到。也许她是害怕佩蒂格鲁小姐，如果是因为这个原因，我不会责怪她。佩蒂格鲁小姐没有任何迷人之处，简直烦人，她有一双大脚，看上去更像个男人。

我觉得安妮·贝丁费尔德小姐有些神秘。她在火车要开的最后一分钟跳上车，气喘吁吁的，像个蒸汽机，看上去像是刚刚跑完一场长跑比赛——而佩吉特告诉我他昨晚已经把她送往德班了！要么是佩吉特又喝多了，要么就是这个女孩子有分身术。

而且她从来不解释。他们都不解释，是的，"我用过的秘书"。第一个是在逃的杀人犯；第二个是在意大利有不可告人的秘密的神秘酒鬼；第三个是拥有分身术的漂亮女孩；第四个，佩蒂格鲁小姐，毫无疑问是个伪装起来的极其危险的骗子！她也许是佩吉特的意大利朋友，专门来看住我的。如果有一天大家发现佩吉特是个骗子，我可一点都不会吃惊。总体来说，我认为雷伯恩是这一群里最好的，他从来都不来烦我，或者妨碍我。盖伊·佩吉特一直无礼地把文具箱放在我这里，谁到这儿来都会被它绊倒。

我刚才去了观光台，以为他们会为我的出现而兴高采烈。然而两个女人正全神贯注地听瑞斯讲旅行故事。这节车厢不该被称为"尤斯塔斯爵士及他的客人"，而是"瑞斯上校及他的客人"。

然后布莱尔夫人又开始拍那些傻照片了。这条线路是盘山走的，每次火车大转弯时，她都要对着火车头瞎拍。

"你发现了吧，"她高兴地大叫着，"只有在转弯时我们才能从后面拍到火车的头部。配着高山的背景，看上去危险得吓人。"

我告诉她没人能看出来照片是在列车后部拍摄的，她遗憾地望着我。

"那我就要在下面写上：'摄于列车上，车头正在转弯。'"

"你可以在任何一张火车的照片上写下这句话。"我说。这么简单的事女人总是想不到。

"我太高兴我们是白天经过这里了，"安妮·贝丁费尔德大声说，"如果我昨晚去了德班，就看不到这个风景了，对吧？"

"是啊。"瑞斯上校微笑着说，"去德班的话，明天早上醒来你会发现自己在干旱台地，炎热又尘土飞扬的乱石荒漠。"

"真幸运我改变了主意。"安妮说，满足地叹了口气，看着大家。

风景确实很美。群山环绕，列车在其中蜿蜒、盘旋，一点点地往上爬。

"这是白天去罗德西亚最好的一趟车吧？"安妮·贝丁费尔德问。

"白天？"瑞斯笑了，"你不知道吗，安妮小姐，每周只有三班火车。周一、周三和周六。你不知道我们要到下个星期六才能到达瀑布群吗？"

"到那时我们相互之间得多熟啊！"布莱尔夫人调皮地说，"您准备在瀑布群待多久，尤斯塔斯爵士？"

"看情况。"我小心地说。

"什么情况？"

"看约翰内斯堡的情况怎么样。我原本打算在瀑布群住几天——我从没去过那里，虽然这已经是我第三次来非洲了——然后再去约翰内斯堡了解一下兰特的情况。你知道，我在英国以南非政治方面的权威人士自居。但是从我听到的消息来看，约翰内斯堡本周内会是个非常不适合旅游的地方。我可不想在一片骚乱中去了解当地局势。"

瑞斯笑了，带着一种优越感。

"我想你是过虑了，尤斯塔斯爵士。约翰内斯堡不会有太大的危险。"

两个女人马上用"你真是个英雄啊"的眼光望着他,这让我很不爽。我跟瑞斯一样的勇敢,只不过没有他那样的身材。这些身体修长、面色黝黑的男人想要什么就有什么。

"我猜你会去那儿吧。"我冷冷地说。

"很有可能。我们可以一起走。"

"我还不确定是否要在瀑布群多住一阵子。"我模棱两可地答道。瑞斯为什么这么关心我去不去约翰内斯堡?我觉得他是想借此盯着安妮。"你有什么计划,安妮小姐?"

"看情况。"她学着我的样子,谨慎地答道。

"我还以为你是我的秘书呢。"我反驳道。

"哦,我想我已经被开除了,你整个下午都握着佩蒂格鲁的手。"

"无论我下午做了什么,我敢发誓,都没有握她的手。"我向她保证道。

星期四晚。

我们刚刚离开金佰利。她们要求瑞斯又讲了一遍那个钻石被盗的故事,女人们为什么一听到和钻石有关的事就那么激动呢?

最后,安妮·贝丁费尔德揭开了自己神秘的面纱,她好像是一家报社的记者。今天早上,在德阿尔,她发了一封很长的电报。从昨晚布莱尔夫人客舱传来的叽喳声判断,她一定是把今后几年里要写的特别报道都读给夫人听了。

她似乎在寻找"褐衣男子"。显然在基尔默登堡号上她没有认出他——事实上，她确实没机会。现在她正忙着往家里发电报："我与凶手一起远航。"杜撰了一些"他对我说了这些话"等极具故事性的文章。我知道报社都是怎么做报道的。我写回忆录时也这么做，如果佩吉特不管的话。当然，纳斯比的另一位职员还会强化更多细节，所以等文章登上《每日预算》时，连雷伯恩都认不出自己了。

不过，这个女孩子很聪明。她完全靠自己弄清楚了死在我房子里的那个女人的身份。她叫纳迪娜，是个俄国舞蹈演员。我问安妮她对此是否肯定，她回答说这只是个推论——一副福尔摩斯的风格。但我觉得她已经发电报给纳斯比说这一点已被证实。女人就是有这种直觉——安妮·贝丁费尔德猜对了，但说是推理出来的就很荒唐了。

我真的想不出她是怎么混进《每日预算》的记者队伍的，但她就是那种年轻女子，志在必得。她总有方法隐藏内心坚不可摧的决心。想想她是怎么进入我的私人车厢的！

事情开始显露出些蛛丝马迹了。瑞斯提到警方怀疑雷伯恩可能会去罗德西亚，很可能是搭周一的火车去。警方电报通知了沿途各站，我推测没有发现符合描述的人，但这并不能说明什么。他是个精明的年轻人，对非洲又很熟悉，他可能会乔装成一个土著老妇，而头脑简单的警察还在寻找一个穿着入时、脸上带着疤的英俊年轻人。那道疤一直让我很不舒服。

不管怎么说，安妮·贝丁费尔德也盯上他了。她想找到他，为了事业上的荣耀，也为了《每日预算》。现代的年轻姑娘可真冷血啊。我暗示过她这样做很没女人味儿，她笑话我，并向我保证如果能找到他，她就发财了。瑞斯也不喜欢她这样，我看得出来。也许雷伯恩就在这趟列车上，如果真是这样，我们都会被谋杀，可能就在熟睡中。我对布莱尔夫人这么说，她好像还觉得这样挺好，并且说如果我被谋杀了，那安妮就有一则轰动的新闻报道了！安妮的轰动新闻报道，确实！

明天我们就要驶过贝专纳[①]了，那里到处尘土飞扬，每到一个车站都会有当地小孩涌过来向你兜售他们自己做的动物木雕，以及草编的碗和盘子。我很担心布莱尔夫人会失控，那些小玩意儿有种原始美，我觉得她会喜欢。

周五晚。

正如我所害怕的那样，布莱尔夫人和安妮买了四十九个动物木雕。

[①] 贝专纳（Bechuanaland）是由大不列颠及爱尔兰联合王国（1801-1922）于一八八五年建立的自治区，一九六六年九月三十日独立，称博茨瓦纳（Botswana）。

第二十三章
（安妮的叙述继续）

我非常喜欢去往罗德西亚的旅途，每天都能见到新鲜的、令人兴奋的事物。先是赫克斯河谷的秀丽风光，然后是荒凉壮观的干旱台地，最后是贝专纳平直美妙的车轨，以及土著人卖的那些可爱玩具。苏珊娜和我在每一站都差点儿误车——如果可以管那些地方叫车站的话。在我看来，火车像是随意地想停哪里就停哪里，而且一停下就会有一群当地人从旷野中冒出来，手里举着草编碗、甘蔗、兽皮毯子，还有可爱的木雕动物玩具。苏珊娜马上就买了一大堆玩具，我也跟着学——大部分只要一提基，也就是三便士。而且个个不同，有长颈鹿、老虎、蛇、忧郁的羚羊和滑稽的黑人小武士。我们太开心了。

尤斯塔斯爵士试着让我们少买一些，但那是白费力气。我现在还觉得当时没被留在沿途的某个绿洲地带简直是奇迹。南非的火车启动时并不会鸣笛或发出什么警示，它就那样静静地开走了。你还在讨价还价，抬头时发现列车在动，然后就要拼命地跑。

现在我能想象在开普敦，苏珊娜看到我跳上车时为什么那么惊讶了。在车上的第一天晚上我们就聊到了大半夜，仔细地分析了情况。

现在我认为我们在主动出击的同时，还必须采取一些防范措施。和尤斯塔斯·佩德勒爵士一行人一起，我感到非常安全，他和瑞斯上校都可以很好地保护我，我想我的敌人并不想来捅这个马蜂窝。此外，只要我跟尤斯塔斯爵士待在一起，就多少能得到盖伊·佩吉特的消息。盖伊·佩吉特是整个谜团的中心人物。我问过苏珊娜，她是否认为佩吉特就是神秘的"上校"。当然了，他是个秘书，这个身份好像与此不相符，但有一两次，他的独断专横给我留下了很深的印象，甚至觉得尤斯塔斯爵士深受他的影响。爵士是个很随和的人，容易被诡计多端的秘书玩弄于股掌之间。身份相对低微可能反而对佩吉特有利，因为他不希望处在聚光灯下。

然而，苏珊娜强烈反对这个想法。她坚信盖伊·佩吉特没有领袖才能。真正的核心人物"上校"应该躲在暗处，也许在我们到非洲之前就已经在这里了。

我承认她说的不无道理，但我还有些犹豫。因为每一次情况可疑时，佩吉特都表现出了指挥者的姿态。诚然，他的性格中缺少犯罪团伙头领应有的果断和坚定，但是按照瑞斯上校的说法，这个神秘的头领只需要动动脑子，而聪明绝顶的人通常都有弱小胆怯的外表。

"真是教授的女儿。"我刚说到这里，苏珊娜就插嘴道。

"反正我还是那句话，佩吉特有可能就是大维齐尔[①]，也就是最高统帅。"我顿了一两分钟，接着有了新的想法，我说，"我真想知道尤斯塔斯爵士是怎么赚到那么多钱的！"

"又开始怀疑他了？"

"苏珊娜，我已经到了忍不住要怀疑所有人的地步！我并不

[①]大维齐尔（Grand vizier）是奥斯曼帝国苏丹（Ottoman sultan）的统领，拥有至高的权力。

是真的怀疑他，但是，不管怎么说，他是佩吉特的老板，而且米尔庄园是他的。"

"我常听人说他不愿谈及他是怎么赚钱的。"苏珊娜若有所思地说，"但这并不能说明他一定是罪犯啊。没准儿他是做钉子或者生发剂发财的！"

我无奈地表示同意。

"我想，"苏珊娜不确定地说，"我们会不会找错了对象？我是说由于假定佩吉特是同谋，我们完全被误导了？也许最后发现他是个诚实的人？"

我思考了一两分钟，接着摇了摇头。

"我不这么认为。"

"不管怎么说，他对发生的所有事情都给出了解释。"

"是……的，但都不是很令人信服。比如说，那天晚上他试图把我从基尔默登堡号上扔下去，他说他是跟着雷伯恩到了甲板上，之后雷伯恩转身把他打倒在地。但我们知道这不是事实。"

"是的。"苏珊娜不情愿地说，"但我们是听尤斯塔斯爵士转述的。如果由佩吉特亲口讲，可能就不同了。你知道的，人们在复述一件事时总会有些出入。"

我又思考了一遍这个可能性。

"不，"最后我说，"我还是不能认同，佩吉特就是坏人。你无法否认他想把我从船上扔下去这一事实，而他其他的行为都与这件事相符。你为什么突然对这个新观点如此坚持呢？"

"因为他的脸。"

"他的脸？但是——"

"是的，我知道你要说什么。那张脸很阴险。但正因如此，长着这种脸的人不会真的很阴险，只是大自然开了个天大的玩笑。"

我并不认同苏珊娜的观点。我在成长过程中对大自然有很多了解，即便它有幽默感，也不怎么展现出来。苏珊娜是那种喜欢按照自己的意愿来装点大自然的人。

我们转而开始讨论眼下的计划。我意识到现在我必须表明自己的立场，不能再回避下去了。其实解决所有难题的办法就在我手边，只是我一直没有想到。《每日预算》！此时不管我保持沉默还是发声都不会对哈里·雷伯恩有任何影响了，他已经被贴上了"褐衣男子"的标签，而这不是我的错。我假装与他对立实际上反而能帮他，一定不能让"上校"和他那伙人感觉到我和这个他们用来做马洛凶杀案替罪羊的人有任何交情。据我所知，那个被杀的女人的身份还没有得到确定。我要给纳斯比勋爵发电报，告诉他这个女人不是别人，正是长久以来风靡巴黎的著名俄国舞蹈家"纳迪娜"。她的身份竟到现在还没被确认，这简直不可思议——很久以后，当我对这个案子有了更深入的了解时，我才明白这其实是非常自然的事。

纳迪娜在巴黎红极一时，却从来没来过英格兰，因此伦敦的观众并不认识她。报纸上刊登的马洛案遇害者的照片非常模糊，难以辨认，所以没有人能认出她也不足为奇。而且，纳迪娜本人没对任何人提起过此次英国之行，这件事是秘密进行的。她遇害的第二天，她的经纪人收到了一封信，看起来像是她自己写的，信中她说因为私事要紧急赶回俄国，请他尽可能处理好违约造成的麻烦。

当然，所有这些都是我事后才知道的。得到苏珊娜的认可后，我在德阿尔发了一封很长的电报。电报到的正是时候（当然这也是我后来才知道的），《每日预算》那时正迫切需要一则轰动新闻。我的猜测被证实,《每日预算》有了创刊以来最轰动的头条新闻。"本报特约记者确认了米尔庄园凶案的遇害者身份",之后还有一系列报道,比如"本报记者与凶手同船远航,揭露褐衣男子的真实面目",等等。

当然,我把最主要的那些事实也发给了南非的报纸,不过很久以后才读到自己的长篇大论!在布拉瓦约①,我收到了报社的认可和指示电报,成了《每日预算》的一员,还收到了来自纳斯比勋爵本人的祝贺。他们明确授权我继续追查元凶,而我,也只有我,知道真正的凶手并不是哈里·雷伯恩!不过暂且让全世界都以为是他吧——这是目前最好的办法。

---

① 布拉瓦约(Bulawayo)是津巴布韦西南部的一个城市。

第二十四章

我们是星期天一大早到达布拉瓦约的，我对这个地方很失望。天气非常炎热，我不喜欢我们的旅馆。尤斯塔斯爵士也特别烦躁，我想这都是因为那些动物木雕惹的祸。特别是那只巨大的长颈鹿，个头巨大，脖子超级长，有一双温和的眼睛和一条垂着的尾巴。它很特别，又栩栩如生。我们已经开始争执它到底属于谁了——我还是苏珊娜。它是我们俩当时各出一半的钱买来的，苏珊娜说她比我年长而且结了婚，所以应该归她。我坚持说是我第一眼就发现了它的美。

同时，我必须承认，它占据了一大片空间。另外，带着四十九个奇形异状、坚硬无比的木雕也是个问题。两个门童一人抱了一堆，其中一个没走几步就弄掉了一组迷人的鸵鸟木雕，头都摔掉了。看到这一惨状，我和苏珊娜都尽量自己多搬些。瑞斯上校也来帮忙，我把那个巨型长颈鹿塞给了尤斯塔斯爵士。就连一贯正确的佩蒂格鲁小姐都没有躲过，她抱了个大河马和两个黑人武士。我感觉到佩蒂格鲁小姐不喜欢我，也许她认为我是个鲁莽、轻佻的女人，反正她尽量躲着我。有趣的是，我觉得她有点面熟，尽管想不起来在哪里见过。

上午我们基本上都用来休整了，下午开车去马托博山，参观罗兹的墓地①。我的意思是我们原本是这么计划的,但是到了最后一刻,尤斯塔斯爵士变卦了。他的脾气就像我们刚到开普敦那天早晨一样坏——就是他把桃子摔在地上摔得稀巴烂的那一天!显然一大早到达一个新地方容易让他发脾气。他骂那些门童,骂用早餐时的服务生,骂酒店管理,毫无疑问他也想骂整日晃着铅笔和笔记本的佩蒂格鲁小姐,但我觉得就算是尤斯塔斯爵士,也不敢骂佩蒂格鲁小姐。她就像书中描写的秘书一样高效。幸亏我及时地拯救了我们可爱的长颈鹿,否则尤斯塔斯爵士很可能会把它摔在地上。

再来说我们的出行,尤斯塔斯爵士退出之后,佩蒂格鲁小姐说她也要留在房间,以防老板需要她。最后一分钟时苏珊娜也捎来口信,说她头疼。所以只有瑞斯上校和我开车去了。

他是个奇怪的男人,在人群中还不容易察觉,但当你和他单独相处时,他的个性就彰显无遗。他变得更加沉默寡言,而他的沉默似乎比言语更有表达力。

那天我们开车穿过黄褐色的树丛去马托博山时就是这样。四周出奇地安静——除了我们的车。我想这应该是人类制造的第一台福特吧!内装已破烂不堪,我虽然不懂机械,但也能感觉到里面的一切都不太对劲。

乡村的景象渐渐地变了,出现了大石头,堆积成奇妙的形状。我觉得像进入了原始时代。有那么一瞬间,尼安德特人对我来说如同爸爸一样真实。我转过身,梦呓般地对瑞斯上校说:"这里肯定曾经有过巨人,他们的孩子就像今天的小孩子玩石子

---

① 指塞西尔·罗兹(Cecil Rhodes, 1853-1902),英国商人,一八九〇至一八九六年期间任开普殖民地(Cape Colony)的首相,在此期间他在南非开矿,赚得大量资产。一九〇二年去世后,按照他生前的愿望,被安葬在马托博山(Matopos Hills)。

儿那样玩这些石头，把它们堆起来，再推倒。摆得越高越开心。如果让我来给这个地方起个名字的话，我会把它叫作'巨人之子城'。"

"我们可能不知不觉很接近那个地方了。"瑞斯上校严肃地说，"简单，原始，宏大——这就是非洲。"

我赞同地点点头。

"你喜欢这里，对吗？"我问。

"对，但是在这里住久了……怎么说呢，会让你变得残酷无情，对生死看得很淡。"

"是的。"我说，心里想起哈里·雷伯恩，他就是这样，"但是对弱者就不会冷酷，对吗？"

"谁是'弱者'，谁不是，人们的见解是不同的，安妮小姐。"

他那种郑重其事的语气吓到了我，我感觉到我对身边的这个男人了解得非常少。

"我想，我指的是孩子们和狗。"

"我可以诚实地说我对孩子和狗从来都不残酷。你并没有把女人列为'弱者'？"

我考虑了一下。

"不，我觉得我不会，尽管她们确实是弱者。我是说，现在的女人是弱者。但是我爸爸总说，最初男人和女人一起在世界上游走时，他们的力量是相当的——如同狮子和老虎……"

"那长颈鹿呢？"瑞斯上校狡猾地问。

我笑了，每个人都拿那只长颈鹿开玩笑。

"还有长颈鹿。当时的人们是四处游牧的，你知道的，等到他们安居下来、形成部落以后，女人和男人才开始分工，然后女人慢慢变弱了。当然，本质上他们还是一样的——我的意思是感觉是一样的——这也就是为什么女人崇拜男人的体力，因为她们曾经也有过，而现在失去了。"

"事实上是对祖先的崇拜？"

"差不多吧。"

"你真的这样认为吗？女人崇拜力量？"

"说心里话，我认为真的是这样。你觉得你看重的是道德品行，但当你陷入爱河时，还是会转而看重原始的力量。不过我觉得这并不是最后的结果，如果你生活在原始社会，会一直这样，但你不是——所以，到最后还是道德品行会占上风。曾经取胜过就永远都可能再取胜，对吧？只是要等适当的时机，就像《圣经》里说的，赌上生命去寻找。"

"最终，"瑞斯上校若有所思地说，"你坠入爱河——然后又失去了爱，你是这个意思吗？"

"不完全是，不过你想这么理解的话也可以。"

"但是我不觉得你失去过爱啊，安妮小姐。"

"是的，我没有。"我坦率地承认。

"那坠入爱河呢，有过吗？"

我没有回答。

恰好车子抵达目的地，结束了这场对话。我们下了车，慢慢向那处"世界景观"爬。和瑞斯上校在一起我有点不自在，这不是我第一次有这种感觉了。他把自己的想法深藏在那双深不可测的黑眼睛里，让我有些害怕。他总能让我觉得有些害怕，我不知道到底该对他采取什么态度。

我们沉默地爬着，一直爬到罗兹安息的地方，周围有巨石守护。这是个奇怪又令人毛骨悚然的地方，远离狩猎的人群，空气中仿佛飘扬着赞美粗犷美的永恒赞歌。

我们在那里坐了一会儿,都没有说话,然后又开始下山,但是稍微偏离了来时的路。有时会走到乱石中,一度还遇到一段陡峭的山坡或者说峭壁。

瑞斯上校先过去,然后转过身来帮我。

"还不如我抱你过来。"他突然说,然后一把抱起我。

当他放下我、松开手时,我感觉到了他的力量。一个铁打的男人,有着钢铁般坚硬的肌肉。我再一次感到害怕,尤其是他并没有走开,而是直挺挺地站在我面前,凝视着我的脸。

"你到底为什么来这里,安妮·贝丁费尔德?"他突然问道。

"我是个吉卜赛人,来探索世界啊。"

"是的,这倒是实话。报社记者不过是个托词,你没有记者的灵魂。你是凭自身意愿出来的——来探索人生。但不止如此。"

他想让我告诉他什么?我感到害怕——害怕。我盯着他的脸,我的眼睛不像他的可以掩藏秘密,但它们能惹怒对方。

"那你又为什么来呢,瑞斯上校?"我故意问他。

有那么一瞬间,我觉得他就要回答我的问题了,然而又明显缩了回去。最后,他带着一种冷酷的戏谑口吻说:"为了野心,个人野心。你应该记得,贝丁费尔德小姐,'天使们就因为犯了野心罪而降落人间了'①,诸如此类。"

"他们说,"我慢慢地说,"你其实是政府的人——说你是特工部的,是真的吗?"

是我的想象,还是他真的犹豫了一下才回答?

"我可以向你保证,贝丁费尔德小姐,我是完全为了个人乐

---

① 此句出自莎士比亚的著名戏剧《亨利八世》(*Henry VIII*) 第三幕第二场,全句为:"Cromwell, I charge thee, fling away ambition: By that sin fell the angels."译为:"克伦威尔,你一定要听我的,把野心丢掉。天使们就因为犯了野心罪而降落人间了。"(译本为《莎士比亚全集》,朱生豪译。)

趣才来这里旅游的。"

后来我又回想起这个回答时，意识到其实他的语义有些含糊，也许他就是想要这个效果。

我们又回到车里，再次默然无语。途中停下了一次，在路边的一处仿如原始建筑的地方喝茶。房子主人在园子里挖地，似乎有点不高兴被打扰，但他还是好心地接待了我们，说看看能找到什么吃的。过了很长时间，他给我们端来了一些放了很久的蛋糕和温热的茶，然后又消失在了园子里。

他刚一离开，我们就立刻被一群猫包围了。一共有六只，可怜兮兮地叫着，叫声震耳欲聋。我给了它们几块蛋糕，它们狼吞虎咽地吃掉了，我又把牛奶倒在茶托里，它们互相厮打抢着喝。

"哦，"我愤怒地叫起来，"它们饿坏了！太狠心了。求求你，再去要些牛奶和蛋糕来吧。"

瑞斯上校应我的请求无声地走开了。那些猫又开始叫。他带回来一大瓶牛奶，那些猫全部喝光了。

我站起身，面色坚定地说："我要把这些猫都带回去。我不能把它们留在这里。"

"亲爱的孩子，别说傻话了，你不可能带着六只猫和四十九只木雕动物旅行的。"

"先别管那些木雕了，这些猫是活生生的啊，我要带它们回去。"

"你不能做这种事。"我眼含悲愤地瞪着他，但他继续说道，"你觉得我很残忍，但是如果连这种事情都伤感，人是活不下去的。这么做不好，我不会允许你带的。这是个用力量说话的国家，你知道的，我可比你强壮。"

我一向清楚什么时候自己输了。我眼里含着泪向车子走去。

"也许它们只是今天没吃的了,"他安慰我道,"那个男人的妻子已经去布拉瓦约买吃的了。没事的。不过你知道吧,这个世界到处都有挨饿的猫。"

"别……别说了。"我拼命拒绝。

"我是在教你正视生活,教你要学会坚强、铁石心肠——就像我这样。这就是力量的秘密,也是取胜的秘密。"

"我宁愿死了也不愿意铁石心肠。"我激动地说。

我们上了车,又出发了。我慢慢地冷静下来。他突然握住我的手,我吃了一惊。

"安妮,"他温柔地说,"我想要你,嫁给我。"

我惊呆了。

"哦,不,"我支支吾吾地说,"我不能。"

"为什么?"

"我对你没有那种感觉,从来没有。"

"明白了。这是唯一的原因吗?"

我必须诚实,也应该对他诚实。

"不是,"我说,"这不是唯一的原因。是这样的……我……爱上了一个人。"

"明白了。"他说,"是早就有的吗……我在基尔默登堡号上遇到你的时候你就已经……"

"不是,"我轻声道,"是……是那之后。"

"明白了。"他第三次这么说,不过这一次他的语气中带着一种意味深长的感觉。我转身看他,他的脸色比过去更显冷峻。

"你……什么意思?"我颤抖着问。

他用令人难以捉摸、居高临下的眼神看着我。

"只是……我知道应该怎么做了。"

听到他的话，我打了个冷战。他的语气中透着我不能理解的坚定，这让我感到害怕。

回酒店这一路我们俩都没再说话。到了酒店，我直接去了苏珊娜的房间。她正躺在床上看书，看上去可一点都不像头疼的样子。

"我可不愿意做你们的电灯泡。我不傻。"她对我说，"怎么了，亲爱的安妮，出什么事了。"

因为我泪流满面。

我对她讲了那些猫——我觉得不该把瑞斯上校求婚的事告诉她。但是苏珊娜很敏感，我想她看出我不只是因为这件事。

"你没着凉吧，有吗，安妮？这儿这么热，我这么问好像很荒唐，但你一直在发抖。"

"我没事。"我说，"就是有些紧张……我一直有不好的预感，觉得有什么可怕的事要发生。"

"别傻了，"苏珊娜果断地说，"我们来聊些有趣的事吧。安妮，关于那些钻石……"

"钻石怎么了？"

"我不知道它们放在我这里是否安全。之前还可以，没有人会想到它们在我的行李里。但是现在，谁都知道我们是好朋友，然后由你联想到我，我也会被怀疑。"

"但是没人知道它们在胶卷筒里。"我反驳道，"放在那儿很保险，我想不出更好的地方了。"

她犹犹豫豫地表示同意，我们说好等到了瀑布群那边再商量。

火车九点钟出发了。尤斯塔斯爵士的脾气还是不怎么好，佩蒂格鲁小姐看上去也被吓着了。瑞斯上校完全正常，让我觉得回来的路上的对话好像只是我的幻觉。

那晚我躺在硬板卧铺上睡得很沉，做了些噩梦，醒来时觉得头疼，就来到外面的观光平台上。清新的空气令人爽快，放眼四周，目光所及都是起伏的绿色山峦。我喜欢这里——比我去过的任何地方都喜欢。我真希望能住在树丛中的某个地方，永远住下去……永远……

两点半刚过，瑞斯上校在"办公室"里叫我，然后指着罩在树丛上方的一团花环似的白色水雾，说："那是瀑布散发出来的水雾。我们快到了。"

我仍然沉浸在继一夜噩梦之后刚刚体会到的如梦如幻的幸福中，心里有种非常强烈的情感，好像是回家的感觉……到家了！但是我从没来过这里——又或许在梦里来过？

我们步行从车站来到酒店。这是一幢白色建筑，四周围着电网，为防止蚊虫。周围没有什么大路，也没什么其他的房子。我们走到游廊上，我不禁倒吸了一口气。半英里远处，瀑布就在眼前。我从来没有见过如此宏伟美丽的景象——将来也不会。

"安妮，你太兴奋了。"坐下来用午餐时苏珊娜说，"我之前从没见过你这样。"

她好奇地注视着我。

"是吗？"我笑着说，但我自己都觉得笑得不自然，"那是因为我喜欢这里的一切。"

"不仅如此。"

她微微皱着眉头，面露沉思状。

是的，我很快乐，不过除此之外我还有一种奇特的感觉，好像在等待着什么事情发生——而且很快就会发生。我感到兴奋，坐立不安。

喝完茶之后我们出去逛了逛。我们坐上滑轮车，面带微笑的黑人沿轨道把我们推到了桥边。

这里的景色非常壮观。峡谷里流淌着湍急的河水，笼罩在眼前的薄薄的水雾时而散开，露出壮美的瀑布群，时而又遮挡住一切，恢复神秘。我脑海中的瀑布也是这样的，有一种飘忽不定的魅力。你觉得你就要看清楚了，却总也看不清楚。

我们过了桥，沿着一条两边摆放着白色石头的小路向峡谷方向走。最后我们来到一大片空地，空地左边有一条通往谷底的小路。

"这是棕榈沟。"瑞斯上校说，"我们要下去吗？还是等明天？下去需要点时间，而且还要爬上来。"

"我们明天再去吧。"尤斯塔斯爵士果断地说。我早就发现他一点都不喜欢剧烈的体力运动。

他领着大家往回走，路上我们与一个当地男人擦肩而过，他后面的女人像是把全部家当都顶在头上了！其中还包括一只平底锅。

"我每次想用相机时都会发现没带。"苏珊娜叹息道。

"这种情形你会经常见到的，布莱尔夫人，"瑞斯上校说，"不必难过。"

我们又回到桥上。

"我们要不要去彩虹森林？"上校问大家，"还是你们怕湿了衣服不想去？"

苏珊娜和我决定陪他一起去，尤斯塔斯爵士回酒店去了。我对彩虹森林很失望，根本没什么彩虹，而且我的衣服全湿透了。不过我们偶尔能透过树林瞥见对面的瀑布，再次感叹这是个多么宏伟的瀑布群。啊，亲爱的、亲爱的瀑布啊，我是多么地爱你，崇拜你！永远崇拜你！

回到酒店时刚好够时间换衣服去吃晚餐。尤斯塔斯爵士似乎对瑞斯上校很不满，苏珊娜和我都小心翼翼地逗他开心，不过效果不大。

晚餐后，他拖着佩蒂格鲁小姐回客厅去了。苏珊娜和我同瑞斯上校聊了一会儿，然后她打了个大哈欠，宣布要回去睡觉了。我不想和瑞斯上校单独待在一起，所以也站起来回房间了。

但是我太兴奋了，根本睡不着，所以就和衣靠在一把椅子上，任由思绪翱翔。我还是觉得有什么东西在一点点地接近……

有人敲门，吓了我一跳。我起身去开门，一个黑人男孩子递给我一张便条，上面注明是给我的，但笔迹我并不认识。我接过纸条回到房间，手里攥着它站着。最后我打开了它，便条很短！

> 我必须见你，但我不能到酒店去。你可以到棕榈沟旁边的那片空地来吗？看在十七号客舱的份上，请务必前来。
> 你认识的那个哈里·雷伯恩。

我的心跳急剧加速，几乎要窒息。他在这里！哦，我就知道——我一直都知道的！我能感觉到他离我很近，不知不觉中，我已经来到了他的隐居之地。

我用围巾把头包上，悄悄地出了门。一定要小心，因为他已经被通缉，不能让任何人看到我和他会面。我悄悄地溜过苏珊娜的房间，她在熟睡，我能听到她均匀的呼吸声。

尤斯塔斯爵士？我在他的客厅门外停了一下。是的，他正在向佩蒂格鲁小姐口授工作，我能听到她那单调的声音："我冒昧地建议，要解决这个有色人种劳动力的问题……"她停下来，等着他继续说,接着我听到爵士气愤地嘟囔了一句什么。

我继续悄悄往前走。瑞斯上校的房间空着,我在休息廊也没有看到他,而他是我最害怕的人!不过我没时间耽搁了,于是迅速溜出了酒店,走上通往桥的那条小路。

我过了桥,站在暗处等待着。如果有人跟踪我,我应该能看到他过桥。但是过了几分钟,没有人过来。我没有被跟踪。我转身走向去空地的路,走了大概五六步就停住了。背后有窸窸窣窣的声音,但不可能是从酒店跟踪我到这里来的,是有人早就在这里等着我了。

虽然说不清原因,但我立刻就清醒地意识到自己正面临危险。与我在基尔默登堡号上那天夜里的感觉一模一样,一种本能的危险信号。

我猛然回头看向身后,一片寂静。我又走了一两步,窸窸窣窣的声音又来了。我继续往前走,然后转头向身后望,一个男人的身影从黑暗中走出来。他看到我已经看见了他,就向前跳了一步,跑着来追我。

天太黑了,我什么都看不清,只能看出他个子很高,是个欧洲人,不是当地人。我撒腿就跑,能听到身后追赶的脚步声。我加快速度,眼睛盯着路边的白石头好知道在哪里下脚,这是个没有月光的夜晚。

我的脚突然失去了知觉,同时听到背后的那个男人发出笑声,邪恶又凶险的笑声。他的笑声还在我耳边回荡,而我整个人已头向下地往下跌——往下——往下——往下,跌了下去。

第二十五章

我在痛苦中慢慢地苏醒过来。稍微动了一下就感觉头痛，左臂也钻心地痛，一切都好像是不真实的梦境。噩梦般的画面在我的眼前飘，我再次感到自己在下坠——下坠。有一次，哈里·雷伯恩的脸在迷雾中显现，我几乎觉得那是真的，然后他又飘走了，嘲笑着我。还有一次，我记得有人把杯子放到我嘴边，喂我喝东西。一张黑人的面孔对着我微笑——我想这一定是恶鬼的脸，就尖叫起来。然后又进入梦境——长长的噩梦，在梦里我徒劳地四处寻找哈里·雷伯恩，想要警告他——警告他什么？我自己也不知道。但确实有危险——很大的危险——而且只有我才能救他。然后又是无尽的黑暗，仁慈的黑暗，我终于踏实地睡着了。

最终我醒过来，那个长长的噩梦消失了。我清楚地记得所发生的一切：我从酒店飞奔出来去见哈里，黑暗处有个男人，以及我跌下去的那一刻……

托了某个奇迹的福，我没有摔死。虽然我遍体鳞伤，浑身疼痛，而且极度虚弱，但是我还活着。可是我这是在哪里呢？我困难地转动着脑袋环顾四周。我在一个很小的房间里，四面都是粗糙的木板墙，上面挂着巨大的兽皮和各种象牙。我躺在一张简陋的沙发上，上面铺的也是兽皮。我的左臂缠着绷带，感觉很僵硬，不舒服。一开始我以为屋里只有我自己，接着我看到一个男人的背影，坐在我和灯光之间。他一动不动地坐着，仿佛一尊木雕。但剪得很短的黑发和脑袋的形状看着有些熟悉，但我不敢让自己的想象力跑得太远。突然，他转过身来，我屏住了呼吸。是哈里·雷伯恩，活生生的哈里·雷伯恩。

他起身朝我走来。

"感觉好些了？"他略显尴尬地问。

我说不出话，泪水顺着脸颊往下淌。我虽然还很虚弱，可还是紧紧握着他的手。我真希望就这样死去，他站在我面前，用一种从未有过的眼神俯视着我。

"别哭安妮，别哭了。你现在安全了，没有人能伤害你。"

他起身去拿来一杯东西，端到我面前。

"喝点牛奶吧。"

我顺从地喝了。他继续用低沉的声音，像哄孩子那样说："现在先别问什么问题，继续睡觉，你会慢慢恢复的。如果你愿意，我可以走开。"

"不，"我连忙说，"不要，不要。"

"那我就待在这儿。"

他搬了个小板凳坐在我旁边，把手放在我的手上，抚摸着，我再次进入梦乡。

那时一定是晚上，等我再次醒来时，太阳高挂在天空。小屋里只有我一个人，但是我刚动了动身子，就有一个本地女人进来了。她长得奇丑无比，但是善意地对我微笑着。她端来一盆水，帮我洗了脸和手，然后又给我端来一大碗汤，我一饮而尽！我问了她几个问题，她只是对着我笑，点头，然后说一大串喉音很重的语言。我估计她听不懂英文。

突然她站起来,敬畏地向后退了退,原来是哈里·雷伯恩进来了。他冲她点点头示意她离开,后者就走了。之后他微笑着对我说:"今天真的好多了!"

"是的,确实,但还是有点晕。我这是在哪儿?"

"你在赞比西河的一个小岛上,离瀑布群大约四英里。"

"呃……我的朋友们知道我在这里吗?"

他摇摇头。

"我得告诉他们。"

"当然,如果你想这么做。但是如果我是你,我会等到自己恢复之后再说。"

"为什么?"

他没有马上回答,于是我接着问:"我在这里多久了?"

他的回答让我吃惊。

"快一个月了。"

"啊!"我叫道,"那我必须送个口信给苏珊娜,她会特别担心的。"

"苏珊娜是谁?"

"布莱尔夫人。我是和她、尤斯塔斯爵士和瑞斯上校一起住在酒店的——你知道这些的,对吧?"

他摇摇头。

"我什么都不知道,我发现你的时候你卡在树杈上,不省人事,一边胳膊受了重伤。"

"那棵树在什么地方?"

"峡谷的峭壁上。要不是你的衣服挂在了树上,你很可能被摔得粉身碎骨。"

我打了个寒战,随后想到了一件事。

"你说你不知道我在那里,那那张便条是怎么回事?"

"什么便条?"

"你写给我的便条,叫我去空地和你见面。"

他直勾勾地盯着我。

"我没有递便条给你。"

我感觉我的脸一下子红到了头顶,幸好他没注意。

"你怎么会刚好出现在那里?"我尽可能平静,显得漠不关心,"还有,你在这儿干什么呢?"

"我住在这里。"他的回答很简单。

"在这个岛上?"

"是的,战争之后我就过来了。有时我会开船去酒店参加派对开心一下,住在这里没什么花费,而且想干什么就干什么。"

"你一个人住在这里?"

"我不喜欢社交,我告诉过你。"他冷淡地说。

"很抱歉来这里打扰你,"我说,"不过对此我好像也没什么决定权。"

出乎我的意料,他眼中闪动着一丝火花。

"确实。是我把你像扛一袋煤一样扛在肩上,搬到我的船上,就像石器时代的原始人。"

"但是目的不同。"我插嘴道。

这次轮到他脸红了,红得很厉害,把他黝黑的肤色都盖住了。

"你还没告诉我你怎么会恰好溜达到那里救了我?"为了帮他解围,我赶紧问。

"我那天睡不着,觉得坐立不安……特别烦躁……感觉要发生什么事。最后,我决定开船出去。我上了岸,往瀑布方向爬,刚到棕榈沟就听到了你的尖叫声。"

"你为什么不把我带去酒店找人帮忙,而是把我带到了这里?"我问。

他又脸红了。

"我想你可能觉得我这么做冒犯了你,但是我认为你到现在都还没意识到你可能遇到的危险!你觉得我应该通知你的朋友们?那些衣冠楚楚的朋友,他们听任你受到诱骗,前去送死。不,我对自己发誓说我比任何人都能更好地照顾你。没有人会来这个岛,我还有老巴塔妮来照顾你。我曾经治好了她的高烧,她十分忠诚,一个字都不会说出去。我可以把你留在这儿几个月,没有人会知道。"

我可以把你留在这儿几个月,没有人会知道!这些话听起来是多么让人欢喜!

"你做得很对,"我平静地说,"我想我也不该通知任何人。让他们再担心一两天也没什么关系。他们并不是我的家人,无非就是一些熟人而已——包括苏珊娜。而且不管是谁写的那个便条,他一定了解我的情况——而且非常了解!那不是出自外人之手。"

这次说起那张便条时我不再脸红了。

"如果你能听从我的建议……"他说,有点犹豫。

"我可能不会。"我坦率地说,"不过听听也无妨。"

"你总是做自己想做的事,对吧,贝丁费尔德小姐?"

"通常是。"我谨慎地回答。如果是其他人问,我会说"一直如此"。

"你的丈夫可真可怜。"他出乎意料地说了这么一句。

"你不必担心。"我反驳道,"我只会嫁给一个我真正疯狂爱慕的人,而对一个女人来说,为她喜欢的人做她并不喜欢的事更能让她开心。个人意志越强的女人越会这样。"

"我恐怕不能苟同你的观点。不过夫妻都是要磨合的。"他略带讥讽地说。

"就是这样,"我急切地叫道,"这就是为什么会有那么多不美满的婚姻,都是男人的错。他们要么完全听女人的话,这样一来女人会看不起他们;要么就是极端自私,独断专行,而且从来不知道说'谢谢'。成功的丈夫会让妻子去做自己喜欢的事,然后进行由衷的赞美。女人喜欢被指使,但是她们忍受不了自己的牺牲不被欣赏。而另一方面呢,男人真的不会赞赏一直对他们好的女人。等我结了婚,我大部分时间都会是魔鬼,不过偶尔,在我丈夫毫无准备的时候,我会展现出完美天使的一面。"

哈里放声大笑。

"那会发生多少吵吵闹闹啊!"

"相爱的人永远是打打闹闹的。"我信誓旦旦地说,"因为他们不理解对方,等到他们能理解对方时,也就不再相爱了。"

"反过来也成立吗?打打闹闹的人都是相爱的吗?"

"这个……我不知道。"我一时间有些困惑。

他转身走到火炉边。

"想再喝点儿汤吗?"他随意地问。

"好的,再给我点儿吧,我好饿,感觉能吃掉一头河马。"

"这样很好。"

他忙着去弄火炉,我望着他。

"等我能从床上起来时,我来给你做饭。"我保证道。

"我觉得你不会做饭。"

"像你这样热些罐头食品我还是会的。"我指着炉架上的一排罐头,辩解道。

"你这个小快嘴。"他边说边笑。

每当他笑的时候,整个面容都会变,变得快乐而孩子气,像换了个人似的。

汤很好喝,我一边喝着一边提醒他还没有告诉我他的建议。

"哦,是的,我是想说,如果我是你,就会安静地藏在这里,直到完全康复。即便没能找到你的尸体,你的敌人也会认为你死了,因为你完全有可能摔在石头上,被河水冲走。"

我打了个冷战。

"等你完全康复之后,你可以悄悄去贝拉港,搭船回英国。"

"可这样会很无聊。"我轻蔑地反驳道。

"别像个不懂事的学生似的。"

"我不是个不懂事的学生,"我生气地叫着,"我是个女人。"

他看着我,脸上的表情我看不懂。我坐起身来,激动得满脸通红。

"老天爷啊,女人。"他嘟囔了这么一句,突然走了出去。

我恢复得很快。主要是头部被撞,还有手臂严重扭伤。手臂更严重,一开始哈里还以为摔骨折了,经过仔细检查,他才相信没有断。我很快就开始试着使用这只手臂,尽管很疼。

这段日子很奇妙,我们与世隔绝,只有两个人,像亚当和夏娃一样——但又完全不同!老巴塔妮总是走来走去,像条看家狗。我坚持要做饭,哪怕只能用一只手。哈里大部分时间不在,不过我们依旧有很长的时间一起躺在棕榈树荫下,聊天、争吵——在高远的天空下谈论各种事情,争吵,又和好。我们经常斗嘴,但是彼此之间产生了一种我从不敢奢望的真实而牢固的友情。当然,还有其他的感情。

时间一天天过去,我知道康复之后就该离开了,为此我心情沉重。他会让我走吗？一句话也不说，也没有丝毫暗示？他有时会沉默很久，有时情绪低落，有时会突然起身，步履沉重地独自出去散步。一天晚上，危机爆发了。我们刚吃完简单的晚餐，坐在小屋门前，太阳正渐渐西沉。

发夹是生活的必需品，但是哈里这里没有，我又直又黑的头发一直垂到膝盖。我坐在那里，双手托着下巴，陷入沉思，感觉到哈里正注视着我。

"你看上去像个巫女，安妮。"他看了很久之后终于说，语气里有种从未有过的意味。

他伸出手抚摸我的头发，我颤抖了一下。接着他咒骂了一句，猛地跳开了。

"你明天必须走，听到了吗？"他大叫道，"我……我忍受不了了。我是个男人。你必须走，安妮，必须走。你也不傻，你知道我们不可能就这样继续下去。"

"我知道不可能，"我慢慢地说，"但是……我们很幸福啊，不是吗？"

"幸福？简直痛苦死了！"

"有那么差吗？"

"你为什么要折磨我？为什么要嘲笑我？你为什么要这么说，还笑得那么开心？"

"我没有笑，也没有嘲笑你。如果你想要我走，我会走的。但是如果你想让我留下来……我就会留下来。"

"不要！"他激动地喊道，"别这么说，别来诱惑我，安妮。你还没意识到我是什么人吗？一个两次被判刑的罪犯，一个被通缉的人。这里的人都以为我是哈里·帕克，我不在的时候，他们以为我去山里徒步了，但是总有一天他们会知道真相，那时灾难就降临了。你还这么年轻,安妮,又这么美——足以让男人疯狂的美。世界为你敞开,爱情、生活还有一切的一切。而我的生活已经过去了——被摧毁、被荒废了,只剩痛苦的回味。"

"如果你不想要我——"

"你知道我想要你。你知道我宁愿付出灵魂都想把你搂在怀里,永远永远地抱着你,远离这个世界。而你还在不断地诱惑我,安妮。用你那巫女般的长发,用你那时而金时而棕时而又泛绿的眼睛,还总是眼带笑意。即便生气的时候你的眼睛都含着笑意。但是,我必须拯救你,从我这里和你自己那里救出来。你今晚就走吧,去贝拉港——"

"我不会去贝拉港的。"我打断他。

"你要去。就算我要亲自把你送到贝拉港、扔到船上。你是在小看我吗?你觉得我会让自己继续处在每天晚上都因为害怕你被抓到而惊醒的状态吗?人不能总是依赖奇迹,你必须回英国去,安妮……然后……然后……然后嫁人,过幸福的生活。"

"嫁给一个能给我家的老实男人!"

"这样起码不是……不幸的。"

"那你怎么办?"

他的脸色一下子变得严肃起来。

"我有事情要做,别问是什么事。我敢说你也能猜到,我可以告诉你的是我会为自己洗刷罪名,哪怕以死相拼。然后我要去亲手掐死那个千方百计要害死你的该死的浑蛋。"

"你这么说不公平,"我说,"不是他推我下去的。"

"他不需要动手,他的计划更聪明。我后来又去那条小路看了看,看上去一切都很正常,但我发现摆在路两边做标识的白石子被移动过。悬崖边长着很高的灌木丛,他把石头摆在灌木丛上，这样你就以为那里是路，但其实下面是空的。老天保佑让我逮到他吧！"

他停顿了一下，再次开口时语调完全变了。

"我们从没聊起过这些事，对吗，安妮？现在是时候了。我想把一切都告诉你，从头开始讲。"

"如果重温回忆会让你痛苦的话，就别讲了。"我低声说。

"可是我想让你知道。我从没想过会把那段生活讲给任何人听。很奇怪，不是吗，是命运在捉弄我吗？"

他顿了一两分钟。太阳已经下山，如天鹅绒般的非洲夜色为我们披上一层斗篷。

"我已经知道一些了。"我柔声说道。

"你知道些什么？"

"我知道你的真名是哈里·卢卡斯。"

他还在犹豫——没有看我，而是直直地盯着远方。我猜不透此刻他的脑子里正在想什么。最后他甩了甩头，像是下定了决心，然后开始对我讲他的故事。

第二十六章

"你说对了,我的真名叫哈里·卢卡斯。我父亲是一名退伍军人,曾在罗德西亚开办农场,我在剑桥读二年级时他去世了。"

"你喜欢他吗?"我突然问。

"我……不知道。"

接着他脸一红,情绪激动地说:"我在说什么呢?我很爱我的父亲。最后一次见面时,我们对彼此说了很难听的话,而且我们因为我的年少不羁和债务有过很多次争吵,但我还是爱他的。现在我知道我有多么爱他——然而已经太晚了。"他平静了一些,接着往下讲,"我在剑桥认识了一个家伙——"

"小厄茨利?"

"对……小厄茨利。正如你所知,他爸爸是南非最有名望的人之一。我们俩一见如故。我们都喜欢南非,也都憧憬着去世界上那些尚无人踏足的地方。离开剑桥后,厄茨利和他爸爸大吵了一架。他父亲帮他偿还过两次债务,不肯再这么做了。他们闹得很僵。最后,劳伦斯爵士说他不会再帮儿子做任何事情,他必须自立一段时间。结果,你知道的,两个年轻人就一起去了南美,去寻找钻石。我先不细讲在南美的经历,总之我们很快活。多数时候很艰苦,你理解的,但日子过得很开心。我们在荒无人烟的地方,没什么吃的——哦,天哪,只有在这种地方才能见真情。

我们两个成为生死之交。然后,就像瑞斯上校给你们讲的,我们的努力获得了成功。我们在英属圭亚那丛林深处发现了第二个金佰利。我无法向你形容我们当时有多兴奋,并不是因为这个发现能带来多少钱。要知道,厄茨利一向有钱,他知道父亲去世后他就会成为百万富翁;而虽然卢卡斯一直很穷,但他习惯了。不,纯粹是一种发现的喜悦。"

他停了一会儿,接着以近乎抱歉的语气问:"你不介意我用这种方式讲吧?好像我本人并没参与其中。现在再回忆时,我只会看到两个男孩子,而几乎忘记了其中的一个就是哈里·雷伯恩。"

"你想用哪种方式就用哪种方式。"我说。

他又继续道:"我们来到金佰利,得意扬扬。我们带了很多精选的钻石,准备给专家们看。然后,在金佰利的酒店里,我们遇见了她……"

我有些紧张,扶着门柱的手不由得攥紧了。

"安妮塔·格伦伯格——这是她的名字。她是个演员,很年轻,也很漂亮。她出生在南非,但妈妈是匈牙利人。她的背景似乎有些神秘,而这自然让她在两个刚从荒野出来的小伙子看来更具魅力了。她不费吹灰之力就让我们俩都立刻为她倾倒,而且都很投入。这是我们的关系第一次出现阴影,但即便如此,也没有削弱我们的友情。我相信,我们彼此都愿意退出而把机会留给对方,但这并不是她的目的。事后我有次想起这件事,不明白她为什么不选择劳伦斯·厄茨利爵士的独子,他可是结婚的理想人选。真正的原因是她已经结婚了,嫁给了戴比尔斯公司的一个钻石检验员,只是没人知道这件事。她假装对我们的发现特别感兴趣,我们就把一切都告诉了她,甚至给她看了那些钻石。黛利拉①——她就是黛利拉,而且手段很高明!

"接着就发生了戴比尔斯盗窃案,警察马上就找到了我们,拿走了我们的钻石。开始时我们还取笑整件事,因为十分荒诞。紧接着钻石被呈上了法庭——毫无疑问,那正是戴比尔斯被盗的钻石。安妮塔·格伦伯格早已消失了,她将两份钻石掉了包,做得干净利落。我们争辩说这些并不是我们的钻石,换来的却只有众人的耻笑和鄙视。

"劳伦斯·厄茨利爵士很有影响力,案子撤销了——但这件事把两个年轻人毁了,他们背着偷盗犯的罪名,没脸见人。这件事也让老人家伤透了心。父子俩又有过一次不愉快的会面,老人用各种难以想象的恶语指责、辱骂儿子。他虽然尽力挽回了家族的名誉,但从那天起,他不认这个儿子,与他一刀两断了。而年轻的儿子依旧骄傲得像个傻子,什么都不解释,拒绝在不相信他的父亲面前为自己的清白申辩。他愤怒地跑了出去,他的朋友在外面等他。一周后,战争爆发了,两个好朋友一起报名参了军。后来发生的事你都知道了,世界上最好的兄弟之一阵亡了,一半是由于他的疯狂,冲进了不必要的危险。他以死洗刷了自己的罪名……

"我向你发誓,安妮,我这么恨那个女人主要是因为他。她与他比和我走得更近。那时我也疯狂地爱上了她,但我觉得她有时甚至有些怕我——但厄茨利给她的感觉更平和、也更深沉。她是他生命的中心——而她却背叛了他,还毁了他的生活。这个打击把他打倒了,他从此一蹶不振。"

哈里又停下来,过了一两分钟后接着说:"就像你知道的,

---

①出自《圣经》,是引诱并哄骗大力士参孙(Samson)的妖妇。

官方记录我是'失踪，可能阵亡'。我没有去纠正这个错误，改姓帕克，来到这个已经熟知的岛上。第一次世界大战刚开始时，我还怀着雄心壮志，一定要证明自己的清白。但到现在，激情都消退了。我满心想着'那还有什么用'，我的兄弟已经死了，这个世界上也没有关心我们的亲人。大家都以为我也死了，那就让他们这么认为吧。我在这里平静地生活着，没有欢乐，也没有忧愁——一切情感都麻木了。当时我不知道，现在才知道这也是战争带来的后遗症。

"然后有一天，发生了一件事，让我又清醒过来。我载着一船人到上游观光，站在岸边扶他们上船时，一个男人发出一声惊呼，让我注意到了他。他个子矮矮的，很瘦，留着胡子。他一直目不转睛地盯着我，仿佛见到了鬼。他的反应太强烈了，让我觉得好奇。我到酒店去查了查，发现他叫卡顿，从金佰利来，是戴比尔斯的钻石检验员。刹那间，过去的那些冤屈一下子又涌上我的心头。我离开这个岛，去了金佰利。

"可是，在那里我并没有找到更多关于他的信息。最后，我决定直接找他问个究竟。我带上左轮手枪去找他，他一看就是个十足的胆小鬼。一碰面，我就发现他特别害怕我，不久他就说出了全部经过。他参与谋划了那起盗窃案，那时安妮塔·格伦伯格是他的妻子，我们在酒店和她一起吃饭时他看到了，然后在报纸上读到了我阵亡的消息。所以在大瀑布那儿见到我还活着时，他吓死了。他和安妮塔很年轻时就结婚了，不过她很快就离开了他。他告诉我她卷进了一个黑帮组织，从他那里我第一次听到了'上校'这个名字。卡顿从没参与过行动，只有那一次——他信誓旦旦地向我保证，我也相信他。他那惨兮兮的模样，根本就不是块犯罪的料。

"但我感觉他还有什么事没说，为了试探，我吓唬他要当场把他给毙了，我说反正现在我也不在乎后果。他吓坏了，马上又说出另一个情况。安妮塔·格伦伯格好像不太相信'上校'，她假装把在酒店从我们那里偷来的钻石都交给了他，但其实自己留下了一些。卡顿懂这方面的技术，告诉她该留下哪些。那些钻石的光泽和质地非常特殊，如果有一天被拿到市场上，即便经过了加工，戴比尔斯的专家们也能马上就知道这不是他们经手过的。这样一来就会有人相信调包的事，我可以洗清罪名，真正的罪犯将受到惩罚。我猜想，鉴于'上校'这次一反常规亲自参与了行动，所以安妮塔很得意，自认为抓到了他的把柄。卡顿还提出让我和安妮塔·格伦伯格谈判——后来她改名叫纳迪娜了，他觉得只要我开出足够的价钱，她就愿意拿出那些钻石，并揭发前老板。他说他可以马上给她发电报。

"我对卡顿还是有点怀疑，他是那种很容易被吓唬住的人，但是他在受惊吓时也会说很多谎话，要分辨哪些是真的哪些是假的并不容易。我回到酒店，等着。第二天晚上，我觉得他应该收到回电了，就给他那边打了通电话，他们告诉我卡顿先生出门了，要第二天才回来。我立刻心生怀疑，抓紧时间查到他打算搭乘基尔默登堡号回英国，船将在两天后从开普敦开出。我刚好够时间赶到那里，搭上了同一班船。

"我不想让卡顿在船上看到我而警觉起来。在剑桥时我参加过很多次表演，所以很容易就化装成一个留着胡须的中年人。在船上我尽量避开卡顿，假装不舒服，待在自己的客舱里。

"到伦敦之后，我很顺利地跟上了他。他下了船就去了一家酒店，第二天才出来。他是快一点时离开酒店的，我跟在他后面。他径直去了骑士桥那里的一家房屋租赁公司，询问有没有沿河的房子出租。

"我也进去咨询房子,就在他旁边的桌子。突然,安妮塔·格伦伯格进来了——或者说纳迪娜,反正就是她。傲慢,不可一世,几乎像过去一样漂亮。天哪!我太恨她了。她就在这里,毁了我一生的女人——并毁了我朋友更好的一生。那一刻我真想冲上去,用双手掐住她的脖子,一点一点地把她掐死。有那么一两分钟,我简直怒火中烧,根本就听不到经纪人在说些什么。接着我听到她在说话,音调高而清晰,带着夸张的外国口音:'马洛的米尔庄园吧,尤斯塔斯爵士的房子,这个好像比较符合我的要求。不管怎么说,我先去看看。'

"房产经纪给她开了一张看房证明,她昂首挺胸地走了。虽然她没跟卡顿打招呼,也没说半句话,好像完全不认识他,但我断定,他们是商量好在这里见面的。于是我马上得出结论,即便当时我并不知道尤斯塔斯爵士在戛纳,但我认定这番找房的戏码是为了选定见面地点,也就是米尔庄园。我知道盗窃案案发时尤斯塔斯爵士也在南非,我从来没有见过他,不过我当即推断,他就是我已听闻多次的神秘的'上校'。

"我的两个跟踪目标都沿着骑士桥离开了。纳迪娜进了海德公园酒店,我紧赶了两步,也进了酒店。她径直向餐厅走去,我觉得还是不要冒险跟去,她很可能会认出我,于是转而继续跟踪卡顿。我认为他八成是要去取钻石,计划着趁他毫无防备时突然出现在他面前,逼他受到惊吓后说出实情。我跟踪他来到海德公园角地铁站,他独自站在月台的尽头,旁边只有一个女孩。我决定就在那里堵截他。后来发生的事你都知道了,他突然看到他以为远在南非的我,吓傻了,惊慌地向后退,摔到了车轨上。他一直是个胆小鬼。我假扮成医生,搜了他的口袋。里面有一个钱包，装着些零钱，一两封信，一卷胶卷——后来我把那卷胶卷弄丢了——还有一张纸条，上面写着二十二号在基尔默登堡号上见面。我当时怕被人拦下，只想赶紧离开，匆忙间纸条也丢了。但幸运的是，我记得上面的数字。

"我赶紧跑到附近的一个寄存处，卸了妆。我可不想因为偷死人的钱而被捕。然后我又来到海德公园酒店，纳迪娜还在那里吃午餐。我就不再描述是怎么跟踪她到米尔庄园的细节了。她进了那幢房子，我跟木屋里的女人打了声招呼，说是跟她一起的，也进去了。"

他停住了。沉默间有一丝紧张。

"你是相信我的，对吧，安妮？我向上帝发誓我讲的都是真的。我跟着她进了那栋房子，心里确实怀着一丝杀意——但她已经死了！我在二楼的那个房间里发现了她——天哪！太可怕了。死了，我明明和她只相差两三分钟进去的。房子里完全没有另一个人的痕迹！当然，我马上意识到我身处的境地是多么可怕，凶手巧施一计，不仅将自己解脱，同时还找了个无辜的替罪羊。'上校'的手法实在是太利落了，这是我第二次当他的替罪羊。我真是傻，如此轻易地钻进了他的圈套！

"我记不清接下来都做了什么，我尽可能假装镇静，离开了那幢房子。但是我知道，尸体用不了多久就会被发现，我的画像会被电传到全国各地。

"我躲了几天，不敢轻举妄动。终于，机会来了，我在街上偶然偷听到两个中年男人的谈话，后来得知其中一个是尤斯塔斯·佩德勒爵士。根据偷听到的线索，我立刻想到了一个主意——假扮成尤斯塔斯爵士的秘书。我不再确信尤斯塔斯·佩德勒爵士就是'上校'了。他的房子可能只是出于不幸才被选为暗杀地点，或者另有其他我想象不到的动机。"

"你知道吗，"我打断他道，"盖伊·佩吉特案发当天也在马洛。"

"这就对了。我还以为他和尤斯塔斯爵士一起在戛纳。"

"他说他去了佛罗伦萨，但显然是假的。我很肯定他当时在马洛，不过当然了，我没有证据。"

"我从未怀疑过佩吉特，直到那天夜里他想把你扔下船。这个男人可真是个好演员。"

"可不是嘛。"

"这也就解释了为什么他们要选米尔庄园。佩吉特可能知道怎样进出那栋房子而不被人看到。不过他没有反对我陪同尤斯塔斯爵士一起乘船，他不想让我马上被抓到。这表示很显然纳迪娜没有如他们所料，把那些钻石带到见面地点。我猜想卡顿拿着那些钻石，并把它们藏在基尔默登堡号的某个地方了——这便是他在此事中的贡献。他们以为我可能知道那些钻石藏在哪里。找不回那些钻石，'上校'就会有危险，所以他要不惜代价地找到它们。该死的卡顿到底把它们藏在什么地方了，他是否真的藏了，我都不知道。"

"这是另一个故事了。"我接话道，"我的故事。现在，轮到我讲了。"

第二十七章

哈里聚精会神地听我讲述前面描述的所有经历,让他最吃惊的是钻石这段时间一直都在我手里——准确地说是在苏珊娜那里,他怎么都没想到会是这样。当然了,听了他的故事,我意识到这是卡顿的安排——或者说是纳迪娜的安排,毫无疑问只有她的脑子才能想出这个计划。这么一来,跟着她或她丈夫,也无法找到钻石。这个秘密就锁在她的脑子里,"上校"怎么也不会想到他们会把钻石交给一个船员来保管!

哈里对原来那起盗窃罪的辩解应该是真的。我们这一系列行动周围一直有那件事的阴影,但以目前的情况来看,他没办法公开证明自己无罪。

话题再次回到一件事上,那就是"上校"的身份。他到底是不是佩吉特?

"我觉得是他。"哈里说,"因为我们基本能确定是佩吉特在马洛杀害了安妮塔·格伦伯格,这自然引向他就是'上校'的推论,原因是'上校'不会和手下说安妮塔这件事的。只有一件事讲不通,就是你到这里的那天夜里,他为什么想害死你。你看到佩吉特被留在了开普敦,那到下个星期三之前他都不可能到这里。这么个遥远的地方应该不可能有他的手下,所以对付你的计划肯定都是在开普敦安排的。当然,他可以发封电报给约翰内斯堡的某个中尉,让他在马弗京搭上来罗德西亚的火车,但这样一来,就留下白纸黑字的证据了。"

我们沉默地坐了一会儿,然后哈里又慢慢地说:"你说你那天离开酒店时布莱尔夫人在睡觉,尤斯塔斯爵士在给佩蒂格鲁小姐口授工作?那瑞斯上校在哪里?"

"我没找到他。"

"他有可能知道……你和我关系很好吗?"

"他也许知道。"我一边思考着一边回答,脑子里回想起那天路上的谈话,"他是个特别有个性的人,"我接着说,"但是和我想象中的'上校'完全不符。不管怎样,他不可能是'上校',因为他是特工机关的。"

"我们怎么知道他是?这是世上最简单的一种伪装了,没有人会出来反驳,然后谣言会迅速传播,直到每个人都相信这是福音书上记载的事实。这种伪装可以为一切可疑行为当幌子。安妮,你喜欢瑞斯吗?"

"喜欢……又不喜欢。他让我有压迫感同时又让我着迷。不过有一点我很清楚,就是我一直都有点害怕他。"

"你知道吗,金佰利盗窃案发生时,他也在非洲。"哈里慢慢地说。

"但是他告诉了苏珊娜所有关于'上校'的事,以及他在巴黎时就想抓到他。"

"伪装——聪明的伪装。"

"但是这么一来,佩吉特又是怎么回事?他受雇于瑞斯吗?"

"也许……"哈里语速很慢,"他压根就没有介入进来。"

"什么?"

"你回想一下,安妮,你听佩吉特自己讲过基尔默登堡号那天晚上的事吗?"

"听过……是尤斯塔斯爵士转述的。"

我又说了一遍。哈里仔细地听着。

"他看见有个人从尤斯塔斯爵士的客舱方向走出来,就跟踪他上了甲板。他是这么说的吧?那么,谁的客舱在尤斯塔斯爵士的对面呢?瑞斯上校。假设瑞斯上校偷偷地溜上甲板,企图袭击你未遂,转身逃跑时在餐厅门前碰到佩吉特。他把佩吉特打倒之后迅速进了客舱,关上门。这时我们追过去,发现佩吉特躺在那里。这个推测如何?"

"你忘了他一直说是你把他打倒的。"

"这个嘛,假设他刚刚恢复意识时恰好看到了我消失的背影呢?他会不会理所当然地认为是我袭击了他?尤其是他认为他一直跟踪的人是我?"

"有可能,是的。"我慢慢地说,"但是这样就改变了原来的一切想法,而且还有其他事情。"

"大部分都能解释。你看到在开普敦跟踪你的那个人和佩吉特交谈过,佩吉特还看了看手表。那个人也许只是在问他时间。"

"你的意思是那完全是个巧合?"

"不完全是。也包含某种手法,为了把佩吉特和整起事件联系起来。为什么选米尔庄园做暗杀地点?是不是因为钻石丢失时佩吉特也在金佰利?如果我没有鬼使神差地出现在谋杀现场的话,是不是他就成了替罪羊?"

"那么你现在认为他是完全清白的?"

"看上去像,但是,如果是这样,我们得搞清楚他那天为什么去马洛。如果他有合理的解释,我们就是找对了方向。"

他站起身来。

"十二点多了,进屋吧安妮,睡一会儿。天亮前我带你上船,你一定得赶上利文斯敦出发的火车。我在那里有个朋友,可以帮你找个地方躲起来,直到火车开动。你坐到布拉瓦约,再搭去贝拉的火车。我可以再通过利文斯敦的朋友打听出你所住的酒店那边的情况,以及你的朋友们现在都在何处。"

"贝拉。"我思索着说。

"是的,安妮,你必须去贝拉。这些男人的活儿就留给我吧。"

谈论眼下事态时,我们暂时忘却了彼此之间的情感,但是这会儿又回来了。我们彼此都不敢看对方。

"好吧。"我说,就进屋了。

我躺在铺着兽皮的床上,但是睡不着,还能听到哈里·雷伯恩在夜色中踱来踱去的脚步声。终于,他来叫我了。

"快起来,安妮,该走了。"

我顺从地起身走出去。天还很黑,但我知道黎明就要来了。

"我们划独木舟去,不开汽艇……"哈里说到一半突然停住脚步,举起一只手。

"嘘!是什么?"

我听了听,什么也没听到。他长期在荒野中生活,耳朵自然比我的好使。不过不久后我也能听到了——是从河右岸方向传来的轻轻的划船声,正在迅速靠近我们的小码头。

我们睁大眼睛使劲儿看,看到水面上有个模糊的黑影。是一条船。接着有火苗一闪,有人划着了一根火柴。借着火柴的光,我认出一个身影,就是在梅曾贝赫别墅里的那个红胡子荷兰人。还有几个当地人。

"快——回屋里去。"

哈里拉着我往回跑,然后从墙上取下两支步枪和一支左轮手枪。

"你会给步枪上子弹吗?"

"我从没上过。告诉我该怎么做。"

我马上就学会了。我们关上门,哈里站在能监视码头的窗户边。船正好划到那里。

"谁?"哈里大叫一声。

来客的企图马上就得到了证实,子弹如冰雹般向我们飞来,幸运的是我们俩都没有被打中。哈里举起步枪,疯狂地扫射。我听到两声呻吟和一阵落水声。

"让我们给他们点颜色看看。"他冷酷地自言自语,接着拿过另一支步枪,"往后点儿,安妮,看在上帝的份上。子弹装得快点儿。"

更多子弹飞来。一发子弹擦着哈里的脸颊而过,他恨恨地回击。这次他伸手换枪时我刚好上好子弹。他用左手一把搂住我,狠狠地亲了一口,然后才又转向窗口。突然,他叫了一声。

"他们受不了,要撤了。他们在水上,在明处,而且不知道我们这里有多少人。这会儿他们被击退了,但很可能还会再来。我们得准备好。"他放下手里的枪,转向我,"安妮!我的美人!我的宝贝!我的小女王!你真勇敢,黑发巫女!"

他把我搂在怀里,亲吻我的头发、眼睛和嘴。

"现在继续干正事儿。"他说着,猛地放开我,"去把那些煤油罐搬出来。"

我按照他的吩咐去做了。他在屋里忙活了一阵儿,又上到房顶,手臂夹着什么东西在上面爬来爬去。一两分钟之后他又回到我的面前。

"上船,得把它们搬到岛的另一面。"

我往船的方向走去,他又搬了些煤油罐。

"他们来了。"我小声说。我看到河对岸有影子在晃动。

他向我跑过来。

"我们也准备好了。哦……该死的船呢?"

两条船都漂在河上。哈里轻轻地吹了声口哨。

"这下糟了,宝贝,害怕吗?"

"跟你在一起就不怕。"

"啊,不过死在一起可没什么好玩的。我们得再想办法。你看,这次他们来了两条船,想要在两个不同的地方上岸。现在来点舞台效果吧。"

差不多就在他说话的瞬间,一道长长的火苗从小屋蹿起,火光照出缩在房顶上的两个人影。

"是我的旧衣服和一些破布——应该能骗他们一阵子。来,安妮,我们要孤注一掷了。"

我们手拉着手,往岛的另一边狂跑。岛那边和陆地之间只隔着一道很窄的峡湾。

"我们得游过去。你会游泳吗,安妮?不会也没问题,我能抱你过去。这边船过不来,太多礁石了,但是很好游,而且也是去利文斯敦的方向。"

"我会游一点儿,这么短的距离能游。有什么危险吗,哈里?"因为我看到他的表情变严肃了,"鲨鱼?"

"不不,小可爱,鲨鱼只有海里才有。不过你很机警,安妮。有鳄鱼,这个比较麻烦。"

"鳄鱼?"

"是的,别去想它们——或者念念祈祷词,你觉得怎么管用就怎么来。"

我们下水了。一定是我的祈祷起作用了,我们顺利地游到了对岸。湿漉漉地出来,浑身往下滴水。

"现在去利文斯敦。这条路不好走,而且我们湿透了,更麻烦。但我们必须去那儿。"

这段路简直是噩梦。湿裙子裹在我腿上,袜子不久后就被路边的荆棘勾破了。最后,我停下来,疲惫至极。哈里走到我身边。

"打起精神,宝贝,我来背你一会儿。"

我就像一袋煤似的被他扛在肩上,扛到了利文斯敦。他是怎么走过来的,我不知道。这时,黎明的第一道曙光刚刚出现。哈里的朋友是个二十来岁的年轻人,经营一家卖当地古玩的小店,叫内德。我从来没听哈里提起过他,但也可能之前提起时说的是别的名字。看到哈里浑身湿透,还抱着一个同样湿漉漉的女性走进来,他一点都不吃惊。男人真是太厉害了。

他给我们端来吃的和热咖啡,又让我们先用颜色俗丽的曼彻斯特毛毯裹着身体,他去烘干衣服。我们躲在后面的小房间里,没有人能看得到,很安全;而他又去做了一些小心的安排,打听尤斯塔斯爵士一行人的情况,以及他们中是否还有人留在酒店里。

这时,我告诉哈里我是不会去贝拉的。我从来没想过真的去,而在目前的情形下,更没有必要去了。这一计划的原本目的是让敌人以为我已经死了,但现在他们知道我没有死,我去贝拉也就没有任何意义了。他们可以轻易地跟踪我过去,悄悄地把我给杀了,那里可没有人能保护我。最后我们商量好我去找苏珊娜,不管她在哪儿,然后尽可能地保护好自己,绝对不能为了冒险而去招惹"上校"。

我要和苏珊娜安静地待在一起,等候哈里的指令,同时把那些钻石用帕克的名义存入金佰利银行的保险箱。

"还有一件事,"我若有所思地说,"我们应该商定一个密码什么的,以免再次被假信息骗了。"

"这个很简单。凡是我给你的信息,里面都会有一个被划掉的'和'字。"

"没有这个商标,就是假货。"我小声说,"电报怎么办?"

"凡是我发给你的电报,会署名'安迪'。"

"火车马上就到了,哈里。"内德探头进来,说完又缩了回去。

我站起身来。

"那如果碰到了一个老实可靠的男人,我要嫁给他吗?"我庄重地问。

他靠近我。

"天哪!安妮,如果你和别的男人结婚,我会拧断他的脖子。至于你……"

"怎样?"我兴奋地问。

"我会把你带走,然后把你打得鼻青脸肿!"

"我怎么挑了个这么可爱的丈夫!"我讽刺地说,"还是在一夜之间改变了主意!"

第二十八章

（尤斯塔斯·佩德勒爵士的日记摘录）

正如我曾经强调过的，我是一个喜欢宁静的人。我渴望安静的生活——但看起来这恰恰是我无法得到的。我永远身处风暴和动荡之中。摆脱了佩吉特以及他那无休止的小诡计实在是令人欣慰，佩蒂格鲁小姐显然很有用，虽然她完全没有迷人之处，但所做的一两件事还是值得称赞的。我承认在布拉瓦约时我有点肝火太旺，表现得像头野蛮的熊，那是因为我在火车上一夜都没睡好。凌晨三点，一个穿得像音乐剧《西部原野》里的男主角似的年轻人走进我的车厢，问我要去哪里。我嘟囔着说"我要茶……还有看在上帝的份上，别放糖"，他理都没理我，只是重复了一遍问题，强调说他不是服务员，是入境移民官。费了半天劲我才终于说服他我没有任何传染病，去罗德西亚只是想观光，甚至通过教名和出生地增强我的信誉。之后，我尝试着再小睡一会儿，但是某个可恶的蠢驴在早晨五点半把我叫醒，端着一杯糖水说是给我的茶。我应该没把茶直接泼到他的脸上，但我确实想这么做。随后他终于拿来了不加糖的茶，冰的。六点钟，我疲倦至极，又睡着了。到布拉瓦约站时我被叫醒了，然后被塞了一个巨大的长颈鹿木雕，腿和脖子扎死人!

不过除了这些小意外,一切都很顺利。接着,不幸降临了。

那是我们刚到瀑布群的那天晚上,我正在客厅给佩蒂格鲁小姐口授工作,布莱尔夫人突然衣冠不整地闯进来,连句道歉的话都没说,张口就大声问:"安妮去哪儿了?"

这算什么问题?好像我要对那个女孩负责似的,这会让佩蒂格鲁小姐怎么想?好像我总能在午夜时分从口袋里变出个安妮·贝丁费尔德似的。对于我这么有地位的人来说,实在是不成体统。

"我想,"我冷淡地说,"她应该在她的床上。"

我清了清嗓子,瞟了佩蒂格鲁小姐一眼,意思是我要继续做口授了。我希望布莱尔夫人能明白这个暗示,但她没有。她反倒一屁股坐在椅子上,晃着穿着拖鞋的脚,一副焦躁不安的样子。

"她不在她的房间里,我刚去过了。我做了个梦——特别可怕的梦,梦见她遇到了可怕的危险。于是我起来去她的房间,想着去看看就放心了,你知道。可她不在那里,她的床都没有睡过。"

她用哀求的眼神望着我。

"我该怎么办啊,尤斯塔斯爵士?"

我真想对她说"回去睡觉,什么都别想。安妮·贝丁费尔德年纪轻轻、有手有脚,她可以照顾好自己",但是没有说出口。

事实上,我皱着眉头问:"瑞斯怎么说?"

为什么瑞斯那么舒坦?让他在享受女孩子们的陪伴的

同时也该有些烦恼。

"我到处都找不到他。"

她是诚心要把这个晚上给毁了。我叹了口气,找了把椅子坐下。

"我不明白你为什么这么担心。"我耐心地说。

"我的梦——"

"一定是因为我们晚餐吃了咖喱!"

"哦,尤斯塔斯爵士!"

她特别生气,可是大家都知道做噩梦的直接原因就是吃了不合适的东西。

"不管怎么样,"我耐心地说,"安妮·贝丁费尔德没准儿是和瑞斯一起出去走走,只是没有惊动整个酒店罢了。"

"你觉得他们一起出去散步了?可是现在已经是半夜了。"

"人在年轻时都会做些傻事。"我嘟囔道,"尽管瑞斯的年纪不小了,应该懂得更多些。"

"你真的是这么想的?"

"我敢说他们偷偷跑出去约会了。"我继续安慰她,尽管心里清楚这个说法有多荒唐。毕竟,在这么个地方,能跑到哪里去约会?

我正担心不知道还要这么胡言乱语地讲多久,这时,瑞斯进来了。不管怎么说,我确实说对了一半——他真的是出去散步了,但不是和安妮一起去的。我马上就意识到我对这件事的处理方式非常不妥,瑞斯在三分钟之内把整个酒店翻了个底朝天,我从来没见过像他这么着急的人。

这件事确实蹊跷。那个姑娘能去哪里呢?她是十一点十分走出酒店的,穿得整整齐齐,然后就再也没人看到过她。自杀的说法不太可信。她是那种精力充沛,对生活充满爱的年轻姑娘,没有任何寻短见的迹象。直到第二天中午都没有往来的火车经过这里,所以她不可能离开。那么她到底跑去什么鬼地方了呢?

瑞斯几乎要急疯了,可怜的人,他到处都搜遍了。远在几百里外的治安官——随便这里的人叫什么吧——都被叫了过来,当地人恨不得趴在地上一寸一寸地找。能做的都做了,但还是不见安妮·贝丁费尔德的影子。目前的推测是她那天夜里梦游了,桥边的小路上有些痕迹,看起来她似乎直冲着悬崖走去了。如果真是这样,她肯定已经摔成碎片了。不幸的是,大部分脚印被一群周一一大早徒步过桥的游客给破坏了。

我觉得这不是一个令人满意的解释。小时候我经常听说梦游者是不会伤害到自己的,说是第六感在保护他们。我想布莱尔夫人对这个解释也不满意。

我实在搞不懂这个女人,她对瑞斯的态度完全变了。她现在像猫盯老鼠一样盯着他,而且明显在保持距离,他们曾经明明是那么好的朋友。不过她整个人都变了,紧张兮兮,歇斯底里,任何风吹草动就能吓得跳起来。我开始考虑现在正是启程去约翰内斯堡的好时候。

昨天有消息传来,说是在河的上游有一个神秘的小岛,上面有一个男人和一个女孩。瑞斯听了非常兴奋。不过后来发现那只是一个马厩,那个男人在那里已经好几年了,酒店的经理也认识他。旅游旺季时,他会开船载着游客在河上游览,给他们指鳄鱼和离群的河马。我想他一定驯服了一匹河马，让它在适当的时候袭击他们的船，咬掉几块木头，然后他再用船桨来抵抗，船上的游客就会感到他们真的是来到了荒蛮之地。那个女孩在那里多久了没人知道，但看起来显然不是安妮，也就没必要去打听别人的私事了。如果我是那个年轻人，看到瑞斯在四处打听我的恋爱故事，肯定会一脚把他从岛上踢出去。

晚些时候。

我终于定下来明天去约翰内斯堡，瑞斯也敦促我这么做。我听说那边的情形已经每况愈下了，我必须在形势变得更严峻之前去，我觉得我可能会被某个罢工者击毙。布莱尔夫人准备和我一起去，但是在出发前的最后一分钟她又改变了主意，决定留在瀑布群这里。看来她是不想放松对瑞斯的监视。她今晚来找我，有些犹豫地说想请我帮个忙，问我是否可以帮她保管一些纪念品。

"不是那些动物木雕吧？"我警觉地问。我一直有种预感，那些可恶的木雕迟早会给我惹麻烦。

最后我们达成协议，我负责帮她看管两个小木箱子，里面装的都是易碎的重要物品。那些动物将由当地的一家商店打包成箱，通过火车运到开普敦，佩吉特会在那里找地方把它们存放起来。

来打包的人说这些动物个个形状怪异，很难装！还得专门为它们做箱子。我对布莱尔夫人说，等她把这些木雕运回家，估计每个都要花掉她一英镑！

佩吉特迫不及待地想去约翰内斯堡和我会合，而我则以布莱尔夫人的箱子为借口把他留在开普敦。我写信命令他务必确保收到了这些箱子，并且把它们存放在安全的地方，因为里面装的都是价值连城的古董。

所以一切都安排妥当了，我要带着佩蒂格鲁小姐一起进入危险地区了。见过佩蒂格鲁小姐的人都会承认这是个明智的决定。

第二十九章

约翰内斯堡,三月六日。

这里的形势有些不妙。用书里常用的、大家都熟悉的说法就是,我们正处在火山边缘。成群结队的罢工者,或者说所谓罢工者,在街上游行示威,他们怒视着周围的人,眼里充满杀机。我想他们是在寻找脑满肠肥的资本家,等待大屠杀开始时就下手。不能叫出租车,罢工者会把你拖出来。酒店也都给出友好的暗示,一旦上完了菜,他们就不对你负责了!

昨晚我和里夫斯见了面,他是我在基尔默登堡号上认识的工党朋友。他是目前我在这里见过的最恐惧的人了。他也和其他人一样,之前为了政治目的到处发表煽动性演讲,现在十分后悔。我见到他时,他正准备离开约翰内斯堡去开普敦。他准备在那里用荷兰语做一个长达三天的演讲,为自己的清白申辩,说明他原来讲过的那些东西其实有另外的意思。我庆幸我不是南非立法会的议员,国会已经够糟糕的了,但起码我们只用一种语言,对于演讲长度也有一些限制。离开开普敦之前我去过一次立法会,听了一位先生的演讲。他头发花白,长胡须,活像《爱丽丝漫游记》里面的老乌龟默克。他语调忧伤,一个字一个字地往外蹦,时不时地高喊一句口号,更像是让自己打起精神。喊口号时声音倒是嚓亮清晰,和演讲时形成鲜明对比。每当这时,有一半的观众会用荷兰语跟着应和,而另一半观众则从甜美的睡梦中惊醒。后来有人告诉我这位先生已经讲了至少三天了,南非人是不是都很有耐心啊?

为了让佩吉特一直待在开普敦,我生造出无穷无尽的工作,但是即便我想象力再丰富,到最后也黔驴技穷了。于是他明天就要来和我重逢,带着忠实家犬誓死也要守护在主人身边的精神。哦对,我的回忆录进展得不错!我杜撰了一些与罢工领袖之间充满智慧的对话。

今天早上有一个政府官员来见我,他彬彬有礼,理性机智,同时又有些神秘。他一上来就奉承我,强调我的地位之高及我的重要性,然后建议我离开,或者由他帮我离开,去比勒陀利亚。

"你觉得要出事了,对吧?"我问。

他回答了一堆空话,于是我知道他们肯定认为要出大事了。我对他说他的政府过于纵容事情的发展了。

"有这么一种说法,尤斯塔斯爵士,给一个人一根足够长的绳子,他迟早有一天会上吊自杀。"

"哦,的确,的确。"

"并不是那些罢工的人要闹事,他们背后有某个组织在支持,把武器和炸药运进来给他们。我们截获了一些文件,所以很清楚这些武器是通过什么渠道进来的。他们有一套常用的密码,土豆意味着'雷管',花椰菜是'步枪',其他蔬菜代表着各种炸药。"

"真有趣。"我说。

"还不止这些,尤斯塔斯爵士,我们有充分的理由认定,制造这场混乱,以及指挥所有行动的那个天才人物,此时此刻就在约翰内斯堡。"

他使劲儿地盯着我看,让我觉得他是在怀疑我就是那个人。这个念头把我吓出一身冷汗,开始后悔我竟然想来亲眼看看这次小小的动乱。

"现在从约翰内斯堡去比勒陀利亚的火车已经停运了,"他继续说道,"但是我可以安排专车送您过去。为了防止您在路上被拦截,我可以给您两个通行证,一个是联合政府颁发的,另一个能证明您是一位普通的英国游客,与联合政府毫无关系。"

"一个是给你们的人看的,另一个是给罢工的人看的,对吧?"

"没错。"

我对他这个提议不感兴趣,因为我知道一般而言会发生什么事。匆忙之中很容易把东西弄混,我会拿错通行证,最后要么被一个嗜血的暴徒击毙,要么被戴着圆顶礼帽、抽着烟斗、手臂下方夹着步枪,在大街上维持秩序和治安的人杀掉。再说了,我去比勒陀利亚做什么?参观政府大楼,听约翰内斯堡传过去的枪声吗?我很可能被困在那里很久。听说铁轨已经被炸毁了,两天前那里就戒严了,你连杯酒都喝不到。

"我亲爱的伙计,"我说,"看来你还不知道,我正在研究兰特的局势问题。如果去了比勒陀利亚,我可怎么研究啊?我很感激你为我的安全着想,但是别担心,我不会有事的。"

"我想提醒您，尤斯塔斯爵士，食物短缺问题已经很严重了。"

"少吃点有助于我保持体型。"我叹了口气说。

我们的谈话被一封电报打断了，我吃惊地读着电报。

"安妮安然无恙，和我一起在金佰利。苏珊娜·布莱尔。"

我一直都不相信安妮会彻底消失，这个姑娘身上有种特别的、不可摧毁的东西，就像是人们扔给猎犬的那种玩具球。她具备一种非凡的本领，总能绝处逢生，再次微笑着出现在你面前。我还是不明白她半夜走出酒店后怎么就到了金佰利，也没有火车啊。她肯定是戴上了两只天使的翅膀飞过去的。而且我估计她肯定不会解释，没有人向我解释任何事！我总要自己猜，时间一长我都失去兴趣了。我猜她消失的原因是新闻行业的什么紧急情况。"我是怎样战胜激流的"——特约记者报道。

我收起电报，打发走我的政府朋友。想到可能会忍饥挨饿，心里有些不爽，不过我并不担心人身安全，史末兹一定能对付这次暴动，但我可能要付很多钱才能喝上一杯酒！不知道佩吉特会不会聪明到给我带一瓶威士忌过来？

我戴上帽子出了门，准备去买些纪念品。约翰内斯堡的古玩店都很不错。我正站在一个挂满各种威风凛凛的兽皮毯的橱窗前欣赏时，一个男人从店里出来撞到了我，我惊奇地发现这人是瑞斯。

我无法欺骗自己说他见到我时很高兴。事实上，他看上去非常恼火，但我依旧坚持让他陪我一起走回酒店。我实在厌倦了身边只有佩蒂格鲁小姐一个人。

"我都不知道你也在约翰内斯堡。"我随意地聊着,"你什么时候到的?"

"昨天晚上。"

"那你住在哪里?"

"朋友那里。"

他不太想多聊,而且似乎被我问得有些尴尬。

"真希望还有人在养鸡,"我说,"我听说过不了多久,吃上鲜鸡蛋,偶尔杀只鸡开荤都会变得非常困难了。"

"哦对了,"走到酒店时,我问他,"你听说了吗?贝丁费尔德小姐还活得好好的呢。"

他点点头。

"她真把我们吓死了。"我轻松地说,"她那天晚上到底去哪儿了啊,我很想知道。"

"她一直在那个岛上。"

"哪个岛上?不是那个住着一个年轻男人的岛吧?"

"正是。"

"太不成体统了。"我说,"佩吉特知道了肯定会吓坏的,他一直不太喜欢安妮·贝丁费尔德。我猜那个年轻人就是她原本想去德班见的那个人吧?"

"我想不是。"

"你不想说的话就不用告诉我了。"我说,其实是在鼓励他说下去。

"我想那个年轻人正是我们都想抓到的小伙子。"

"不会是……"我兴奋地叫道。

他点点头。

"哈里·雷伯恩,也就是哈里·卢卡斯——这是他的真

217

名,你知道的。他又一次从我们眼前溜掉了,不过我们很快就会抓到他。"

"天哪,天哪。"我低声嘟囔。

"原来那女孩和整件事毫无关系,对于她来说只是……恋爱了。"

我一直觉得瑞斯爱上了安妮,他说最后几个字时的样子让我坚信了这一点。

"她去了贝拉。"他语速极快地补充道。

"是的。"我盯着他问,"你是怎么知道的?"

"她在布拉瓦约给我写了封信,告诉我说她要从那里回家。她只能这么做,可怜的孩子。"

"不知为何,我觉得她不在贝拉。"我沉思着说。

"她在信里说这就准备出发了。"

我很困惑。有人在撒谎。不过此时我没去深究,安妮很可能出于某种原因,写了封故意误导的信,而且忍不住因为打败了瑞斯而窃喜。他总是一副胸有成竹的样子。我从口袋里掏出那封电报递给他。

"这个你怎么解释?"我冷漠地问。

他似乎惊呆了。"她明明说她要去贝拉了啊。"语调都仿如梦呓。

我知道瑞斯很聪明,但在我看来,他是个笨男人。他好像从没想过女孩子有时会撒谎。

"金佰利?她们去那里干吗?"他嘟囔道。

"是啊,我也觉得奇怪,我还以为安妮小姐会在冲突最激烈的时候来这里,为《每日预算》写报道呢。"

"金佰利。"他又念了一遍,这个地名好像让他有些忧伤,"那边没什么可看的——矿都废弃了。"

"你知道女人的。"我含糊地说。

他摇摇头,走了。我给他看的东西显然需要他好好思考一下。

他刚刚离开,我的那个政府朋友又出现了。

"希望您能原谅我再次打扰您,尤斯塔斯爵士,"他抱歉地说,"但是我想问您一两个问题。"

"当然,我亲爱的伙计,"我兴高采烈地说,"问吧。"

"是关于您的秘书的……"

"我对他一无所知,"我马上说,"他在伦敦时自己找上我的,偷走了我的一些重要文件,为此我真该好好反省一下。然后在开普敦,他又像变戏法似的消失了。虽然我和他同时出现在瀑布群,但我住在酒店里,而他在一个岛上。我可以向你保证,我在那边时一次都没见过他。"

我停下来喘口气。

"您误解了,我说的是您的另一个秘书。"

"什么?佩吉特?"我吃惊地叫道,"他跟了我八年了,是个最可信的伙计。"

对方笑了。

"我们说的还不是一个人,我指的是那位女士。"

"佩蒂格鲁小姐?"我问。

"是的,有人看到她从阿格拉撒陀古董店里出来。"

"上帝保佑!"我打断他,"今天下午我也去了那里,你可能也看到我从里面走出来了!"

看来在约翰内斯堡,你无论做什么都会被怀疑。

"啊!但是有人看到她不止一次出入那里——还形迹可

疑。我可以私下告诉您，尤斯塔斯爵士，我们怀疑那家店是这次暴乱的背后主使，那个秘密组织的常用集会点。所以我才来向您请教关于这位女士的情况。您是在哪里、又是怎么找到她的？"

"她是我租来的，"我冷冷地说，"你们的政府租给我的。"

他完全崩溃了。

第三十章

（安妮的叙述继续）

1

我一到金佰利就给苏珊娜发了电报，她以最快的速度赶来找我，路上还不断发电报告知我她就要到了。我真的很吃惊，她竟这么喜欢我，我本来以为她对我感兴趣只是因为新鲜，可我们再见面时，她真的趴在我的肩头哭了起来。

等我们的情绪稍微有所恢复后，我坐在床上，把我的经历从头到尾给她讲了一遍。

我讲完后，她若有所思地说："你一直在怀疑瑞斯上校，而我是在你消失的那天晚上才开始怀疑他的。我很喜欢他，还曾认为他做你的丈夫很合适。哦，安妮，亲爱的，别生气啊，可你怎么知道你的这位小伙子讲的是实话呢？他说的每一句话你都信。"

"当然。"我不高兴地说。

"可是他到底是什么地方那么吸引你？我看不出他有什么特别之处，除了不修边幅的英俊长相，还有石器时代酋长般的调情方式。"

我大发雷霆，对苏珊娜说了很多难听的话。

最后我说："不要因为你婚姻美满，身体发福，就忘了还有浪漫爱情这回事儿。"

"哦,我没发福,安妮。我最近太为你担心了,肯定还瘦了一圈。"

"你看上去营养充足。"我冷冷地说,"我觉得你肯定胖了好几斤。"

"还有,我也不知道我的婚姻是否那么美满。"苏珊娜忧郁地继续说道,"我收到了几封克拉伦斯发来的可怕的电报,他命令我立刻回家。我没回他,如今我已经有两周没收到他的消息了。"

我并不为苏珊娜的婚姻问题担心,等时机到了,她自有办法和克拉伦斯和好如初。我把话题转到那些钻石上。

苏珊娜审视着我。

"我必须要解释一下,安妮。你看,我开始怀疑瑞斯上校之后,就特别担心那些钻石。我想继续留在瀑布群那边,以防万一他把你给绑架了,就关在附近。但是我不知道该怎么处理那些钻石,我有点儿害怕把它们带在身边……"

苏珊娜不安地四下张望了一下,像是怕隔墙有耳似的,然后在我耳边嘟囔了一阵。

"真是个好主意。"我赞同道,"在当时,这确实是个好主意。不过现在就有些尴尬了。尤斯塔斯爵士怎么处理那些箱子了?"

"大箱子都运到开普敦了。离开瀑布群之前我就收到了佩吉特的信,还附上了存放箱子的字据。他今天离开开普敦,去约翰内斯堡找尤斯塔斯爵士。"

"知道了。"我若有所思地说,"那些小箱子呢,在哪里?"

"我想尤斯塔斯爵士随身带着呢。"

我在脑子里把整件事想了一遍。

"好吧,"最后我说,"是有些尴尬,但足够安全。目前我们最好什么都不做。"

苏珊娜脸上带着一丝笑意,看着我。

"你不喜欢什么都不做吧,安妮?"

"不太喜欢。"我如实回答。

此时有件事我可以做,去拿一张时刻表,看看盖伊·佩吉特乘坐的火车什么时候经过金佰利。我发现那列火车会在明天下午五点四十分到站,六点钟再开出。我想尽快见到佩吉特,而这是个好机会。兰特的局势越来越紧张,可能以后很长时间内都不会再见到他。

那天唯一让人高兴的事是我收到了一封来自约翰内斯堡的电报,一封非常普通的电报。

"安全到达。一切顺利。埃里克在这儿,尤斯塔斯也在,但盖伊不在。你继续留在原地。安迪。"

2

埃里克是我们给瑞斯取的代号,我选它是因为这是我最不喜欢的名字。在见到佩吉特之前,我们没什么可做的了。苏珊娜给远在英国的克拉伦斯发去了一封长长的安抚电报。她确实十分想念他,以她自己的方式——当然与我和哈里的方式完全不同,但她真的很爱克拉伦斯。

"我真希望他在这里,安妮。"她哽咽着说,"我已经好久没有见到他了。"

"擦点儿面霜吧。"我安慰她说。

苏珊娜在她那迷人的鼻头上擦了一点。

"再过不久我的面霜就用完了,"她说,"而这种面霜只有在巴黎才买得到。"她叹了口气,"巴黎!"

"苏珊娜,"我说,"南非之行和这次探险很快就会结束的。"

"我想要一顶好帽子。"她期待地说,"明天要我跟你一起去见盖伊·佩吉特吗?"

"我自己比较好,咱们俩都去他会更害羞的,可能会说不出话。"

所以第二天下午,当苏珊娜身边放着果篮,手拿一本书躺在床上享受时,我却站在酒店门口,跟一把撑不开的遮阳伞搏斗。

酒店门童说今天的火车运行良好,基本会准点到。不过他十分怀疑这辆火车是否能畅通无阻地到达约翰内斯堡。他严肃地对我说车轨已经被炸毁了。听起来真令人高兴!

火车晚了五分钟进站。所有人都挤着从车上下来,兴奋地在站台上踱步。我毫不费力就认出了佩吉特,急忙上前和他打招呼。看到我时他像往常一样又惊讶又紧张——但这次似乎比以往更强烈。

"天哪,贝丁费尔德小姐,我听说你失踪了。"

"我又出现了。"我冷静地说,"你好吗,佩吉特先生?"

"很好,谢谢……正要去找尤斯塔斯爵士继续我的工作。"

"佩吉特先生,"我说,"我有件事情想问你。你的回答对我来说非常重要,重要到甚至超乎你的想象,我希望你不要生气。我想知道一月八号那天你在马洛干什么?"

他大惊失色。

"哦,贝丁费尔德小姐……我……需要……"

"你确实在那里,对吧?"

"我……由于一些私人原因,我在那附近,是的。"

"可以告诉我是什么原因吗?"

"尤斯塔斯爵士没有告诉过你吗?"

"尤斯塔斯爵士?他知道吗?"

"我觉得他应该知道。我希望他没认出我来,但从他的那些暗示、说的那些话来看,恐怕他认出我来了。不管怎样,我曾经想把事情解释清楚,并且辞职。但他是个很特别的人,贝丁费尔德小姐,拥有不同于常人的幽默感,看我焦躁不安似乎让他很开心。我敢说,他一直十分清楚事情的真相,也许他好几年前就知道了。"

我真希望我能立刻明白佩吉特的话是什么意思。

他又开口了,口若悬河。

"想让尤斯塔斯爵士这样有地位的人站在我的立场上来理解我确实很难。我知道是我错了,但那只是一个没有恶意的谎言。我觉得如果他能开诚布公地把这件事说出来,而不是暗地里取笑我,会更有风度一些。"

哨声响起,人们开始往列车涌去。

"是的,佩吉特先生,"我打断他,"我特别同意你刚才说的关于尤斯塔斯爵士的话。但是你究竟为什么去马洛?"

"我错了,但是在当时的情况下,我会那么做也很自然——是的,我现在依旧认为在当时的情况下,那么做很自然。"

"在什么情况下?"我绝望地高声问道。

这时,佩吉特好像才刚刚意识到我在问他问题,他的思绪终于从尤斯塔斯爵士的特别之处以及自我辩护上慢慢转到我身上。

"对不起,贝丁费尔德小姐,"他呆呆地说,"但我看不出这件事和您有什么关系。"

他已经回到了火车上,弯下身子对我说话。我十分绝望,对这种人你能有什么办法呢?

"当然，如果这是件如此可怕，让你感到羞于启齿的事……"我故意这么说。

这话终于戳到了他的痛处，佩吉特挺直了身子，红了脸。

"可怕？羞耻？我不知道你在说什么。"

"那么就告诉我。"

他用三句简短的话告诉了我事实。我终于知道了佩吉特的秘密！完全出乎我的预料。

我慢慢地走回酒店，有给我的一封电报。我撕开电报，上面是给我的指令，要我立刻前往约翰内斯堡，准确地说是去约翰内斯堡那边的一个车站，会有辆汽车在那里接我。下面的署名不是安迪，而是哈里。

我找到一把椅子坐下来，陷入沉思。

第三十一章

（尤斯塔斯·佩德勒爵士的日记摘录）

三月七日，约翰内斯堡。

佩吉特到了。当然了，他惊恐万状，立即建议我们离开这里去比勒陀利亚。当我和善却坚定地告诉他我们要待在此地时，他又走向另一个极端，后悔没把自己的枪带来，并且开始兴奋地大谈第一次世界大战时他曾守卫过一座桥，在小普帝克姆之类的什么地方的一座铁路桥。

我马上打断他，吩咐他去把那台大打字机拿出来。我以为这会让他忙一阵子，因为那台打字机肯定有问题——它一直有问题——他可能需要把它送到什么地方去修一修。但是我忘了佩吉特具备总能正确地处理好所有事情的能力。

"我把所有的箱子都打开了，尤斯塔斯爵士。打字机一切正常。"

"所有的箱子……你什么意思？"

"还有那两个小箱子啊。"

"我真希望你不要总这么多管闲事，佩吉特，那两个小箱子跟你没关系，是布莱尔夫人的。"

佩吉特变得垂头丧气，他讨厌犯错。

"那么你就再把它们装好吧。"我接着说，"完事以后你可以出去走走，到处看看。约翰内斯堡明天可能就会变成一堆冒着烟的废墟，这是你最后的机会。"

我想这样总能打发他一上午吧。

"等您有空时，我想跟您说点事，尤斯塔斯爵士。"

"我现在没空，"我赶紧说，"我目前一点儿空都没有。"

佩吉特退了出去。

"哦对了，"我冲他喊道，"布莱尔夫人的箱子里都装了些什么东西啊？"

"一些皮毛毯子，几件皮草，还有……还有一顶帽子，我想是的。"

"是的，"我附和道，"她在火车上买的。那种帽子——你没认出来那是帽子也没什么奇怪的，我敢说她去阿斯科特赛马会时会戴。还有什么？"

"还有几卷胶卷，一些篮子……很多篮子……"

"可以想象。"我说，"布莱尔夫人是那种不管买什么都要起码买一打的人。"

"我想就这些了，尤斯塔斯爵士。还有一些零七八碎的东西，面纱和几双手套之类的。"

"如果你不是个白痴，佩吉特，你应该一眼就看出这不可能是我的东西。"

"我以为是佩蒂格鲁小姐的。"

"啊，你这么一提醒我想起来了——你给我挑了一个可疑的人做秘书是什么意思？"

我对他讲了我被询问的事，但话一出口就立刻后悔了，我看到他眼中闪过一种神采，我非常熟悉的神采。我急忙转换话题，但已经太晚了，佩吉特已经做好准备和我理论了。

接着他又给我讲了一件发生在基尔默登堡号上的、毫无意义的事，无聊至极。和一卷胶卷和一个打赌玩笑有关。半夜三更，一个服务生把一卷胶卷从通风口扔进了一间客舱。我对佩吉特说我不喜欢恶作剧，而他又从头到尾把这件事讲了一遍。他真的太不会讲故事了，我用了很长时间才弄明白。

再见到他时是午饭时间。他一脸兴奋地走进来，像只闻到猎物味道的侦探犬。我一向不喜欢侦探犬。原来是因为他看到了雷伯恩。

"什么？"我惊讶地叫了起来。

是的，他认出过马路的行人中有一个是雷伯恩，于是就跟踪了他。

"您猜我看见他碰到并跟谁讲话了？佩蒂格鲁小姐！"

"什么？"

"是的，尤斯塔斯爵士，还没完呢。我去稍微打听了一下有关她的事——"

"先等一下，雷伯恩呢？"

"他和佩蒂格鲁小姐进了一家古董店……"

我不由自主地叹了口气，佩吉特停下来，不解地看着我。

"没什么，"我说，"继续。"

"我在外面等了很久，但他们都没出来。最后我进去了，尤斯塔斯爵士，商店里没人！一定有另一个出口。"

我直勾勾地盯着他。

"然后正如我刚才所说，我回到酒店，询问了一下佩蒂格鲁小姐的情况。"佩吉特压低声音,再次像他每次准备说出什么机密时那样喘着粗气,"尤斯塔斯爵士,昨天夜里有人看到一个男人从她的房间里出来。"

我挑起眉毛。

"我还一直把她当作一位令人尊敬的淑女呢。"我嘟囔道。

佩吉特没在意,接着往下说:"我当即就上楼去搜查了她的房间,您猜我发现了什么?"

我摇摇头。

"这个!"

佩吉特拿出一个安全剃须刀和一块剃须皂。

"一个女人怎么会需要这些东西?"

我觉得佩吉特可能从没读过上流社会的女性杂志。但我读过。我不准备和他争论,但并不认同只凭一个剃须刀就质疑佩蒂格鲁小姐的性别。可怜的佩吉特远远地落后于时代,此时他如果再拿出一包香烟来当作证据,我都不会感到惊奇。不过就连佩吉特也有他的局限性。

"您不相信我的判断,尤斯塔斯爵士,那您对此怎么解释?"

他手里拿着一团东西,得意地在空中晃悠着。我看了看,恶心地说:"看着像头发。"

"就是头发,我想这就是人们所说的假发。"

"是的。"我说。

"现在您相信佩蒂格鲁其实是男扮女装了吧?"

"是的,我亲爱的佩吉特,我想我信了。其实我早就怀疑她了,因为她的脚。"

"反正就是这样。现在,尤斯塔斯爵士,我想跟您说说我的私事。从您的暗示以及不断提及我在佛罗伦萨那段时间的举动，我相信您已经发现了。"

佩吉特在佛罗伦萨的秘密终于要揭晓了！

"那就说清楚吧，我亲爱的伙计，"我慈祥地说，"这样最好。"

"谢谢您，尤斯塔斯爵士。"

"是不是她丈夫？讨厌的家伙，那些丈夫们，总是在你最不想见到他们的时候出现在你面前。"

"我听不懂您在说什么，尤斯塔斯爵士，谁的丈夫？"

"那位女士的丈夫。"

"哪位女士？"

"上帝保佑，佩吉特，你在佛罗伦萨碰到的女士啊。肯定是和一位女士有关吧。你可别告诉我你只是抢劫了一座教堂，或是刺杀了某个你看不顺眼的意大利人。"

"我真的听不懂您在说什么，尤斯塔斯爵士，我想您是在开玩笑吧。"

"我确实是个爱开玩笑的人，特别是面对麻烦时。不过我可以向你保证，现在我没有开玩笑。"

"我希望您没有认出我，因为当时我离您很远，尤斯塔斯爵士。"

"认出你？在哪里？"

"在马洛，尤斯塔斯爵士。"

"在马洛？你去马洛干什么？"

"我以为您知道——"

"我现在知道得越来越少了。你从头开始讲吧，你去了佛罗伦萨——"

"这么说您并不知道……也没有认出我来！"

"根据我的判断，你好像毫无必要地把自己暴露了——因为良知而成了一个懦夫。但是我要听听事情的全部过程才能有更好的判断。现在，深吸一口气，从头讲起。你去了佛罗伦萨——"

"我没有去佛罗伦萨，就是这样的。"

"呃，那么你去哪儿了？"

"我回家了——回马洛了。"

"见鬼，你到底为什么去马洛？"

"我想见见我太太，她身体不太好，还怀孕了——"

"你太太？我都不知道你已经结婚了！"

"是的，尤斯塔斯爵士，这正是我要告诉您的，我在这件事情上欺骗了您。"

"你结婚多久了？"

"八年多。我刚给您做秘书时才结婚六个月。我不想失去这份工作，可一个住家秘书不应该有太太，所以我就隐瞒了这个事实。"

"你真要把我吓死了。"我说，"这么多年她都住在哪里？"

"大概五年前，我们在马洛的河边买了一所小房子，离米尔庄园很近。"

"上帝保佑，"我喃喃地说，"有孩子吗？"

"有四个孩子，尤斯塔斯爵士。"

我呆呆地看着他。我一直坚信佩吉特是个容不得愧疚和秘密的人，他的诚实和高尚总给我带来麻烦。不过这种秘密倒是像他会有的：一个妻子和四个孩子。

"你跟任何人说过这些吗?"我好奇地盯着他看了好久,最后问了这个问题。

"只和贝丁费尔德小姐说过。她去了金佰利火车站。"

我依旧盯着他,这让他有些不自在。

"尤斯塔斯爵士,您没有太生气吧?"

"我亲爱的伙计,"我说,"我不介意明确地告诉你,你把事情全搞砸了!"

我怒气冲冲地出去了。经过街角的那家古董店时,我突然一时冲动,走了进去。店主搓着手迎上来。

"您需要些什么?皮草还是古董?"

"我想要一些不寻常的东西。"我说,"为一个特殊场合,能给我看看你都有些什么吗?"

"跟我到里面的房间好吗?我们有不少特别的东西。"

我在这里犯了一个错误。我以为我很聪明,就跟着他走进了摇晃着的门帘。

第三十二章

(安妮的叙述继续)

我和苏珊娜发生了大麻烦。她和我争吵,恳求我,甚至还哭了起来,劝说我不要实施我的计划。但我还是打算按照自己的计划去做。她答应按我的要求来回复那封信,并到火车站去送了我,分别时泪流满面。

第二天一大早,我抵达指定地点,见到了一个过去从没见过的、留着黑胡须的矮个子荷兰人。他开来一辆车接我。途中我听到一声奇怪的声音,我问他那是什么,他简单地回答说"枪声"。这么说,约翰内斯堡已经打起来了!

我估计我们的目的地是郊外的某个地方。一路上左转右转、绕来绕去,才终于抵达,枪声越来越近。我感到很兴奋。最后我们在一栋看上去摇摇欲坠的建筑物前停了下来。一个当地男孩开了门,我的向导示意我进去。我踌躇不安地站在阴暗肮脏的方形大厅里,男人走到里面,推开了一扇门。

"这位年轻的女士要见哈里·雷伯恩先生。"他说,并大笑起来。

随后我走进了房间。房间里只摆了几件家具,弥漫着廉价烟草的味道。一个男人坐在桌子后面正写着什么。他抬起头,挑起眉毛。

"天哪,"他说,"原来是贝丁费尔德小姐!"

"我肯定是眼花了,"我抱歉地说,"您是奇切斯特先生,还是佩蒂格鲁小姐?您看上去和他们两个都很像。"

"现在两个都不是。我既没穿衬裙,也没穿教士衣服。为什么不坐下来呢?"

我镇静地坐下。

"看来,我来错地方了。"我说。

"从你的角度来看,恐怕是的。天哪,贝丁费尔德小姐,这是你第二次落入骗局!"

"我实在是太傻了。"我老实地承认。

我的态度好像让他感到迷惑不解。

"你似乎并不为此感到难过。"他干巴巴地说。

"此时如果我奋力抵抗,会有用吗?"

"当然不会。"

"我的姑婆简总是说,一个真正的淑女不管遇到什么事都不会惶恐不安或大惊失色。"我像在喃喃自语,"我要争取达到她的标准。"

奇切斯特-佩蒂格鲁先生的想法清楚地写在了脸上,于是我赶忙加快了语速。

"你真是个化装高手,"我大方地称赞道,"扮成佩蒂格鲁小姐时我一点儿都没认出来——即便当你看到我在开普敦赶上了火车时吃惊得把铅笔都弄断了,我都没起疑心。"

他此刻正拿着铅笔在桌子上轻轻地敲着。

"很好,不过我们必须来谈谈正事了。或许,贝丁费尔德小姐,你能猜到我们为什么要劳您大驾光临?"

"不好意思,"我说,"但我只跟管事的谈。"

我从一份贷款宣传页上读到过这句话,当时就觉得很好笑。它显然对奇切斯特－佩蒂格鲁先生起到了毁灭性的作用。他张了张嘴又闭上。我微笑地看着他。

"这是我姑姥爷乔治的座右铭。"我想了想,又接着说,"就是简姑婆的丈夫。他是做铜床把手的。"

我怀疑奇切斯特－佩蒂格鲁从来没有如此难堪过,他很不爽。

"我觉得你最好放聪明点,不要用这种口气跟我说话,小姑娘。"

我没有回答,只是打了个哈欠——小小的哈欠,以表示我感到非常无趣。

"搞什么鬼——"他大声说。

我打断他道:"我可以向你保证,对我大声嚷嚷没什么用处,只是浪费时间。我无意和小喽啰在这里啰唆,你还是直接带我去见尤斯塔斯·佩德勒爵士吧,这样可以省去很多时间和烦恼。"

"去见……"

他目瞪口呆。

"是的,"我说,"去见尤斯塔斯·佩德勒爵士。"

"我……我……失陪……"

他像兔子一样从房间里窜了出去。我趁此空当打开手提袋,往鼻子上扑了点儿粉,又整理了一下帽子,让自己看起来更可爱。然后我就耐心地坐在那里,等待敌人回来。

他回来时的样子表明他似乎挨了顿骂。

"请您跟我过来,贝丁费尔德小姐。"

我跟随他上了楼。他敲了敲一扇房门,里面迅速传出一声"进来"。他推开门,示意我进去。

尤斯塔斯·佩德勒爵士立刻冲过来跟我打招呼，脸上带着真诚的微笑。

"哎呀，哎呀，安妮小姐。"他热情地握着我的手，"很高兴见到你，进来坐吧。一路过来不觉得累吧？很好。"

他面对我坐下来，仍然开心地笑着。我一时不知道该说什么，他的举止简直太自然了。

"你坚持让他们带你来直接见我这很明智。"他说，"明克斯是个傻瓜。他是个好演员，却是个傻瓜。你刚才在楼下见到的就是明克斯。"

"哦，是吗？"我小声说。

"现在，"尤斯塔斯爵士愉快地说，"我们来谈点正事。你知道我是'上校'有多久了？"

"从佩吉特告诉我他看到您在马洛时。而您当时应该在戛纳。"

尤斯塔斯爵士沮丧地点点头。

"是的，我对那笨蛋说了，他把事情全搞砸了。当然，他并不明白是怎么回事，他一心只想着我是否认出了他，丝毫没想过我去那里干什么。真是运气不好，我已经做了精心的安排，让他去佛罗伦萨，又告诉酒店我要去尼斯待一两个晚上。然后，等到凶杀案被发现时，我已经又回到戛纳了，没人会怀疑我曾离开里维埃拉。"

他的神态还是那么自然，一丝异样都没有。我不得不掐了掐自己，提醒自己这一幕是真的——我面前的这个人就是那个深藏不露的罪犯"上校"。我理了理思绪。

"那么，在基尔默登堡号上企图把我扔下船的是您了？"我慢慢地说，"佩吉特是跟踪着您到甲板上去的？"

他耸了耸肩。

"我向你道歉,亲爱的孩子,真的很抱歉。我一直都很喜欢你的,但你严重地妨碍了我。我不能让一个黄毛丫头把我的整个计划破坏了。"

"我觉得您在瀑布群的计划是最聪明的,"我说,努力用一种超然的态度来看待这件事,"我会对任何人发誓说我出去的时候您还在酒店里。看来以后我要亲眼确认。"

"是的,明克斯成功地扮演了佩蒂格鲁小姐,除此之外,他还能惟妙惟肖地模仿我的声音。"

"我想请教您一件事。"

"什么呢?"

"您是怎么让佩吉特找到她的?"

"哦,这个很简单。不管他去商务处、矿务处,还是任何其他地方,都会在门口碰到佩蒂格鲁小姐——告诉他我已经打电话去催问过这件事,而政府当局安排了她。佩吉特只能乖乖接受。"

"您很坦率。"我说,观察着他。

"我没有理由不坦率啊。"

我不喜欢他说话的腔调,脑子里迅速地想着他这么说的原因。

"您认为这次暴乱会成功?那还真是没给自己留后路啊。"

"你本来是个挺聪明的姑娘,这么说就不太聪明了。不,我亲爱的孩子,我不相信这场暴动能成功,我觉得它还会再撑一两天,然后就会结束。"

"这么说,您并非幕后主使了?"我故意刺激他。

"你和其他女人一样,根本就不懂生意。我只负责给他们提供枪支弹药——以极高的价格——煽动民众情绪,以及极力陷害一些人。我已经履行了合约，还特别小心地要求预先付款。整件事我都特别谨慎，因为这将是我退出江湖前的最后一笔生意。你说我没给自己留后路，我实在不明白这是什么意思，我又不是反动头目之类的什么人，我只是一位有身份有地位的英国游客，不小心走进了某家古董店，看到了不应该看到的东西，所以这个可怜的家伙被绑架了。明天或者后天，等时机成熟，就会有人发现我，又惊又饿，非常可怜。"

"啊！"我慢慢地说，"那您打算把我怎么办？"

"正是啊，"尤斯塔斯爵士温柔地说，"怎么办呢？我把你带到这里来——我不想动粗，你是自愿过来的。但问题是我现在该拿你怎么办？最简单的处置你的方式——容我加一句，也是我最喜欢的办法——就是我们结婚。妻子不能指控丈夫，你知道的，而我很想有个年轻漂亮的太太，握着我的手，用水汪汪的大眼睛望着我——别那么瞪我！你都把我吓着了。看出来了，你不喜欢这个计划？"

"很不喜欢。"

尤斯塔斯爵士叹了口气。

"遗憾！我并不是什么坏人哪。我猜是常见的问题，你另有所爱，就像书中描写的那样。"

"我的确另有所爱。"

"我想了很多，一开始我以为是那个长腿翘臀的瑞斯，但我估计应该是那天夜里，在瀑布群把你勾引出去的那个年轻英雄。女人都没品位，这两位谁都没有我这样的智慧。我是一个特别容易被低估的人。"

我想他说得对，尽管我很清楚他是个什么样的人，而且非常肯定，但我还是无法承认。他曾经不止一次想要谋害我，也确实杀了一个女人,他还是无数我所不知的罪行的罪魁祸首。然而在我内心里,他好像还是那个好玩的、亲切的旅伴。我甚至不觉得害怕他——可我又非常清楚,如果他觉得有必要,就完全有可能残忍地把我干掉。我能想到的唯一相似的人就是史蒂文森笔下的约翰·西尔弗①,他肯定是那种人。

"好了、好了,"这个与众不同的人靠在椅背上,说,"很遗憾,你对做佩德勒夫人这个提议不感兴趣,其他的办法就比较粗俗了。"

我感到后背一阵发凉。我自然知道这是一次冒险,但值得。事情会像我想的那样发展吗,还是不会?

"现在的情况是,"尤斯塔斯爵士继续说道,"我看到你就会心软,所以不想做得太极端。不如你把整个经过给我讲一遍,从头开始,我们再来看看该怎么办。但是别编故事,记住——我要听的是真实情况。"

我不准备自作聪明,因为我对尤斯塔斯爵士的智慧有足够的认识。是把真实情况讲出来的时候了,所有的真实情况,而且只讲真实的。我把整个经过都给他讲了,毫无保留,一直讲到哈里救了我。等我讲完,他会意地点点头。

"聪明的姑娘,你确实坦率。告诉你吧,哪怕你撒一个小谎,我也会马上识破。很多人可能都不相信你说的,尤其是开头那部分,随便吧,但是我相信。你就是那种女孩子——做事全凭一时兴起,没什么明确的动机。当然了,你很幸运,不过业余的迟早都要败给专业的,结果已成定局。我正是那个专业的。我很年轻时就开始从事这门生意了,综合各方面,我认为这是一条迅速

---

①罗伯特·史蒂文森的科幻小说《金银岛》(Treasure Island)里的人物。

致富的好途径，而且很适合我。我总是能把事情想明白，然后设计出完美的计划——但我从不贸然自己动手来实施这些计划。我聘用专业人士，这是我的办事箴言。只有一次我没有遵守这个原则，为此后悔不已——但我想没有任何人能帮我搞定那件事。纳迪娜知道得太多了。我是个很随和的人，善良，好脾气，只要你别跟我过不去就行。纳迪娜不仅干扰了我，还威胁我，而且是在我的事业顶峰期。只有她死了，那些钻石到了我的手中，我才算安全。现在我可以肯定地说，这次我搞砸了。那个白痴佩吉特，还有他的妻子和孩子！都是我的错，我当时是幽默感作祟才聘用了他，因为他那仿如十六世纪意大利罪犯的面孔和维多利亚时代的灵魂。给你个忠告，我亲爱的安妮，别太纵容你的幽默感。几年来，我一直有种直觉，应该把佩吉特辞退，但这家伙工作如此勤勉尽责，我实在找不到开除他的理由，所以就由他去了。

"我们好像偏离话题了，问题是该拿你怎么办。你刚才的叙述非常清楚，但仍有一件事我没搞懂。那些钻石目前在哪里？"

"哈里·雷伯恩拿着。"我说，盯着他看。

他的脸色没有变化，依然带着讽刺的微笑。

"哦，我想要那些钻石。"

"我不认为你有机会拿到。"我回应道。

"是吗？我有。我不想做得太难堪，但是我想让你想象一下。如果在这座城市的这片地带发现了一个女孩的尸体，人们绝对不会感到惊奇。楼下有个人，这种事情干得很漂亮。你是个理智的姑娘，我现在给你个提议：你坐下来，给哈里·雷伯恩写封信，让他带着那些钻石到这里来找你——"

"我不会做这种事的。"

"不要打断长辈的话。我是想跟你做笔交易，用钻石来换你的命。别想耍花招,你的命运完全在我手里。"

"那哈里呢?"

"我实在不忍心拆散两个年轻的恋人,他也会得到自由——当然,条件是你们两个永远都不再干涉我。"

"我凭什么相信你会遵守承诺?"

"什么保证都没有,我亲爱的姑娘。你只能相信我,抱着最大的期望。当然了,如果你想逞英雄,不顾杀身之祸,那就是另一回事了。"

这正是我所期望的结果。我小心地控制着自己,没有马上接受他的诱饵,而是表现出是在他的威逼利诱下渐渐屈服。我按照尤斯塔斯爵士的口授写道:

亲爱的哈里:

我想我发现了一个绝对可以替你洗清罪名的机会,请严格按照我说的做。到阿格拉撒陀古董店去,说你要"为一个特殊场合"买一件"不同寻常的东西"。那里的人会叫你"到后面的小屋去",你跟他进去。那里会有一个信差带你来找我。一定要按照他告诉你的去做,一定要带上那些钻石。别告诉任何人。

尤斯塔斯爵士说完了。

"至于落款,你自己发挥吧。"他说,"但是小心,别耍花招。"

"'你永远永远的安妮'就可以了。"我说。

我写下这几个字。尤斯塔斯爵士伸手拿走了信,读了一遍。

"看上去不错。现在写上地址。"

我给了他地址，那一处帮人收发信件的小商店。

他摇了一下桌子上的铃铛，奇切斯特－佩蒂格鲁，也就是明克斯，进来了。

"马上把这封信发出去，走一般通道。"

"好的，上校。"

他看了看信封上的名字，尤斯塔斯爵士仔细地观察着他。

"我想，他是你的一个朋友？"

"我的？"他似乎吓了一跳。

"你昨天在约翰内斯堡和他有过一次长谈。"

"有个人来问我您的行踪，以及瑞斯上校那伙人的行踪。我给了他一些误导信息。"

"太好了，我亲爱的伙计，太好了。"尤斯塔斯爵士诚恳地说，"是我弄错了。"

奇切斯特－佩蒂格鲁离开房间前我偷偷地看了他一眼，他连嘴唇都是白的，好像被吓得半死。他刚一出去，尤斯塔斯爵士就拿起手边的对讲机，说："是你吗，施瓦特？盯着明克斯，没有我的命令他不能离开这栋房子。"

他放下对讲机，眉头紧锁，用手轻轻地敲打着桌子。

"我能问您几个问题吗，尤斯塔斯爵士？"我等了一两分钟之后说。

"当然。你可真坚强，安妮！你还能正常地思考，而大多数女孩子这个时候早就绞着手绢哭了。"

"您为什么要聘用哈里当您的秘书，而不是把他交给警方？"

"我想得到那些该死的钻石。纳迪娜，这个小恶魔，竟然拿你的哈里来要挟我。她威胁我说，如果我不给她合适的价格，她就要把那些钻石卖给哈里。这是我犯的另一个错误——我以为她那天会把钻石带在身上，但是她太聪明了，没有这么做。卡顿，她丈夫，也死了，所以钻石藏在哪里我一点儿线索都没有了。后来我想办法拿到了那封发给纳迪娜的电报的复印件，是从基尔默登堡号上发来的，不是卡顿就是雷伯恩，我不知道是谁发的。就是你捡到的那张纸条的复印件，上面写着'17122'。我估计这是一次和雷伯恩的约见信息，看他那么迫不及待地要登上基尔默登堡号，我知道我的估计是对的。所以，我假装相信了他的说辞，让他上了船。我密切地注视着他，希望能找到一些线索。然后我发现明克斯想独自行动，这干扰到了我。我立即制止了他，他马上屈服了。没有拿到十七号客舱令我很烦躁，而更令我担心的是，我搞不懂你的来路。你看起来是个天真无邪的姑娘，但确实如此吗？雷伯恩那天晚上去赴约时，我吩咐明克斯去跟踪。当然，明克斯失败了。"

"但为什么电报上写的是'71'而不是'17'？"

"这一点我已经想明白了。卡顿肯定是把他自己写的便笺交给了发报工作人员，让他按照上面的内容发，而工作人员没看懂，他和我们犯了同样的错误，把'17.1.22'读成了'1.71.22'。我不明白的是为什么明克斯也去抢十七号客舱，也许是出于一种直觉吧。"

"给史末兹将军的那份文件呢？那是谁的主意？"

"我亲爱的安妮，你该不会觉得我会那么轻易地透露我的计划，还不加任何防范措施吧？我聘用了一个在逃的杀人犯来当秘书，当然是马上就把那些文件换成白纸了。没有人会怀疑可怜的老佩德勒。"

"那么瑞斯上校呢？"

"哦，那是个难办的家伙。佩吉特告诉我他是特工机关的人时，我感到浑身不自在。我记起来大战时期他就在巴黎监视过纳迪娜，我怀疑他这次来是想监视我！我不喜欢他总是黏着我。他是那种体格强壮、沉默寡言的人，总是暗藏阴谋。"

一声铃响，尤斯塔斯爵士拿起听筒听了一两分钟，然后回答说："很好，我现在就去见他。"

"生意上的事。"他说，"安妮小姐，我带你去你的房间。"

他把我带到一间很小很破的房间里，一个黑人男孩把我的小行李箱拿了进来。尤斯塔斯爵士告诉我如果有什么需要尽管说，就出去了，俨然一个好客的男主人。洗手池上面放着一罐热水，我打开箱子，想取几件必需品，却发现盥洗用具袋的形状很奇怪，像是装了什么硬东西。我解开袋子看了看。

我怎么也没想到，里面竟有一支手柄上镶着珍珠的小左轮手枪。从金佰利离开时箱子里可没有这东西。我小心翼翼地检查了一番，发现子弹已经装好了。

我摆弄着它，心里充满喜悦，这东西在这里刚好能派上用场。但是现代服装很难携带武器。最后我小心地把它塞在了连裤袜里，很突兀地鼓起一块，而且我觉得它随时都有可能走火，射中我的腿，但这是唯一能藏手枪的地方了。

第三十三章

一直到当天下午我才又被叫去见尤斯塔斯爵士。十一点的早茶和丰盛的午餐都是送到我房间里来的，我感觉此时的我可以应对任何难关。

尤斯塔斯爵士独自在房间里。他来回走动着，眼里的兴奋光芒和举止间的躁动都没能逃过我的眼睛。他正因某事而狂喜，对我的态度也有了微妙的变化。

"我有个消息告诉你。你的年轻人已经出发来这里了，几分钟后就到。先别激动，我还有事要说。今天上午你企图欺骗我，我已经警告过你放聪明点，讲实情，你只做到了一部分，然后又偏离了事实。你想让我相信那些钻石在哈里·雷伯恩手上。我接受了你的说法，但只是因为这么做有助于我的计划——我要让你诱惑哈里·雷伯恩来这里。但是，我亲爱的安妮，离开瀑布群后那些钻石就一直在我这里，尽管我昨天才发现。"

"你知道了！"我吃惊地叫道。

"告诉你吧，其实是佩吉特无意中发现的。他执意要讲一个又长又无聊的故事，是关于一次打赌和一卷胶卷的故事。我马上就毫不费力地找到了答案——布莱尔夫人不信任瑞斯上校，她烦躁不安，恳求我帮她保管她的纪念品。结果好人佩吉特自作多情地把那些箱子都打开了。我只需在离开酒店之前把那里面的胶卷都放进我的口袋就行了。它们就在那里,我还没时间来仔细研究,但是我已经发觉其中一卷的重量与其他的完全不同,里面还有东西在晃动,而且显然用强力胶封住了,需要用开罐器才能打开。事情看起来很清楚,不是吗?现在,你看,你们俩都乖乖地钻进了我的圈套……很遗憾,你不愿意接受做佩德勒夫人这个提议。"

我没有说话,站在那里看着他。

楼梯上传来脚步声,门被推开,哈里·雷伯恩被两个男人带了进来。尤斯塔斯爵士得意地看了我一眼。

"按照计划,"他轻声说道,"你们这些业余选手该和专业人士进行最后的较量了。"

"什么意思?"哈里粗声喊道。

"意思是你已经进了我的地盘——蜘蛛对苍蝇说。"尤斯塔斯爵士又补充了一句,"我亲爱的雷伯恩,你真是太不走运了。"

"你说这里是安全的,安妮。"

"别怪她,我亲爱的伙计。那封信是在我的授意下写的,这位女士也是被逼无奈。她如果够聪明的话,其实可以不写那封信,但我当时没告诉她。你按照她的指示去了古董店,走过后面房间的秘密通道——然后就发现自己陷入敌人手中!"

哈里看了我一眼,我明白他的意思,便往尤斯塔斯爵士身边凑了凑。

"是的,"后者继续说道,"毫无疑问,你就是太不走运了!这是我们……让我想想,第三次会面。"

"是的,"哈里说,"这次是第三次会面,前两次你把我害得很惨。你难道没听说过第三次运气是会变的吗?这次轮到我走运了——拿下他,安妮。"

我早就准备好了,闪电般地从袜子里抽出手枪,顶在尤斯塔斯爵士头上。那两个守着哈里的人想跳过来,但哈里开口制止了他们。

"再走一步,他必死无疑!如果他们再往前走,安妮,就扣动扳机,不要犹豫。"

"我不会犹豫的。"我愉快地回答,"不过我害怕弄不好下意识地扣了扳机。"

尤斯塔斯爵士应该和我一样害怕,他抖个不停。

"站在那儿别动。"他命令道,那两个男人便顺从地站住了。

"让他们俩离开。"哈里说。

尤斯塔斯爵士下了命令,两个男人退了出去,哈里随后插上了门闩。

"现在我们可以来谈谈了。"他冷静地说,走过房间,从我手里拿过手枪。

尤斯塔斯爵士放松地出了口气,用手帕擦了擦额头。

"我被你们吓坏了,"他说,"我想我大概是心脏不太好。很高兴现在手枪回到行家手里了,我真的不是很信任安妮小姐。好吧,年轻的朋友,正如你所说,现在我们可以来谈谈了。我承认,你的偷袭成功了,真不知道那把该死的手枪是从哪儿来的。她刚到时,我让人搜查过她的行李。你一直把它藏在哪里?一分钟前还不在你身上吧?"

"在,"我回答说,"在我的袜子里。"

"我对女人太不了解了,我应该再多了解一些。"尤斯塔斯爵士悲伤地说,"不知道佩吉特是否知道这些?"

哈里猛地拍了一下桌子。

"别装傻了。如果不是看在你白发苍苍的份上,我早就把你从窗户扔出去了,你这该死的恶棍!白发苍苍也好,不白发苍苍也好,我……"

他向前走了两步,尤斯塔斯爵士机敏地躲到了桌子后面。

"年轻人总是这么暴力。"他责怪地说,"不知道用大脑思考,完全靠他们的肌肉来行事。让我们来理智地谈谈。目前你暂时占据上风,但这种状况不会持续太久。这栋房子里到处都是我的人,你寡不敌众啊。你暂时的优势还是由一个意外造成的……"

"是吗?"

哈里那冷酷又带有一些戏弄的语气引起了尤斯塔斯爵士的注意,他愣愣地盯着哈里。

"是吗?"哈里又说了一遍,"坐下吧,尤斯塔斯爵士,听听我要对你说的话。"他继续用手枪抵着他,说,"这次形势对你不利。听到了吧!"

楼下的门"砰"的响了一声,接着传来叫喊声、骂声,还有一声枪响。尤斯塔斯爵士脸色惨白。

"怎么回事?"

"是瑞斯和他的人。你不知道吧,尤斯塔斯爵士,安妮和我有个约定,用来判断我们之间往来信息的真伪。如果是我发的电报,会署名'安迪',信中还会有一个被划掉的'和'。安妮知道那封电报是你发的,但她还是自愿地、义无反顾地走进了你的骗局,这是因为她想在你的陷阱里把你抓获。离开金佰利前,她同时发了电报给我和瑞斯,布莱尔夫人也一直和我们保持联络。接着我收到了你口授的那封信,那正是我所期待的。我早就和瑞斯讨论过那家古董店,我们觉得那里可能有一个秘密出口,他找到了出口的位置。"

楼下传来尖叫声和东西倒地的声音,接着是一阵剧烈的爆炸声,整个房子都跟着晃动。

"轰炸蔓延到这一带了,我得赶紧把你带走,安妮。"

一道火光升起,对面的房子着火了。尤斯塔斯爵士站起来,来回踱步。哈里一直用手枪指着他。

"所以你看,尤斯塔斯爵士,游戏结束了。你自己好心地供出老巢。瑞斯的人一直在监视那个秘密出口,尽管你做了精心的防范,他们还是成功尾随我到了这里。"

尤斯塔斯爵士突然转过身。

"非常聪明,非常高明,但我还有话要说——如果我输了,你也输了。你永远都没办法把杀害纳迪娜的罪名加在我身上。我那天在马洛,这就是你们所有的证据。没人能证明我认识她,但是你认识她,你有作案动机——你过去的犯罪记录也对你不利。你是个盗贼,记得吧?盗贼。或许还有一件事你不知道,钻石在我手上。所以现在……"

他迅速弯下腰,抓起一个东西扔了出去。随着玻璃破碎的声音,那东西飞出了窗外,消失在对面的一团火光中。

"那些钻石是你洗清金佰利案罪名的唯一希望,但现在,没有了。我们来谈谈吧,谈笔交易,你确实把我逼到了绝处。瑞斯能在这个房子里找到他所需要的东西,但我仍有机会逃走。我如果留在这里,就完了,你也一样,年轻人!隔壁房间有个天窗,只需要一两分钟,我就没事了。之后的事我已经做好了安排。你放我出去,给我一条生路。而我会给你一封认罪书,并签名,证明纳迪娜是我杀的。"

"好的,哈里,"我大声说,"好的,好的,好的!"

他严肃地转过身来,看着我说:"不,安妮,一千个不行。不行。你不知道你在说什么。"

"我知道，这样问题就解决了。"

"我将永远无颜面对瑞斯。对我确实有好处，但要是让这个狡猾的老狐狸溜走了，那我就是个大浑蛋。这样不行，安妮，我不会这么做的。"

尤斯塔斯爵士冷笑了一声，不动声色地接受了失败。

"好吧，好吧，"他说，"看来你遇到真命天子了，安妮。不过我可以告诉你们，正直和道义并不总能得到回报。"

伴随着木头断裂的声音，楼梯上传来了脚步声。哈里打开了门闩，瑞斯上校第一个走进来，看到我们，他的脸上立刻露出了笑容。

"你安然无恙，安妮，我很担心……"他转身对尤斯塔斯爵士说，"我盯了你好久了，佩德勒，终于把你逮到了。"

"大家好像都疯了。"尤斯塔斯爵士漫不经心地说，"这两个年轻人拿着手枪威胁我，还指控我一些可怕的罪名，我不明白这是怎么回事。"

"你不明白吗？这意味着我们找到了'上校'，也意味着一月八号那天你不在戛纳，而是在马洛。还意味着当你发现你的工具——纳迪娜女士——背叛了你时，你铲除了她。现在，我们终于可以把你捉拿归案了。"

"真的吗？你是从哪里得到这些有趣的信息的？是从一个现在还在被警方通缉的人那里吗？他的证词一定很有价值吧。"

"我们还有其他证据，还有一个人知道纳迪娜要去米尔庄园与你见面。"

尤斯塔斯爵士看上去很吃惊。瑞斯上校打了个手势，阿瑟·明克斯，也就是爱德华·奇切斯特，也就是佩蒂格鲁小姐进来了。他面色苍白，非常紧张，但是他清楚地说："我在纳迪娜去英国的前一天晚上在巴黎见过她,当时我假扮成一位俄国伯爵。她告诉了我此行的目的,我劝她说不安全,因为知道她要与什么样的人打交道,但她不听我的劝告。当时桌上放着一封电报,我读了。事发后我想尝试着去拿那些钻石。在约翰内斯堡,雷伯恩先生找到了我,并说服我站在了他那一边。"

尤斯塔斯爵士看着他,什么都没说,可明克斯却出了一身冷汗。

"老鼠总是见势不妙就会逃,"尤斯塔斯爵士说,"我不跟鼠辈计较,迟早我会把这些害虫全部消灭。"

"我还有一件事要告诉你,尤斯塔斯爵士。"我说,"你刚才扔到窗外的那卷胶卷里装的不是钻石,只是些普通的鹅卵石。钻石放在一个非常安全的地方。事实上,就在那个巨大的长颈鹿的肚子里。苏珊娜把它挖空了,用药妆棉球把钻石包着塞了进去,保证它们不会晃出来。现在我们已经把它们都掏出来了。"

尤斯塔斯爵士盯着我看了一会儿,然后说出了颇具性格的回答:"我一直特别不喜欢那个长颈鹿,看来是直觉。"

第三十四章

我们当天晚上没能回到约翰内斯堡。轰炸蔓延得很快，我们多少有些被隔离的感觉，因为暴徒已经占领了郊区的一部分。

我们在一处农场避难，距离约翰内斯堡有二十多英里，紧邻大草原。我感到极度疲惫，像一摊烂泥，过去这两天实在过于兴奋和紧张了。

我仍无法相信这一切都是真的，只得不停地告诉自己，麻烦都解决了，哈里和我在一起，我们永远都不会再分开。然而我能感觉到我们之间有种隔阂——他在克制自己，但我想不出是出于什么原因。

尤斯塔斯爵士被一个强壮的卫兵押送到了别处，离开时他还故作淡定地冲我挥手。

第二天早晨，我很早就起了床，来到游廊上，看向大草原那边的约翰内斯堡。我能看到火光在早晨微弱的阳光下闪烁，也能听到低沉的枪声。革命尚未结束。

农夫的妻子出来叫我进去吃早餐。她是个慈母般的女人，我立刻就喜欢上了她。她告诉我哈里黎明时出去了，到现在还没回来。我再次感到不安，这种真真切切地横在我们俩之间的阴影到底是什么？

早餐后，我坐在游廊上，手里拿着一本书，但没心思读。我深深地陷在纷乱的思绪中,竟然没发觉瑞斯上校骑着马过来。直到他翻身下马,说"早晨好,安妮",我才意识到他的存在。

"哦,"我说,脸都红了,"是你啊。"

"是的,我能坐下吗?"

他拉过一把椅子坐在我身边。这是自那天在马托博之后,我们俩第一次单独在一起。像往常一样,在他身边,我有种既受吸引又有些胆怯的复杂感觉。

"有什么消息吗?"我问他。

"史末兹明天就到约翰内斯堡了。我想这场暴乱再有三天就会彻底结束,不过现在还在打。"

"我希望他们能抓住该杀的人,我指那些想要打仗的人,而不是无辜的穷老百姓,他们只是恰好住在炮火袭击的地方。"我说。

他点点头。

"我明白你的意思,安妮,这正是战争的不公平性。不过我要告诉你另一个消息。"

"什么?"

"我想坦诚地告诉你,由于我的疏忽,佩德勒逃跑了。"

"什么?"

"是的,没人知道他是怎么逃脱的。当天晚上,他被绑得好好的,带到一处被军方征用的农场里的一个二楼房间。但是今天早晨,房间空了,鸟儿飞走了。"

我暗自感到窃喜。直到现在,我对尤斯塔斯爵士还忍不住有好感。我知道这很难令人理解,但是我确实有这种感觉。我欣赏他。虽然他是个彻头彻尾的坏蛋,但是,我敢说他是一个讨人喜欢的坏蛋,我见过的其他人都没他一半风趣。

当然了,我隐藏了自己的感受,瑞斯上校的感受肯定与我的大不相同,他一心想把尤斯塔斯爵士绳之以法。其实细想一下,他的逃跑也不是那么令人吃惊。在整个约翰内斯堡,肯定有无数个他的卧底或线人。而且,不管瑞斯上校怎么想,我认为他们很难再次抓到他。也许他早就设计好了逃跑线路,其实他也曾经这么对我们说过。

我适当地表达了自己的想法,不过是以一种轻描淡写的态度,我们的交谈也变得索然无味。瑞斯上校突然问起哈里,我说他黎明时就出去了,我今天早晨还没见到过他。

"你明白的,对吧,安妮?他是完全清白的,只是需要再走一些程序罢了。这些都是细节问题,但尤斯塔斯爵士的罪状是确定无疑的。再没有什么能把你们俩分开了。"

他说这段话时并没有看我,语调缓慢、不自然。

"我明白。"我感激地说。

"而且他应该马上就能用他的真实姓名了。"

"是的,当然。"

"你知道他的真实姓名吗?"

这个问题让我吃惊。

"我当然知道,哈里·卢卡斯。"

他没有回答,他这罕见的沉默吸引了我的注意。

"安妮,你还记得我们那天从马托博回去的路上我对你说的话吗?我说我知道该做些什么了。"

"我当然记得。"

"我想现在我可以说我做到了,你爱的那个人已经洗清了嫌疑。"

"你当时是这个意思?"

"当然。"

我垂下头,对自己当时毫无根据的怀疑而感到羞愧。

他又接着若有所思地说:"当我还年轻时,曾爱上过一个女孩子,但她抛弃了我。从那以后,我心里只有工作,事业是我的全部。后来我遇见了你,安妮——然后过去追求的一切好像都变得一文不值。但是年轻人总是喜欢年轻人……而我还有我的工作。"

我一直沉默着。我想,虽说一个女孩不可能同时爱上两个男人,但有时会对两个人有相似的感觉。面前这个男人身上正散发出巨大的魅力,我突然抬起头看着他。

"我想你一定会很有成就,"我语气憧憬地说,"会前程似锦,你会成为世界上的伟人之一。"

我感觉自己在预言未来。

"但是,我会单身一辈子。"

"所有干大事业的人都是如此。"

"你这么认为吗?"

"是的,我肯定。"

他拉起我的手,声音低沉地说:"我宁愿……拥有另一半。"

这时,哈里大步从房子的另一头走过来,瑞斯上校站起身来。"早晨好……卢卡斯。"他说。

不知为什么,哈里的脸一下子红到了耳根。

"是啊,"我愉快地说,"你也该改回你的真名了。"

哈里还是一直望着瑞斯上校。

"那么您知道了,先生。"他终于说。

"我从不会忘记见过的面孔,你小时候我见过你一次。"

"你们这是在说什么?"我问,疑惑地看着他们两个。

他们两人似乎正在进行一场对决。瑞斯上校赢了，哈里慢慢地转过身去。

"我想您是对的，先生，告诉她我的真实姓名吧。"

"安妮，他不是哈里·卢卡斯，哈里·卢卡斯在战争中牺牲了。他是约翰·哈罗德·厄茨利。"

第三十五章

说完这句话,瑞斯上校转身走了,我站在那里望着他离去的背影。哈里的声音让我回过神来。

"安妮,原谅我,告诉我你原谅我。"

他拉起我的手,我几乎是机械性地抽了回来。

"你为什么要骗我?"

"我不知道是否能让你明白。我非常害怕这种东西——财富的力量和诱惑。我想让你喜欢的是我,就只是我——我这个人——没有任何光环或装饰。"

"你是说你不信任我?"

"如果你愿意也可以这么说,但并不是这样的。我已经变得愤世嫉俗,而且多疑,总是会情不自禁地怀疑别人有其他企图——而你对我的那份情感是如此美好。"

"明白了。"我慢慢地说,脑子里回想着他给我讲的故事,并第一次意识到其中不合理的地方,而在此之前我一直没有发现。那就是资金的来源。如何向纳迪娜买回那些钻石,还有他在讲两个人的故事时所采用的旁观者的态度。那么他当时说的"我的朋友"其实不是厄茨利,而是卢卡斯。是卢卡斯,那个沉默的同伴,深深地爱上了纳迪娜。

"怎么会这样?"

"我们俩都不顾一切,想在战斗中死去。有天晚上我们交换了名牌,为了转运!卢卡斯第二天就牺牲了——被炸得粉碎。"

我颤抖了一下。

"可是你为什么现在才告诉我?今天早上?难道直到现在你才不怀疑我对你的感情了?"

"安妮,我不想毁了这一切。我想重新把你带回岛上。钱有什么用?钱买不来幸福。我们在岛上会很幸福的。我告诉你,我很害怕另一种生活——它几乎毁了我。"

"尤斯塔斯爵士知道你是谁吗?"

"哦,是的。"

"卡顿也知道?"

"不。他只在金佰利见过我们俩一次,某天晚上和纳迪娜在一起,但他不知道谁是谁。我说我是卢卡斯,他就相信了,后来纳迪娜也被他的电报误导。她从来都没有害怕过卢卡斯,他是个安静的家伙,很深沉。但是我一直脾气不好,如果她知道我又复活了,肯定会吓得半死。"

"哈里,如果瑞斯上校不告诉我这些,你打算怎么办?"

"什么都不说,继续做卢卡斯。"

"那你父亲的几百万资产呢?"

"给瑞斯。无论如何,他会把这笔钱用到更好的地方的。安妮,你眉头皱得这么紧,在想什么?"

"我在想,"我慢慢地说,"我真希望瑞斯上校没有逼着你告诉我真相。"

"不,他是对的,我应该告诉你真相。"

他停了一下,然后突然说:"你知道吗,安妮,我很嫉妒瑞斯。他也爱着你——而他比我要好,我可能永远都不会有他那么好。"

我转身面向他,笑出声来。

"哈里,你真傻,我要的是你,这才是最重要的。"

我们尽快出发去了开普敦,苏珊娜还在那里等我,我们一起从长颈鹿的肚子里取出了那些钻石。当革命最终被平息后,瑞斯上校也来到开普敦,他提议把约翰内斯堡那栋原本属于劳伦斯·厄茨利爵士的别墅打开,我们都住了进去。

我们在那里制订了下一步的计划。我和苏珊娜一起回英国,然后在她的房子里举办婚礼。嫁妆一定得去巴黎买!苏珊娜特别热衷于筹划这些细节,我也是。然而未来似乎仍旧不可思议,有些不真实。我毫无缘由地觉得心里堵得慌,像快要窒息一样。

将要远航的前一天晚上,我睡不着。我觉得很悲伤,但又不知道是为什么。我不想离开非洲,等我下次再回来时,一切还会是这样吗?它会永远是这样吗?

这时,有人敲了敲百叶窗,我被惊得跳了起来。哈里在屋外的游廊上。

"穿上衣服,安妮,出来一下,我有事想对你说。"

我披上衣服,走进清冷的夜色中。寂静的夜晚散发着香味,像丝绒般柔软。哈里在外面向我招手,他站的地方离开房子有段距离,人们听不到我们谈话。他脸色有点苍白,带着坚定的神色,眼睛里闪着光。

"安妮,你还记得你曾经跟我讲过,女人愿意为了自己爱的人做她们不喜欢的事情吗?"

"记得。"我说,不知道他想要说什么。

他紧紧地抱着我。

"安妮,跟我走吧……现在……今晚,我们回罗德西亚……

回到岛上。我实在忍受不了这些愚蠢的举动,我不能再等了。"

我挣扎了一下。

"那我的法国长裙怎么办呢?"我开玩笑地哀叹道。

直到现在,哈里还分不清我什么时候是认真的,什么时候是在逗他玩。

"去你的法国长裙吧,你觉得我会把你装进那些长裙里吗?我恨不得把它们全部扯掉。我不会放你走的,你听到了吗?你是我的女人,如果我让你走了,我可能会失去你。我一直都对你不放心。你现在就跟我走——今晚就走。别管其他人会怎样。"

他搂着我,亲吻我,直到我喘不过气来。

"我再也不能没有你了,安妮,真的不能。我恨那些钱,让瑞斯去拥有吧。快点儿,我们这就走。"

"我的牙刷呢?"我问。

"你可以再买一只。我知道我有点疯狂,但是看在上帝的份上,走吧!"

他迈开大步向前走,我温顺地跟在后面,就像我们在瀑布群见到过的那个当地女人一样,只是我的头上没有顶着平底锅。

他走得太快了,我很难跟得上。

"哈里,"最后我问,"我们是要这么一直走到罗德西亚吗?"

他突然停下来,大笑着把我抱进怀里。

"我简直是疯了,亲爱的,我知道,但是我真的很爱你。"

"我们是一对疯子。哦,还有,哈里,你根本就没问过我,我不觉得这是在做出牺牲!我想跟你回去!"

第三十六章

　　这些都是两年前的事了,我们现在仍然住在岛上,我面前粗糙的木桌上放着一封苏珊娜写来的信。

　　亲爱的森林中的宝贝们－亲爱的热恋中的疯子们:

　　我没有觉得惊奇——一点都没有。当我们在谈论巴黎和长裙时,我一直都有种不真实的感觉——仿佛有一天你会突然消失,以古老而美好的吉卜赛习俗完婚。但是你们是一对疯子!放弃那么一大笔财产简直不可思议。瑞斯上校本想和你们理论,我说服他还是把争论留给时间吧。他可以替哈里管理这笔财产——仅此而已,因为,说到底,蜜月不会永远持续下去。安妮,你不在这里,我可以安全地说出心里话,而不用怕你像只野猫那样向我扑过来。荒野中的爱情可以持续一段时间,但是有一天,你会突然想念帕克道上的房子、雍容华贵的皮草、巴黎的长裙、最宽敞的汽车、最新款的婴儿车、法国的女佣,还有英国北部的护士!哦,是的,你会的!

　　不过,先享受你们的蜜月吧,亲爱的疯子们,让它能长久一点儿。抽空也想想我,正在奢侈的生活中不断增肥!

　　　　　　　　　　　　　　　　　爱你们的朋友,
　　　　　　　　　　　　　　　　　苏珊娜·布莱尔

附：我给你们寄去了一套平底煎锅作为你们的新婚礼物，还有一大砂锅鹅肝酱，好让你们别忘了我。

还有另一封信，我有时也会拿起来读读。它是在上一封信之后很久才到的，随信来的还有一个大包裹。从信封上看，它来自玻利维亚的一个什么地方。

我亲爱的安妮·贝丁费尔德：

我忍不住给你写信，不是因为写这封信能给我多少快乐，而是因为我知道你收到我的信时会有多么高兴。我们的朋友瑞斯并不像他自以为的那么聪明，对吧？

我想我应该任命你为我的传记执笔人。我现在把我的日记寄给你，这里面没有任何瑞斯和他的那伙人感兴趣的东西，但是我猜有些章节你可能愿意读一读。你可以随意使用，我建议你写一篇报道给《每日预算》，题目叫"我遇到过的罪犯"。我只要求一点，我要是里面的主角。

到目前为止，我确信你已经不再是安妮·贝丁费尔德，而是厄茨利女士，主宰帕克道的皇后了。我想告诉你我一点都不恨你，当然了，在我这个年纪，重新开始确实有点辛苦。不过，我可以悄悄地告诉你，我谨慎地在别处放了一些资金，以应对目前这种偶发状况。现在这笔钱变得非常有用，我也开始重新集结人手。顺便说一句，如果你碰到你那可笑的朋友阿瑟·明克斯，告诉他我还没有忘了他，好吗？这会让他不得安宁。

我想对于佩吉特，我还是应该尽可能地表现出基督徒的宽容精神。我偶然听说他——或者应该说是佩吉特夫人——又把第六个孩子带到了这个世界,不久英国就会住满了佩吉特家的人。我给那个孩子寄去了一个银杯子和一张明信片,并声明我愿意做他的教父。我想象佩吉特一拿到那个杯子和明信片就会去苏格兰场,面色严肃,一丝笑容都没有!

祝福你,水汪汪的大眼睛。有一天你会明白没有嫁给我是多么大的一个错误。

你永远的,

尤斯塔斯·佩德勒

哈里愤愤不已。在这一点上,我和他意见不太一致。在他看来,尤斯塔斯爵士曾企图杀害我,是置他朋友于死地的罪魁祸首。我一直对尤斯塔斯爵士想杀害我的企图感到困惑,或者说我一直都不能接受这个事实,因为我知道他对我很友好。

可他为什么又两次想杀我呢?哈里说"因为他是个该死的恶棍",好像这样就解释了一切。苏珊娜的解释更有道理,我曾经和她谈起过这件事,她把这称为"恐惧综合征"。苏珊娜的说法有点像心理分析,她说尤斯塔斯爵士一辈子都被一种追求安全舒适的欲望所驱使。他有强烈的自我保护意识,他的行为不代表他对我有感情,而是他因自己的安全受到威胁而感到强烈的恐惧。我觉得苏珊娜说得对。至于纳迪娜,她是那种死有余辜的女人。男人为了致富可以做出各种有争议的事,但是女人不能因为另有企图而假装爱上一个人。

我可以很轻易地原谅尤斯塔斯爵士,但我不能够原谅纳迪娜,永远、永远、永远都不能!

有一天,我准备拿些罐头出来,它们原本是用旧的《每日预算》包着的。突然,一行字映入我的眼帘:"褐衣男子"。多么久远啊!当然了,我早就和《每日预算》断绝了关系——在他们要解雇我之前我先辞退了他们。他们还大肆报道了"我的浪漫婚礼"呢。

我儿子此刻正躺在太阳下踢腿,一个"褐衣男子"。他穿得少得不能再少,是最适合非洲的着装。他的皮肤是棕褐色的,成天在地上挖洞,我想他有些像爸爸,对更新世岩有同样的狂热。

他出生时苏珊娜给我发来了一封电报:

"恭喜疯人岛上又添新丁,并致爱意。他是长型头还是圆型头?"

因为是苏珊娜,我打算原谅她这么问。我只回了她一个词,经济又明了:

"扁型头!"

The Man in the Brown Suit
Copyright © 1924 Agatha Christie Limited. All rights reserved.
Letter for Chinese Reader, New Star Edition by Mathew Prichard © 2013 Mathew Prichard.
Translation © 2023 arranged by New Star Press, Agatha Christie Limited. All rights reserved.
www.agathachristie.com
AGATHA CHRISTIE, *Agatha Christie*® and the AC Monogram Logo are registered trade marks of Agatha Christie Limited in the UK and elsewhere. All rights reserved.
Published by agreement with ACL.
Simplified Chinese edition copyright: 2023 New Star Press Co., Ltd.

图书在版编目（CIP）数据

褐衣男子 /（英）阿加莎·克里斯蒂著；赵飞译 . —— 北京：新星出版社，2023.6
（阿加莎·克里斯蒂侦探小说全集：精装典藏版）
ISBN 978-7-5133-4914-7

Ⅰ . ①褐… Ⅱ . ①阿… ②赵… Ⅲ . ①侦探小说 – 英国 – 现代 Ⅳ . ① I561.45

中国国家版本馆 CIP 数据核字 (2023) 第 054496 号

午夜文库
谢刚 主持